## Business Point

Business more than any other occupation is a continual dealing with the future;
it is a continual calculation, an instinctive exercise in foresight.

Henry R. Luce

**經營**不同於單純的職業，經營事業必將不間斷面對未來；
經營事業在持續性地推算思慮，
是成就遠見的直覺訓練。

亨利・魯斯

Business Point 65

# 海龜特訓班

公開**華爾街傳奇社群**超高獲利內幕

## The Complete TurtleTrader
The Legend, the Lessons, the Results

麥可・柯佛 Michael W. Covel ◎著
王怡文 ◎譯

## 目錄

第四章



第五章



第六章

推薦序

# 交易順境中自我節制，交易逆境中堅忍求活

史綱

近年來隨著對避險基金（Hedge Fund）的大幅報導，明星交易員的傳奇故事迅速被人們歌頌著。《海龜特訓班》是一本有趣且深入的報導文學，作者對一位在八〇年代美國商品期貨交易界的傳奇人物——理察．丹尼斯（Richard Dennis），以及他一手建立之海龜特訓班的訓練過程和交易方式，做了詳盡的敘述。更有趣的是，作者也追蹤了理察．丹尼斯與他的海龜交易員，從八〇年代至二十一世紀的今天，期間的發展與沉浮。一方面作者似乎希望證明一般人只要有適當的訓練及指導，都能成為成功的交易員；另一方面由丹尼斯本人交易生涯的起伏顯示隨著市場型態變化，交易員要如何面對大客戶損失及贖回的壓力，並在逆境中尋求生存，此乃非人

人可悟之道。兩者雖互為矛盾，但亦說明了金融交易是「科學」也是「藝術」的有機陰陽體。誠如《孫子兵法》有言：「凡戰者，以正合，以奇勝」，這正是「交易規律」和「同中求異」運用巧妙之處。

早年留美期間（也就是海龜特訓班的八〇年代）我有幸任職於一家避險基金公司，當時親見（同時也聽說）很多明星交易員的傳奇故事。二十年後的今天，當時某些小型避險基金經理人，現在已成為掌控千億美元的超級明星基金經理人，但絕大多數的「大牌」交易員多已被市場擊敗，僅有少數交易人能證明其駕馭市場的能力。此時，身處金融市場的我們，不得不以謙卑的心來看交易這件事情。老子《道德經》有句名言：「勇於敢則殺，勇於不敢則活」，交易員在市場苦戰亦若是。在金融交易的世界裡，如何在順境中節制自己，如何在逆境中堅忍求活，可謂是成功與否的致勝關鍵。

讀者雖可從此書學到很多有趣的交易規則及市場變化，但我認為這些都可在其他書中獲得類似的資訊。本書真正的重點是，作者花了很多篇幅著墨於交易人本身的背景和心理情緒，這些人性的反應，活生生地反映出面對交易時人性的貪婪與恐懼，成功者往往是有紀律及抗壓的生存者。讀者應能從海龜們的身上，得到很多可以學習與借鏡之處。

此外，亞洲金融市場的開放與發展，亦造就了許多交易明星和傳奇人物，台灣期貨界亦有部分人憑著過人的天賦及紀律，在市場賺得高額報酬率。但在少數人嶄露頭角的同時，我們更觀察到市場中少數人的獲利率也是多數人的賠率。在這個競爭激烈的零和遊戲中勝出，肯定是理察・丹尼斯及所有海龜交易員們希望達成的目標，他們的事蹟也的確帶給我們很大的啟示。

（本文作者為富邦期貨董事長）

推薦序

# 人人有機會的百萬大計

俞國定

我曾經在證券市場工作打滾幾年，親眼目睹白手富豪起起伏伏的故事，有人是白手成富豪，也有人從富豪變白手。股市中有常勝的策略或常贏的操作技術嗎？這些策略和技術是可以被傳授學習的嗎？市場上多的是祕笈寶典，但有哪些經過實證確認真的有效？

看完《海龜幫傳奇》這個傳奇性十足的故事，確實讓我感到驚奇，理察・丹尼斯使用的交易法則不僅管用，竟然還能有效地傳授給「海龜」們。這些「海龜」的成分很多樣：包括音樂學院、大學地質系、空軍官校的畢業生；工作的經歷包括廚房人員、郵差、卡特皮勒曳引機（Caterpillar Tractor）銷售員、銀行內勤人員；個性從斯文學者到藍領工作者都有。如此平凡多樣的「海龜」，在經過訓練學習之後，大多數人同樣可以達成極佳的獲利績效。海龜實驗的結果，除了為我思考的問題提供解答外，同時證明了任何人都有成為百萬富翁的可能。理察．丹尼斯的操作方法，非但擁有經過實證的效果，還是相對簡單的操作原理，對渴望尋求獲利方法的投資人來說，絕對具有極高的參考價值。

沒錯，從人性出發，從實證著手的理察．丹尼斯，是一位真正的高手。

（本文作者為《商業周刊》社長）

## 前言

# 海龜的由來

「傳授交易技巧的可行性比我想像中高出許多。即使我是唯一認為那可以傳授的人……其可傳授的程度凌駕於我最瘋狂的想像之上。」

——理察·丹尼斯（Richard Dennis）

這是個將一群雜牌軍學生訓練成百萬交易員的故事，當中很多人都缺乏華爾街的工作經驗。不妨將它想成唐納·川普（Donald Trump）《誰是接班人》（*The Apprentice*）的翻版，在真實世界用真正的錢及實際的聘雇與解雇上演。只不過，這些學徒幾乎是立刻被丟入火坑，面臨賺錢的挑戰，賭注以百萬美元計。他們嘗試的不是在紐約市街頭賣冰淇淋，而是交易股票、債券、貨幣、石油及其他數十種市場，藉以賺進數百萬美元。

這個故事顛覆了人們在大眾文化裡小心翼翼打造的華爾街傳統成功印象：威望、人脈，檯面上沒有讓小人物打敗市場的餘地（以及打敗市場不是件簡單的小事）。傳奇投資家班哲明．葛拉漢（Benjamin Graham）總是說，整體而言分析師與基金經理人無法打敗市場，因為嚴格說來他們「就是」市場。更有甚者，學術圈主張了數十年的「效率市場」（efficient market）也暗示，要打敗市場平均值是不可能的。

然而，**如果你不隨群眾起舞，而且能跳脫框架思考，那麼要賺大錢或打敗市場都有可能辦到**。人們確實有機會在市場遊戲中取勝，但也得要知道正確的遊戲規則及態度，而那些正確的規則及態度，卻與人類基本天性相衝突。

要不是我隨意揀起一九九四年七月號的《金融世界》（*Financial World*）雜誌，看到上面刊載的〈華爾街頂尖玩家〉（Wall Street's Top Players）特別報導，這個真實人生版的《誰是接班人》故事也不會出現在這裡。該期雜誌的封面上是著名基金經理人喬治．索羅斯（George Soros）在下西洋棋；那一年索羅斯賺進一一億美元。這篇報導列出一九九三年排名前一百名的支薪交易員，他們住哪裡、賺了多少錢，以及大概的賺錢方式。其中索羅斯是第一名，第二名朱利安．羅伯森（Julian Robertson）賺得五億美元，第五名布魯斯．柯夫納（Bruce Kovner）為二億美元，KKR公司（Kohlberg Kravis Roberts & Co., KKR）的亨利．克萊維斯（Henry Kravis）排第十一名，賺進五千六百萬，著名的交易員路易斯．貝肯（Louis

Bacon）及蒙羅・屈特（Monroe Trout）也榜上有名。

誰在賺「宇宙大師」級的錢？排名（以及獲利）提供了清晰的全貌。毫無疑問地，這些人就是「遊戲」裡的頂尖玩家。意外的是，其中一人剛好就住在維吉尼亞州瑞奇蒙（Richmond, Virginia）城外，離我的住處只有兩小時車程。

榜上第二十五名是奇瑟比克資本公司（Chesapeake Capital）的傑瑞・帕克（R. Jerry Parker, Jr.），他剛賺了三千五百萬美元。帕克還不到四十歲，他的簡介裡說他是理察・丹尼斯（這是誰啊？）的門生，並提到他被訓練成一隻「海龜」。（什麼跟什麼呀？）簡介中提到，帕克二十五歲時是個會計師，在一九八三年加入丹尼斯的訓練班，學習其「趨勢追蹤系統」（trend-tracking system）。這篇文章還說他是馬丁・齊威格（Martin Zweig）（這又是誰？）的信徒，這個人正好是該年度高薪榜上的第三十三名。在當時「丹尼斯」這個名字的分量跟「齊威格」不相上下，同時暗示著這兩人使帕克變得極為富有。

我仔細地研究了那份榜單，帕克看來是百位上榜者中唯一宣稱曾接受「訓練」的。對於像我這樣想方設法嘗試賺取那種等級金錢的人來說，雖然他的簡介中缺乏真實的細節，仍然立刻激勵了我。這個人自誇為「維吉尼亞鄉下地方」土生土長、喜愛鄉村音樂，而且寧願離華爾街愈遠愈好。這可不是個典型的賺錢故事——至少與我所知的不同。

一般的觀念大多認為，成功的唯一途徑是到紐約、倫敦、香港或杜拜的八十層玻璃帷幕高樓工作，這想法顯然錯得離譜。帕克的辦公室是在一個完全名不見經傳的地方，距瑞奇蒙城外三〇哩的馬納金薩伯（Manakin-Sabot）。讀完雜誌後不久，我開車到他的辦公室，看到那裡毫無贅飾，我坐在停車場裡想：「一定是在開玩笑，這裡就是他賺那一大筆錢的地方？」

馬爾康・葛拉威爾（Malcolm Gladwell）有句名言：「眼光一閃的價值，可能與數個月的理性分析相當。」看到帕克的鄉下辦公室，對我來簡直有如一次電擊，永遠破除了「地點」的重要性。但我當時對於帕克這個人，除了一九九四年那期《金融世界》的報導內容外一無所知。還有更多這樣的學徒嗎？他們怎麼成為學徒的？他們被傳授了什麼？還有，指導帕克和其他學徒的這個丹尼斯，究竟是何方神聖？

理察・丹尼斯這個顛覆傳統的人，是芝加哥的投機交易員，不隸屬於大型投資銀行或《財星》五百大（*Fortune* 500）企業。正如「在地人」在芝加哥交易廳最愛說的，丹尼斯是「賭上他的身家」。一九八三年，當時他三十七歲，已經用幾百美元的本錢賺進數百萬美元。還不到十五年，丹尼斯就如他所願達成此成就，而且未經正式訓練或其他人的指點。他冒著經過計算的風險，利用槓桿原理賺取巨額財富。如果丹尼斯相中一筆交易，他就會設法取得所能得到的全部利潤。他以市場維生，把那當作一項「下注」事業。

遠在諾貝爾獎頒發給鼓吹理論的教授們之前數十年，丹尼斯就藉由他對金融行為的了解，找出在真實世界獲利的方法，競爭者永遠無法一窺他在各種市場中，穩定地利用市場非理性行為獲利的能力。他對於機率與報酬有著異於常人的理解力。

丹尼斯只不過是聽著不同的鼓聲前進。雖然媒體對他的財富淨值多所揣測，他仍刻意避免讓其曝光。「我覺得公開財富不是很得體的行為。」丹尼斯說。也許他不想把焦點放在財富上，因為他真正想要證明的是，自己的賺錢技能並沒有什麼特別之處。他覺得只要經過適當的教導，任何人都能學會如何交易。

他的合夥人威廉・艾克哈特（William Eckhardt）不同意他的看法，這個實驗就在兩人的爭論下誕生。一九八三至八四年，他們召募了一群有意願學習的交易員學徒，並且教他們兩門交易「課程」。為什麼叫「海龜」？那只是丹尼斯給學生們取的暱稱。他曾經到新加坡參觀過一座培育海龜的農場，一大缸動來動去的海龜啟發了他：「我們要像新加坡人培育海龜那樣，培育交易員。」

丹尼斯和艾克哈特教會傑瑞・帕克等菜鳥如何賺取百萬美金，後來「特訓班」關閉，這項實驗在多年之後便成為口耳相傳而又證據確鑿的傳說。美國《國家詢問報》（*National Enquirer*）版本的故事在一九八九年登上《華爾街日報》（*Wall Street Journal*）頭條：「成功交易的技能，可以學得來嗎？抑或那是天生的，只是少數幸運兒天生擁有的某種第六感？」

一九八〇年代已經過去很久了，許多人也許懷疑「海龜」故事在現代是否合宜，其實那再適用不過。今日眾多億元以上規模的避險基金，全是基於類似丹尼斯傳授給學生的哲學和規則。是的，每天緊盯財經頻道ＣＮＢＣ看的典型股票明牌追逐者沒聽過這個故事，但是華爾街裡的玩家，那些賺進真實財富的人們都知道。

在此之前，這個內幕之所以一直都未曝光讓更廣大的讀者知道，是因為理察・丹尼斯在今日並非家喻戶曉的人物，再加上自一九八三年以來，華爾街發生了許多事。在這次實驗結束後，裡面的人物，包括導師和海龜們都分別走上自己的路，一次重要的人性實驗就此分崩離析，不過當時發生的一切，在今天仍深具意義。

二〇〇四年，就在我發表第一本書《順勢投資》（*Trend Following*）之後，探查實情的工作得到了動力，當時我應邀拜訪美盛集團（Legg Mason）位於巴爾的摩（Baltimore）的總部。午餐後，我到了頂樓的一間教室，在場的還有管理一八〇億美元美盛價值信託基金（Legg Mason Value Trust Fund, LMVTX）的基金經理人比爾・米勒（Bill Miller）。他連續十五年打敗標準普爾五百股價指數（Standard & Poor's 500-stock index），受到和華倫・巴菲特（Warren Buffett）類似的推崇。米勒就像丹尼斯，承擔異常龐大但精算過的風險，而且市場證明他正確的時候多一些。這一天，他對著滿堂引頸企盼的學員們演講。

出乎意料之外的是，米勒邀請我到講臺致詞，然而第一個問題，直接來自米勒和美盛的投資策略長麥可・莫伯辛（Michael Mauboussin），他們要我「談談理察・丹尼斯和海龜交易員」。在那當下，我想到如果這兩位華爾街專家想要知道更多有關丹尼斯、他的實驗及海龜交易員的事，很明顯會有更多讀者也想聽聽這個故事。

然而，對於未能親身參與一九八三年的我來說，要以客觀角度訴說完整故事已經不容易，加上值得一書的人物和題材又多，這將會是相當艱鉅的挑戰。唯一能把故事說得活靈活現的方法，唯有讓那些親身參與其中的人開口，再用偵探般的研究精神驗證每件事。話雖如此，在表象的背後，那些努力阻止書籍出版的海龜交易員們所演出的肥皂劇，本身就是個傳奇。

還有，對這樣一個故事來說，最大的問題在於，大多數人並不想實際了解真正的專家如何賺大錢，只想要唾手可得的致富之道。請看看眾人一窩蜂地迷吉姆・克雷默（Jim Cramer）的情形，這個人與丹尼斯和帕克的差別，簡直可說是地球的兩極。無疑地，克雷默很聰明，但是收看他那廣受歡迎的電視節目《瘋狂金錢》（*Mad Money*），就跟觀看交通事故沒什麼不同。一群現場觀眾對克雷默的基本面買進指示及搞破壞的表演大喊大叫，只有四個字可形容：胡說八道。

話雖如此，還是有一大堆人，包括許多受過高等教育者，都相信克雷默那一套是致富之道。一般大眾不運用統計思維去做市場決策，而持續依據衝動的「感覺」來投資，讓一套情緒偏見掌控自己的生活。到最後，受傷的是他們自己。人們總是在求取獲利時排斥風險，而步向損失時又自找風險，完全無法脫身。

一般菜鳥投資人追求成功的方法並不出色，進場常是因為朋友都這麼做，接下來新聞媒體便開始報導年輕人在牛市中發跡的故事。這些人都挑選「低價」股開始進行「投資」，市場會為他們喝采助威，而他們心裡則從沒想過有崩盤這麼一件事（「有那麼一大堆錢撐著，市場不可能下跌！」）。他們怎麼也看不見自己的末日來臨，即使面對的市場泡沫和前人毫無兩樣。

媒體告訴我們，一般投資人現在應該都了解風險的觀念，然而在為可能性擔心的同時卻忽略機率，這種情形已經逐漸蔓延開來。人們憑著輸錢的直覺賭掉了自己的財產，或是當理智告訴自己要蓋牌時卻反而加注。終其一生，他們一點也沒學到正確的作法。但在群眾之外則有少數特殊人士，他們有著神祕的天賦，知道何時該買、何時該賣，還懂得適當評估風險。

丹尼斯是在二十出頭時發掘這項神祕天賦，不像一般人執著於以「感覺」來做決定，而是使用數學工具計算風險，進而創造優勢。他學會及教導學生們的東西，一點也不像克雷默汪汪亂叫的股票明牌。更重要的是，丹尼斯證明了他在市場中賺錢的能力並不是運氣。丹尼斯的學生大部分是菜鳥，但卻為丹尼斯和他們自己賺進了數百萬美元。

誰是理察·丹尼斯？真實的故事是什麼？而這些海龜們又是怎麼學到他們的身手？他們被教導的交易原則是什麼？今日的一般交易員或投資者又能如何將這些心得用在自己的投資組合中？海龜們在實驗結束後的幾年中發生了什麼事？為找出這些答案，在不論有無丹尼斯和他學生的合作之下，我熱切的好奇心一直維持到一九九四年。

我不是唯一感到好奇的人，另一位作家史提夫·蓋布瑞爾（Steve Gabriel）最近也在雅虎財經（Yahoo! Finance）網站上寫道：「這項實驗證明了只要有心，我們都能學習以交易維生。那就是為何『海龜們』值得注意。」海龜們是「先天或後天」這個古老問題的答案，也是華爾街最有名、獨一無二賺錢特訓班的活見證。

# 第一章 先天或後天

「給我十二個健康的嬰兒，只要讓我用自己安排的環境扶養他們，我就敢保證，其中隨便挑一個都能訓練成我任選的某一種專家：醫生、律師、藝術家、商人、廚師，沒錯，甚至連乞丐和小偷都行，無論是天資、興趣、性向、能力、秉賦或祖先種族都不會有影響。」

——約翰・華生（John B. Watson），二十世紀初美國心理學家

一九八〇年代早期，芝加哥傲視群倫的交易員理察・丹尼斯，決定舉辦一項真實人生中的社會實驗。當時正值華爾街逐漸熱絡的時期：股票市場正要開始一個大多頭市場；在世界舞臺上，伊拉克入侵了伊朗；蓮花公司（Lotus Development）發表Lotus 1-2-3，微軟（Microsoft）也在市面上推出新文書處理軟體（Word）；雷根總統（Reagan）宣布該年是

「聖經年」（The Year of the Bible），令丹尼斯等自由主義者大失所望。

丹尼斯為了找到他想要的那種白老鼠學生，於是避開傳統的召募方式。在一九八三年秋季及一九八四年，他的公司C＆D商品公司（C&D Commodities）編列一萬五千美元預算，在《華爾街日報》、《巴隆週刊》（*Barrons*）及《國際前鋒論壇報》（*International Herald Tribune*）刊登分類廣告徵求受訓者。饑渴的求職者們看到：

C＆D商品公司

理察·丹尼斯交易員團隊擴編

誠徵商品期貨交易員

歡迎申請

丹尼斯先生與合夥人將以其獨門交易觀念訓練一小群應試者。合格候選者將專門為丹尼斯先生進行交易，不得為自己或他人交易期貨。交易員可分得自己交易獲利的一定比例，並將得到部分預付款。有交易經驗為佳，但非必要。有意申請者，請備妥簡歷一份，並以一句話說明應徵理由，寄至：C&D Commodities, 141 W. Jackson, Suite 2313, Chicago, IL 60604，註明戴爾·德路奇（Dale Dellutri）收即可。

一九八四年十月一日截止收件，請勿來電詢問。

這則廣告埋沒在美國國內日報的冷門版面中，以丹尼斯提供的條件而言，吸引來的回應者少得令人意外。但在當時，人們通常不會預期致富之路如此顯而易見。

這則廣告邀請任何人加入芝加哥一家最成功的交易公司，而且「無經驗可」，就像職業美式足球的華盛頓紅人隊（Washington Redskins）登報開放職缺，而且不限年齡、體重或經驗。

也許最為驚人的是C＆D商品公司打算傳授獨門交易觀念，那在當時（乃至於今日）是聞所未聞的，因為最棒的賺錢系統一向都深鎖在保險櫃裡。

丹尼斯召募人員的年代，遠在分類資訊網站「克瑞格名單」（craigslist）出現之前，不像其廣告能引起資訊連鎖反應，為任何職缺在數小時內吸引數以千計的履歷表。當時是一九八三年，可沒辦法光憑在部落格貼篇文章就將觸角伸展到全世界。

最後錄取的準學員們回想起自己的震驚時，都異口同聲說：「這不可能是我想的那樣吧。」真難以相信，他們受邀拜在芝加哥最偉大的現任交易員門下，用他的錢交易，並從利潤中分一杯羹。這個世紀最棒的教育機會，吸引來的回應包括從至理名言到平凡的一句「我認為自己有能力為你賺錢」都有。面對事實吧，想猜到什麼才能使一個富有、孤僻又古怪的交易老手注意到你，以進入下一階段的面談，根本毫無先例可循。

這張撒出去的大網是丹尼斯計畫中的一部分，而該項計畫，其實是為了解決他和合夥人威廉・艾克哈特長達十年的「先天或後天」之爭。丹尼斯相信自己的交易能力並非天賦，他覺得市場就像「大富翁」遊戲，並且認為策略、規則、勝率和數字，都是客觀且可以透過學習獲得的。

在丹尼斯的想法中，跟市場有關的每件事都可以傳授，而他的入門先修課，就是對金錢的適當看法。他不像大部分人把金錢單純當成在賣場裡買東西的工具，而是把金錢視為計分的方法，甚至簡單地用鵝卵石來計分也可以。美元、美分等對他似乎不存在情感的牽絆。

事實上，丹尼斯會說：「如果我賺到五千美元，我就能增加賭注，很可能就會賺到二萬五千元；如果賺到二萬五千元，我就能再以那些錢下注，賺到二十五萬元；賺到後，又可以再下更多，賺到一百萬元。」他以槓桿的方式思考。在他的想法中，這也可以傳授。

另一方面，艾克哈特則是堅守「先天」陣營：「你要嘛是天生有交易才能，不然就是沒有。」丹尼斯解釋這個爭論：「我跟合夥人艾克哈特從高中開始便是朋友，我們一直抱著不同的哲學看待你想得到的每件事，而其中一項爭議，是成功交易員的才能是否能簡化成一套規則。我贊成這點，或者是說，有某種無以名狀、神祕、主觀或直覺的東西，使一個人成為優秀的交易員。這個爭論持續了很長一段時間，我猜我已經開始厭倦無用的臆測。最後我說：『有個辦法可以讓我們徹底解決這個爭議。我們來雇用一些人，訓練他們，看看會怎麼樣。』艾克哈特同意了。這是一項智力實驗。」

儘管艾克哈特不相信交易員可以後天養成，卻對弱勢者有信心。艾克哈特知道許多百萬富翁用繼承來的財富開始交易而慘遭滑鐵盧，也看著他們輸掉了一切，那正是因為他們虧損時不覺得痛：「你進入市場時身家微薄，覺得自己輸不起，下場就會好得多。我寧願下注在初次進場時只有幾千元的人，而非帶著幾百萬進場的人。」

丹尼斯和艾克哈特的智力實驗，意外打開潘朵拉主觀與偏見的盒子。以ＩＱ測驗分數、ＬＳＡＴ、ＧＰＡ、學位或其他任何評量方式來評鑑與評斷人，是大部分社會運作的方式。然而如果ＩＱ評量或測驗分數是成功唯一需要的入場券，那麼任何聰明人都應該會賺大錢，但事實顯然並非如此。

已故的美國偉大古生物學家、演化生物學家兼科學歷史學家史蒂芬・古爾德（Stephen Jay Gould），總是很快地避開社會對聰明才智的誤解：「我們喜歡將美國視為一個擁有普遍平等主義傳統的地方，一個自由所孕育的國家，致力於實現『人人生而平等』的主張。」然而，古爾德看到美國淪為將評量與比率當作預測人生成功的唯一工具，以及美國人偏好將遺傳論者對ＩＱ的解讀當作設限工具，令他感到驚駭不已。

丹尼斯就像古爾德，並不打算吃遺傳學談ＩＱ那一套，他的目標是將自己的心智軟體植入門徒們的腦袋，然後將他們放到他所控制的環境裡，看看他們的反應及表現如何。

一個擁有丹尼斯那樣成就與成功的人，會如此堅決想證明後天勝過先天，致使他將獨門交易方法傳授給他人，這是相當罕見的。當然，丹尼斯願意將那麼多自己的錢放在外行人手中，也令他的合夥人感到訝異。

蓄著深色鬍鬚、鬢角，髮線日漸後退的艾克哈特，有著貌似列寧（Lenin）的奇特外表，他體型健美、精力充沛的模樣，與六呎多高、身材圓胖的丹尼斯完全是兩個極端。這兩人當中，艾克哈特是名副其實的數學家，擁有芝加哥大學（University of Chicago）數學碩士的學歷，在博士班做了四年的數理邏輯研究。但是在他們的「先天或後天」之爭當中，艾克哈特則是頑強的生物決定論者，他確信合夥人是個奇才，一位擁有特殊遺傳天賦的內向天才。

今天，相當多人仍質疑丹尼斯的說法，堅持「生物因素決定一切」，亦即基因預言了生物的生理及行為天性，而且無法克服。對於一位有著成功潛力，卻沒有所謂血統或高ＩＱ分數的交易員或企業家來說，這是個壞消息。諷刺的是，即使丹尼斯的實驗在二十多年前就證明並非如此，市場中的成就仍被許多人視為是虛擬的ＩＱ階級體系。

對丹尼斯的海龜實驗提出批評者，早已拿出一堆藉口炮轟，說回應那則小廣告的人是多麼僥倖。他們主張除了圈內人以外的任何人，都不可能知道那則廣告是躋身華爾街收入前一百名交易員（就像傑瑞・帕克）的入場券。怎麼可能有人知道光憑一則廣告隨機湊成的一群人，會不需要擁有股神巴菲特深情地稱為「卵巢樂透彩」（ovarian lottery）的天分，就取得獲利百萬的機會？這事實令人難以接受，太像好萊塢劇本了。

## 這是一個小世界

理察・丹尼斯想要的是個性大雜燴，類似ＭＴＶ頻道的《真實世界》（*Real World*）及他們選角的多元化。在丹尼斯的選擇裡，既有極右翼保守人士，又有熱血的自由主義者。在這一千多位參與的應徵者中，雀屏中選者還包括一名高中畢業生及一位ＭＢＡ。丹尼斯最後選出的海龜是個瘋狂樣本，顯示出他所想要的多樣性。

其中有來自不同大學各科系的畢業生，包括：紐約州立大學水牛城分校（State University of New York at Buffalo）商學系、俄亥俄州邁阿密大學（Miami University）經濟系、新英格蘭音樂學院（New England Conservatory of Music）主修鋼琴與樂理、維吉尼亞州菲蘭學院（Ferrum College）會計系、中康乃迪克州立大學（Central Connecticut State University）行銷系、布朗大學（Brown University）地質系、芝加哥大學語言學博士班、馬卡列斯特學院（Macalester College）歷史系，以及美國空軍官校（United States Air Force Acadamy）等。

丹尼斯的其他學生們，上一份工作包括高緯物業（Cushman & Wakefield）警衛人員、卡特皮勒曳引機公司（Caterpillar Tractor）業務員、柯林斯商品公司（Collins Commodities）

經紀人、格朗德連鎖西餐廳（Ground Round Restaurant）副理、ＡＧ貝克投資銀行（A.G. Becker）電話內勤人員、帕洛米諾俱樂部（Palomino Club）酒保，以及紙上遊戲版「龍與地下城」（Dungeons and Dragons）的設計者，甚至有名學員還直接說他的狀態是「無業遊民」。通過最後篩選的人，先前的工作經歷更是普通：廚房人員、教師、監獄輔導員、郵差、會計助理及服務生。

丹尼斯還從應徵者中挑選一位女性，這在一九八〇年代「清一色男性」的芝加哥交易界是很稀奇的。他還選了同性戀者，姑且不論當時知不知道他們的性傾向。他的選擇從外表斯文的專業學者到藍領階級平民百姓都有，乃至於某些擁有火爆性格的人，可說是無所不包。

丹尼斯是在尋找一些特性，他想要的是那些表現出願意承擔經過計算風險的學生，拉拔了那些以不尋常方式鶴立雞群的人們，這在一九八〇年代早期並非正統的錄取流程，即使在今天也仍然不是。舉例來說，今日ＭＢＡ所受的訓練，足供應付管理公司時所需的嚴格智力考驗，但他們卻不願意弄髒自己的雙手。他們是那種認為一切所需只有ＩＱ和人脈的人，非但不願做苦工，也不想真的冒險。

丹尼斯不想要這種人，他尋覓的是樂於玩機率遊戲的人，他在找能以「勝率」思考的人。你的思考模式很像拉斯維加斯的「球賽賭盤分析師」（hadicapper）嗎？那就比較可能取得面試機會。對認識丹尼斯的人來說，這一切毫不令人感到意外，對他人從未看到的機會做出反應，正是丹尼斯人生前進的方式。

有這樣一個故事，就不難想像多年來傳奇是如何建立的。這個實驗激起一股異教般的崇拜，而且常常是透過口耳相傳。然而，偉大的交易員塑造者查爾斯・福克納（Charles Faulkner），立刻被丹尼斯實驗中的深層意義所震懾。福克納想不通丹尼斯如何知道要找什麼樣的人，他說：「我會和艾克哈特站在同一邊，抱持懷疑的態度。即使……可以傳授，學習所花費的功夫和時間，當然也應該比丹尼斯所提供的更多。這個實驗，更重要的是其結果，違反了我對努力、勝出、回報的信念。如果是那麼容易學的東西，回報不該如此之高，反之亦然。我對該實驗所影射之思考、體認與推理的範圍，感到驚奇不已。」

丹尼斯和艾克哈特只花了兩星期，教導他們的學生交易債券、貨幣、玉米、石油、股票及其他一切標的所需要的每件事。他們的學生並未學習如何在交易廳裡那充滿尖叫的搖滾區，以狂亂的手勢進行交易，而是在安靜的辦公室裡，沒有電視也沒有電腦，只有幾具電話。

完成課堂指導之後，每個學生都獲得一百萬美元以供交易，他們只能分到一五％的獲利，其他八五％則歸丹尼斯所有。他的獅子大開口並不令人訝異，畢竟用的是他的錢。

一九八三年十一月推出實驗開始前不久，丹尼斯便坦誠他會拿走大部分獲利，他說這可不是在做善事。丹尼斯將實驗視為一種投資組合多角化的方式，儘管明白「無經驗可」的學生們很可能全軍覆沒，但他認為這全是為了對自己的百萬美元如何運用取得更多控制。以一群替身來進行投資的點子，確實是聰明的一步棋。丹尼斯許多學生接手後四年來賺的錢，每年獲利可達一〇〇%甚至更高，真可說是超大型印鈔機。比起一九八〇年代初期的成功，更重要的是其中三位參與者目前的紀錄。在實驗結束之後許久，艾克哈特與兩位丹尼斯的舊門徒，傑瑞．帕克和保羅．雷霸（Paul Rabar），在二〇〇七年經手的資金就超過三〇億美元。他們現在的交易風格仍非常類似當初那段日子。

在海龜的成功故事之外，另外還有數百位成就傲人的交易員，也十分感激丹尼斯與他們分享知識和經驗。此外，被視為丹尼斯交易同儕（非接受訓練），大致上有著類似交易背景的人們，例如：布魯斯．柯夫納、路易斯．貝肯、保羅．都德．瓊斯（Paul Tudor Jones），至今仍經常名列華爾街最高薪榜。

當然，今天在媒體頭條大聲嚷嚷的新避險基金，一推出便是以數十億美元計，相較之下，使得丹尼斯交易傳人操作的三〇億金額感覺不是很高。曾任職瑞銀集團（UBS）的莊．伍德（Jon Wood），所推出的新基金一開始就超過五〇億美元，而負責管理哈佛大學資產的前任投資經理人傑克．梅爾（Jack R. Meyer）為突出資本基金（Convexity Capital）募得六〇億美元，也讓丹尼斯那一票人的三〇億聽起來沒那麼了不起。

事實上，有些人主張丹尼斯的「無血統」作法已經被超越。最近有篇報導，描述一位來自高盛集團（Goldman Sachs）的二十七歲交易員，這位麻州狄爾菲爾德中學（Deerfield

Academy）及杜克大學（Duke University）出身的「貴公子」，被形容為擁有A級交易員所需的一切要素。他的一位同儕給予盛讚：「他聰明、好勝心強，而且工作很努力。眼光可別離開這小鬼。」

那樣的讚美可得好好審查一番。如果一位交易員的職涯始於知名的高盛投資銀行，那他的價值就是得自於高盛的資金、辦公室和人脈，其成功的主要祕訣是他能在頂尖銀行占有一席之地。

只不過投資銀行向來不是偉大創業型交易員的職涯之路，那也是為何丹尼斯能帶來希望。像他這樣獨立自主的叛逆交易員，從來就不是靠著爬上層級階梯到達現今的位置。他們不會花二十五年投入辦公室政治，等著出頭的一天。丹尼斯和他的同儕從來都不是《財星》五百大企業層級的一部分。他們的目標是：依自己的條件進行市場交易賺取「絕對報酬」（absolute-return，無論市場漲跌皆要求獲利）。風險高，報酬也高。

丹尼斯的海龜實驗證明，在一切條件相同下，他的學生能學會以交易賺進數百萬美元。然而，在一切條件相同下，在他們學到「正確」的規則賺到那數百萬之後，如果他們不能像美國職棒界波士頓紅襪隊（Boston Red Sox）強打大衛．歐提茲（David Ortiz）那樣，每天展現出「再見全壘打」心態，他們就會失敗。光靠絕佳的訓練，並不足以帶來長期成功。到頭來，堅定的求勝心加上適量的勇氣，才是丹尼斯傳人們長期生存的必備條件。

在探討海龜們身上發生的「真實」故事、贏家與輸家是誰，以及輸贏原因為何之前，有必要先了解一開始是什麼促使丹尼斯採取行動。知道一個普通的芝加哥南部人，如何在一九七〇年代初以二十五歲年紀賺到一百萬美元，一九八〇年代初以三十七歲之齡賺得二億美元，是了解後天何以勝出的第一步。

# 第二章 交易塹裡的王子

「偉大投資者對問題的概念形成方式，與其他投資者不同。這些投資者的成功並非來自取得更好的資訊，而是使用資訊的方式不同於他人。」

——麥可．莫伯辛，美盛投資策略長

一九八六年對理察．丹尼斯來說是重大的一年。他賺了八千萬美元（相當於二〇〇七年幣值的一億四千七百萬美元），這種賺錢等級無疑使他躋身華爾街中心，與賺進一億美元的喬治．索羅斯、賺進八千萬美元的德崇證券（Drexel Burnham Lambert）垃圾債券天王麥可．米爾肯（Michael Milken）並列。

丹尼斯這類人的獲利，是會帶來胃痛的。他在那年當中，曾經一天之內損失一千萬美元，然後又反彈回來，這種雲霄飛車似的過程會使得一介凡人夜不安枕。然而丹尼斯得意洋洋地說，他在那暴漲暴跌的整個期間，仍然熟睡得像個嬰兒。

他賺錢的風格，就像是許多全壘打伴隨著多次的小三振。如果有所謂的「祕訣」存在，那就是他知道：心理上與實際上都必須能承受損失。然而，一九八六年是好久以前的事，當一位老專家開始談論承受「損失」的好處時，記憶已經模糊。

一九七〇年代至九〇年代中期是丹尼斯的全盛時期，當時知道他的人對他有幾種描述，包括：傳奇交易員丹尼斯、系統式交易法宗師、與投資機構德崇一起創立基金的丹尼斯、慈善家、政治活躍分子，以及領先業界的資金經理人。他是個難以被定型的人，而且他也喜歡這樣。

「賭徒丹尼斯」是唯一令他反感的標籤，因為他從不認為自己是拉斯維加斯那種賭徒。丹尼斯徹頭徹尾了解金融界的達爾文法則（也就是「勝率」），他在玩這個「遊戲」的同時，永遠知道場內其他人都等著要擊敗他。金融期貨先驅理察・桑德（Richard Sandor）對丹尼斯的看法十分正確：「這場遊戲的名字是生存，在如此混亂的市場中求生。從這一點看來，他可被列為二十世紀最成功的投機者之一。」

丹尼斯早在推出海龜實驗前便已經相當有成就。他生於一九五〇年代的芝加哥，是個來自南區老社區的街頭小子，沒有享受特權的童年、沒有富裕的雙親，也沒有認識什麼權貴友人。

他不是含著金湯匙出生，也沒有適當的人脈。

十幾歲的丹尼斯個性內向，戴著厚厚的眼鏡，穿廉價長褲。他的首次交易嘗試是在念芝加哥聖樂倫私立男校（St. Laurence Prep School）時，買了十張「留聲機」股（每股三美元），結果那家公司倒了。儘管第一次的交易嘗試失敗，但他有玩撲克的天分，憑直覺搞懂了勝率。

丹尼斯的老師們並沒有忘記他。教他神學和歐洲史的詹姆斯·薛曼（James Sherman）說，丹尼斯從來不以面值來看待任何東西，而且和他的朋友熱中於站在不同立場辯論的頭腦體操。薛曼補充道：「當時如果有人說理察·丹尼斯會當上商品交易員而變成大富翁，也許我不會相信。」這位曾教導丹尼斯的老師預測他會站在火爐前，穿著毛衣拿著煙斗，探討宇宙人生的道理。

十七歲時，丹尼斯爭取到一份暑期工作，在芝加哥商業交易所（Chicago Mercantile Exchange, CME）當跑單員。每一天，交易廳內都擠滿數百位交易員，爭鬥、喊叫以敲定交易，完全就像買賣商品的競價者，只不過這些人是在交易壍（trading pit，交易所中公開喊價交易的區域）裡競爭。這場景就好比室內美式足球賽。

丹尼斯渴望能待在那裡，但他必須滿二十一歲才能在場內進行交易。於是丹尼斯想出一種方法克服這個障礙，那就是說服父親代他交易。這位芝加哥市政府的藍領職員父親成了兒子的代理人，聽從兒子在場邊的手勢指示進行交易。

儘管丹尼斯在十幾歲時就獲得一些成功的交易經驗，他還是選擇去帝博大學（DePaul University）讀書，並在那裡重新燃起他高中時代對哲學的熱忱（在他當掉一門會計課之後）。最令他傾心的是英國哲學家大衛・休謨（David Hume）和約翰・洛克（John Locke），他們都以較簡單的方式看待世界。「證明給我看」是他們的基本觀點。

休謨認為人心就像一塊白板（tabula rasa），可以把經驗寫在上面。休謨相信，既然人類在世界上生活、行動，就該試著觀察自己是怎麼做這些事的。發掘人類信念的成因，是休謨的主要原則。另一方面，洛克主張沒有任何觀念是天生的，他提出的問題是：「如何提供心靈的所需？」他想知道理智及知識從何而來。他的答案只有兩個字：「經驗。」

休謨和洛克的思想都屬於所謂的經驗主義學派，所根植的概念是：知識由實驗、觀察與經驗衍生而來。這兩位十八世紀英國哲學家的簡單常識珍寶與這個大學生搭上了線，成為他的偶像。

關於自己的學習經驗，丹尼斯並不羞於啟齒，他堅稱：「我是徹頭徹尾的經驗主義者，就像大衛・休謨和伯特蘭・羅素（Bertrand Russell）。我對英國傳統堅貞不二。」丹尼斯認為休謨是無情的懷疑論者。休謨挑戰他那個世代神聖不可侵犯的事物，丹尼斯就愛這種態度。

令丹尼斯變成懷疑論者的不只是英國哲學。他在一九六〇年代末至七〇年代初的成長經歷，帶給他反建制（anti-establishment，也就是反對現有體制）的世界觀。他目睹一九六八年暴動期間芝加哥警方毆打示威者，就在神聖的芝加哥期貨交易所（Chicago Board of Trade, CBOT）旁邊。這是丹尼斯人生的轉捩點：

交易使我學會不要將傳統觀念視為理所當然。我在交易中賺錢，就是「多數人很常犯錯」的實證；絕大多數人犯錯的時間甚至更多。我學到市場經常只是瘋狂的群眾所組成，時常是不理性的；發生情緒性恐慌時，市場幾乎永遠是錯的。

從帝博大學畢業後，丹尼斯拿到杜蘭大學（Tulane University）研究所獎學金，但他立刻回絕，幾天內回到芝加哥開始全職的交易生涯。他用向家人借來的錢（其中有部分來自他名下的壽險保單）在美中商品交易所（MidAmerican Commodity Exchange）買到一個席位，然而他還需要交易用的現金，第一批一百美元銀彈來自他哥哥送披薩賺來的錢。

他們並不是市場作手家庭。丹尼斯一向坦誠他父親對市場很「厭惡」，他的解釋是：「經濟大蕭條時期，我祖父在股市中損失全部的錢財。投機衝動似乎不存在於那個世代。」丹尼斯知道父親的觀點對他而言永遠不適用：

要是你懷抱著一般人的金錢觀，就無法在這一行表現良好。這是什麼意思？嗯，就以我父親為例，他為芝加哥市工作了三十年，還曾經做過一份鏟煤的工作。所以只要想像一下，以他的思考框架來看待交易商品時幾秒中內損失五〇美元這件事，對他來說代表得再多鏟八小時的煤。那就是一般人的金錢觀。

要不了多久，丹尼斯的父親就發現兒子獨特的賺錢能力。一九七三年初，二十四歲的丹尼斯賺得十萬美元。大約在那時，他得意地向芝加哥報紙誇耀：「我只想讓自己能說出：『我曾經一年賺進十萬美元，而且我依然認為你是隻笨驢。』這種誇大之詞也許不是什麼健康的動機，但我確實認為那是驅動我的原因之一。」他賺的金額之大、速度之快，致使無論訪談情形或內容如何，都在數週甚至數日內便過時了。

丹尼斯的叛逆發自內心，打從一開始就有意當個怪人。他老愛說自己一點也不喜歡和尼克森總統（Richard Nixon）同一天生日——溫和地刺激那些在芝加哥金融中心拉薩爾街（LaSalle Street）各交易塹裡包圍著他的保守交易員們。他是個反建制派的傢伙，穿著牛仔褲，利用當權派大賺其錢。

在丹尼斯賺到第一筆大錢時，社會正趨於分裂。一九七四年是引人注目且艱困的一年，戈登．利迪（G. Gordon Liddy）被發現在水門案中涉嫌重大，還有「共生解放軍」（Symbionese Liberation Army）綁架美國報業大王赫斯特的孫女派翠西亞．赫斯特（Patricia

Hearst），那是個持續混亂的瘋狂時代。最後一擊是，尼克森成為首位在任內辭職下臺的美國總統。

眼前的事件，並不妨礙丹尼斯利用一九七四年黃豆價格暴漲賺進五〇萬美元。在該年末，二十五歲的他成了百萬富翁，雖然他對此成就保持低調，卻無法掩蓋。有一天丹尼斯遲了一些進到黃豆交易塹，解釋說因為自己的一九六七年雪佛蘭破車發生故障，惹來其他交易員群起炮轟，他們很清楚丹尼斯買得起好幾百輛新車。

與眾不同的不只是他的個性，還有他的交易行為。丹尼斯會閱讀《今日心理學》（*Psychology Today*）（這裡面可找不到官方的經濟或穀物報告）以保持情緒的掌控，提醒自己：直覺在交易中是怎麼被高估的。他最喜歡誇耀說，大部分交易員早早起床、盡可能讀遍所有能拿到的資訊（從天氣報告到農業局每日評估報告），他則是在被窩裡待到最後一分鐘，才在開盤前趕到交易所。

在這個時期的某個時間點，丹尼斯正要前往接受記者訪問，途中順道至銀行存款，想存入三二萬五千美元的支票（那大約是他一九七六年時二到三週的獲利金額）。在一九七〇年代存入那樣的一筆錢相當不尋常，每當丹尼斯試圖存入這種巨額支票時，總會遇上麻煩。他沒想到的是，櫃檯人員看著的那張支票，可能超過她職業生涯的總所得；只不過，也許比她還年輕的丹尼斯，是無法直接在支票上簽名兌現的。

隨著他的名聲日益高漲，《芝加哥論壇報》（*Chicago Tribune*）、《紐約時報》（*New York Times*）及《巴隆週刊》等全國性的報刊，都拿他的年輕和成功大做文章。在這個芝加哥知名交易員通常保持沉默、守口如瓶的圈子裡，這可不是標準作業流程。

丹尼斯對自己的成長過程，以及所帶給他的獨特價值觀樂在其中，甚至可說是沉迷：

我成長於芝加哥南區的愛爾蘭天主教家庭，雖說有點混亂，但我承襲的價值觀相當強烈。我的「三聖」包括天主教堂、民主黨及芝加哥白襪隊（White Sox）。我會將我早年的價值系統形容為豐富，雖然仍有些局限。我父親會帶我去赫里氏酒館（Hurley's Tavern），我在酒吧裡看著人們從高腳凳上摔下來，那大概就是把威士忌稱為「愛爾蘭汽水」的人們會做的事。

教堂、棒球、民主政治及愛爾蘭飲酒習慣，為他的青少年時期帶來極大影響：

我的三聖對於成年的我影響有多大？對白襪隊，我的信念既深刻且堅定；對民主黨，我的信念既淺薄且逐漸消逝，幾乎完全沒得到回報；對於教堂，唔……十六年的天主教教育恐怕是使我成為一名懷疑論者。

看看一九七六年這位二十六歲百萬富翁在《紐約時報》上的照片，丹尼斯倚靠著沙發，左手邊坐著他的父親，他似乎感覺不到攝影師的存在，從照相機鏡頭不難看見那反建制派的瞪視。圖說更加強了丹尼斯異於常人之處：「他開著便宜的老舊破車，穿著廉價的衣服，錢愈堆愈多，卻都沒在用。」

然而，媒體對這位年輕人的所有報導，讓丹尼斯遇上他也許沒預料到的事：人們向他伸手要錢。「他們大部分都很沮喪，」他回憶道：「有個人說：『幫幫我學做交易，我開始負債了。』有些人則描述得像是只需要五千或一萬美元就能讓他們快樂，唯有那些信值得回覆──為他們解釋金錢不會真正改變什麼。」

成熟到能夠以如此樸實的觀念應付媒體的二十六歲年輕人並不多見，然而丹尼斯就從未讓身邊的漩渦干擾自己賺錢的工作。很簡單，他的交易技巧是以季為等級做交易，換句話說，他想要利用的是黃豆（他一開始的專長）之類市場的季變動。丹尼斯會同時持有相同或相關市場的期貨多頭部位（long position，賭市場上漲以獲利）及空頭部位（short position，賭市場下跌以獲利）。（譯註：「部位」為留置在帳戶中未結清的期貨契約。）

## 美中交易所時期

丹尼斯一得到美中交易所（前身為Chicago Open Board）的席位，便立刻開始起跑。一開始丹尼斯對於自己在做什麼一無所知，不過他學得很快，學會如何像賭場經營者一樣思考：

我一開始時使用的系統叫作「什麼都不知道」。四年來，我只是賺取「優勢」。如果有人給我〇・二五美分的優勢買到一份燕麥合約，我認為對方也是什麼都不知道。我只知道我賺到〇・二五美分的優勢，到了一天結束時，那些優勢大約就等於我的利潤。很明顯地，單就一天來看不一定是如此，但是拉長時間就會是這樣。我嘗試著像經營一家賭場那樣進行。其實沒那麼神奇，期貨交易所裡的人一直都是在做這種事，但是在美中交易所裡就有點像是革命之舉，因為沒有人知道可以藉由大量交易平衡風險。那就是我起步的方式。

丹尼斯在美中以極短時間從時速零加速到一百公里，沒有人知道他是怎麼學會他所做的那些事。他知道交易員有自我毀滅的傾向，於是把全副精力放在和自己打的仗上：「了解佛洛伊德對『死亡衝動』的想法，可能遠比了解米爾頓・傅利曼（Milton Friedman）對『赤字開支』

的想法更重要。」在今日，下班後去找華爾街大銀行裡那些年薪五〇萬美元的當紅交易員聊聊，你會發現，很少人會說佛洛伊德是賺取數百萬美元的入場券。

然而，交易比丹尼斯所言要困難得多。初期的漲跌讓他付出不少學費，但也讓他在數月間便學會難度很高的課程。「你必須度過失敗的心理歷程。」他說：「我曾經在一天之內犯了現代人所知的每一項錯誤。我承擔了太大的風險，每一次的價格突破都因恐慌而賣在最低點，我布了一張能在當天收進四千美元的網，卻在兩小時內損失了一千美元。這次經驗花了我三天時間才在心理上克服，而我認為，那是有史以來發生在我身上最棒的一件事。」

大約就在這個時期，一九七二到七三年間，丹尼斯與湯姆・威里斯（Tom Willis）和羅伯特・摩斯（Robert Moss）等交易伙伴相遇。他們自此即將共事數年，成為密友及商業上的夥伴，由丹尼斯擔任領導者。這位明星不穿閃閃發亮的亞曼尼西裝，他的哥兒們也不穿。他們穿的是和二手車業務員一樣的外套，滿臉落腮鬍和一頭亂髮，外表掩飾了精打細算的玩家身分，一週五天痛擊他們的同儕。

和丹尼斯一樣，威里斯成長於勞工階級家庭，他的父親先是送牛奶，後來是送麵包，以幫助二十一歲的他在美中以一千美元買到一個席位。威里斯原本沒聽說過什麼是交易所，直到某天他在《芝加哥論壇報》看見標題為〈本性無私交易員勝出〉的報導，談的是二十二歲半的理察・丹尼斯。

威里斯立刻就對這位同輩的反建制世界觀產生認同感。丹尼斯不畏懼說出自己投票給反戰的尤金．麥卡錫（Eugene McCarthy），也不認為因為自己有激進思想就該去開計程車。幾年後，丹尼斯更加直接，他說：「市場是合法又道德的維生方式，當交易員並不代表必須是個保守主義者。」

然而最初抓住威里斯注意力的，並非丹尼斯的政治立場，而是在這個階級與地位永遠是進入門檻的世界中，丹尼斯竟然有那樣的賺錢態度。威里斯不作第二想，馬上跳上吉普車開到芝加哥洛普區（Loop）的費雪大樓（Fisher Building）找那間交易所。他第一次抵達美中時，這位未來榜樣完全占據了他的視線：「丹尼斯在交易廳裡。我在《芝加哥論壇報》上看過照片，所以認得他。」

威里斯開始在美中做交易，但並沒有立刻與丹尼斯有任何接觸，固然他們是場內最年輕的兩個人。交易塹裡其他人都是六十五到八十歲，事實上他們都帶著痰盂坐在椅子上，年輕的丹尼斯昂然聳立在這群賴在椅子上的老傢伙之間，畫面想必相當特別。

距離芝加哥期貨交易所幾個路口遠的美中交易所，當時只是個微不足道的角色，場子很小，大概只有一千五百平方呎，當時威里斯不知道自己在美中的起步會如何發展（後來建立起三十多年的交易職涯），但他確定在丹尼斯眼中的是更宏大的未來。

當時就連芝加哥商業交易所的要角也都開著豪華轎車來請教丹尼斯。不過最後是丹尼斯主動接近威里斯，很可能是因為他表現夠好——沒破產，而且年齡相近。

丹尼斯告訴威里斯：「如果你考慮買小麥而它走勢很強，黃豆價格則太低，小麥比它高出五倍，與其賣出你買的小麥，何不賣出黃豆？」這是很深奧的見解。事實上，買強賣弱的觀念至今仍使投資者感到困惑，它跟買低賣高的直覺相牴觸。

那時丹尼斯已經開始與其他交易員分享知識，他是個天生的教師。丹尼斯在自己或威里斯的公寓裡教導年輕的交易所會員們，威里斯會買二百份雞肉和一大桶馬鈴薯沙拉，他的一房一廳公寓裡擠進五、六十人，由丹尼斯授課，講解如何進行交易。

這麼做是有其實際用意的。美中正賣出新的會員資格給各種類型的交易員，他們很多人都沒有經驗。丹尼斯和威里斯教的是「流動性」。為了讓市場對美中交易所能生存下去有信心，必須有夠多的買家和賣家。這種教育文化造就更優秀的交易員，進而創造更優秀的交易所，而這些更優秀的交易員開始賺錢，一切都可歸功於丹尼斯。

克瑞格・拉克洛斯（Craig Lacrosse）、蓋瑞・拉克洛斯（Gary Lacrosse）、艾拉・雪曼（Ira Shyman）、約翰・葛雷斯（John Grace）、韋恩・艾略特（Wayne Elliott）、羅伯・塔利安（Robert Tallian）及大衛・韋爾（David Ware），全是向丹尼斯學習的芝加哥交易員。這些人也許並非家喻戶曉，不過後來都相當成功，部分就是因為青年丹尼斯的大方傳授，而且他一點也不後悔將自己的技能分享他人。

公寓訓練班下課後，每個人各自回家，然後第二天在交易塹碰頭。他們會在盤中問丹尼斯：「你的意思是不是這樣？」他則回答：「對。」丹尼斯無償地獻出他的知識。

## 芝加哥期貨交易所

先不談丹尼斯的傲人經歷與獲利，丹尼斯沒多久就需要比小聯盟似的美中更大的競技場，他開始計畫如何進入世界最大的期貨交易所——芝加哥期交所（CBOT），去打敗那裡的大角色了。一到CBOT，他那冷靜的舉止與其他交易員們的嘶吼狂叫和瘋狂手勢形成強烈對比。丹尼斯很快地就在他們的場子裡打敗了他們，他所用的「下注」風格常是那麼地輕鬆，以至於他的交易單當真會從手中掉到地板上。

丹尼斯轉到CBOT去是個歷史性的時刻。威里斯簡直不敢相信：「丹尼斯去了期交所，跌破眾人眼鏡。他們從沒看過這種事。我的意思是，這小鬼把整個場掀翻了。不是因為他做得到，也不是因為他想炫耀，而是玉米上漲，黃豆漲二美分，玉米跌三美分，他們以上漲一．五美分賣他一百萬蒲式耳（bushel，一蒲式耳約當三六．四公斤）的黃豆，接下來你只知道收盤上漲七美分，而大家都在談論『這個新來的小鬼是誰？』」威里斯忍住不提那些丹尼斯剛到CBOT時，被他打到輸掉褲子的老交易員名字，因為其中有許多人至今在市場上仍十分活躍。

有一次丹尼斯的學生說，這位老師相信自己場內交易成就的背後，靠的是身體優勢的支持：「你有聽過他認為自己能成功的真正原因嗎？他身高六呎多，而且像貨運列車一樣龐大，可以俯視人群，更重要的是，人們都看得到他，永遠感覺得到他的存在。他真心覺得那是自己成功的原因。」

丹尼斯將成就歸功於自己的身高體重，但這還不是故事的全貌。要在二十五歲成為一位百萬富翁，原因絕不只是「高六呎多」及體重三百多磅。即使體重過重，丹尼斯的同儕們還是形容他在交易廳內的身手像貓一樣敏捷。

## 離開交易塹

在那個年代的交易廳裡，身處塹內進行交易也許頗為刺激，不過今日的芝加哥期交所現場十分安靜。那可不代表今日交易已死——差得遠了，只是電子交易以任何人都沒想過的速度，淘汰了舊有的交易方式。

然而，即使一九七〇年代的交易廳或許熱力十足，丹尼斯拓展自己交易成就的唯一方式卻是離開它。芝加哥交易廳都是設計成多個交易塹，在每個場裡進行不同市場的交易。要在一個以上的市場做交易，他得真的在廳裡跑來跑去，穿梭於各交易塹間。

丹尼斯的作法讓他能夠保持買強賣弱的一貫作風。他知道如果他那一套對黃豆和玉米管用，那麼對黃金、股票和其他所有市場也會適用。

在此同時，他也看到華爾街在改變。隨著經濟的開放和擴張，新市場快速且爆發式地出現，固定收益期貨（fixed income future）推出，隨後在一九七五年，國際貨幣市場（International Monetary Market, IMM）開放以交易股票的方式交易貨幣。丹尼斯知道這一切的背後意味著什麼。

為了拓展交易範圍，丹尼斯搬到二十三樓的辦公室，遠離了交易員們大吼大叫的騷動。丹尼斯在一九七五年十一月，他搬家的同一時期，和賴瑞·卡羅（Larry Carroll）合夥，取兩人姓氏的第一個字母創立C＆D商品公司。

關於卡羅的公開資訊很少（他們倆是在美中交易廳相識的）。還有，雖然代表丹尼斯的D排後面，兩人的合夥關係也非決策與獲利平分的那種，主導者永遠是丹尼斯。過不了多久，C＆D公司已經成為世上最大的獨立交易公司之一。他們迅速地趕上了所羅門兄弟證券（Salomon Brothers）、貝氏堡公司（Pillsbury Company）等老牌機構投資者。

然而丹尼斯的離開，使得曾經看過他在場內呼風喚雨的其他交易員大吃一驚，都覺得他瘋了。他們認為想要和所羅門兄弟、貝氏堡這類對手競爭，相當於自殺行為，因為沒有人認為他能保住在場內時的「優勢」。丹尼斯自己一向也都說，交易塹是最安全的地方。

這次的轉變的確差點搞垮丹尼斯，他離開交易廳之後陷入一番掙扎。一九七〇年代末，市場真夠他受的了。威里斯看過那段掙扎時期，他回憶道：「坦白說，他有點幻滅的感覺，有點失去平衡。」他們倆到酒吧討論這個狀況。丹尼斯不認輸，他看著威里斯說：「湯姆，我擁有的東西非常棒，在場外運用得當也能一年賺進五千萬美元。」

換算成今天的幣值，這相當於說他手上的交易方式好到能讓他一年賺二億美元；或者，可以想像為一般尺度下所能賺到合理數值的五〇倍。換作是別人，威里斯會持保留態度：「要是我不認識丹尼斯，我會說：『天啊，他聽起來真的比我想的還不正常。』在一九七九年說要賺五千萬美元是件瘋狂的事，但我相信他，而他也做到了。如果優勢佳、想法好，我們就衝上前去，吃下所有交易。如果真的是好交易，我們就衝上前去，找二十個人去做。事實上，這非常、非常符合以幾何方式拓展運用好主意的能力。」

正如丹尼斯所預言，他在一年內就達成了目標：盡可能在每個市場做交易，藉由這個流程賺更多錢。不過賺了那麼多錢，並沒有讓他有絲毫改變。他的新辦公室沒有大理石裝潢，也不是玻璃帷幕，外面通往辦公室的走道鋪著髒兮兮的褐色木板，辦公室門上寫著「C＆D商品公司，理察．丹尼斯等人」，毫無贅飾，隔壁就是這層樓的男廁。

賴瑞．卡羅的外甥馬汀．海爾（Martin Hare），在十六歲還是高中生時就開始為丹尼斯工作。海爾目前是聖地牙哥美林證券（Merrill Lynch）的高階主管，於一九八二到八九年間在丹尼斯這異於傳統的辦公室工作。現在回想起那陣子的課後打工，海爾仍然充滿熱忱：「我一連三個夏天都在剪報蒐集華爾街的結算價。我在C＆D的週薪是一二〇美元，比之前夏天打工的九〇美元高。C＆D辦公室是寶藍色的，有一間休息室給需要小睡片刻的人使用，大多是丹尼斯在用，還有一台塞滿啤酒的冰箱。」

也許丹尼斯的身體已從交易廳消失，但這位隱士似的交易奇才仍像宙斯一樣盤旋於市場之上。每當有大單進入交易壍時，每個人都感覺得到他的存在。交易員們都知道不要擋在他的單子前面，否則很有可能會被丟在一旁。有時候評論者和主管機關認為他分量太重，不公平地影響市場，丹尼斯則揶揄地說：「酸葡萄心理。」

這些批評是學會如何輸錢者的藉口。丹尼斯無法忍受人們拿他的成功當箭靶，當他讀到自己捐二五萬美元給阿德雷・史蒂文森（Adlai Stevenson）的事，被報導為伊利諾州有史以來最高額政治獻金之後，他說：「被歸類為百萬富翁讓我有點退縮。如果某人只擁有十萬美元，他不會被稱為萬元富翁，如果窮人捐出一元，人們也不會說：『窮人捐出了他最後一塊錢。』」

雖然丹尼斯財富日豐，他仍然在辦公室裡掛著反核海報，也依舊置身交易所的友好氛圍之外，不想曝露在聚光燈下。「我們和他的接觸不多。」期交所的玩家們這麼表示。

當他的同輩們都在蒐集高級轎車和豪宅的同時，丹尼斯仍然穿著那落伍的廉價化纖褲，腰圍日寬，平日的運動只是到吵鬧的餐飲店吃便宜漢堡。常見的畫面是，穿著短袖襯衫、不打領帶的丹尼斯，仔細端詳取自《棒球摘要》（*Baseball Abstract*）的神祕棒球統計數字。事實上，他後來買了一點白襪隊的股份，成為股東之後，在一九八〇年代試圖讓白襪隊管理者了解比爾・詹姆斯（Bill James）式「棒球經營學」的好處，結果是對牛彈琴。

丹尼斯很有個性。他的一位學生麥可・夏農（Michael Shannon）看過丹尼斯的朋友在幫丹尼斯搬離南區套房時，試圖幫丹尼斯整裝。夏農回憶道：「威廉・艾克哈特和其他人，其實是強迫丹尼斯搬到比較符合他身分地位的地方。」

對丹尼斯來說，金錢只是遊戲的計分方式。他說得很坦白：「交易有點像是打棒球。如果你一直想著自己的平均打擊率應該是多少，打球時注意力就無法集中在正確的事情上。錢對交易員來說就是平均打擊率。」

這位創新思想家兼重量級棒球迷，在每個人心中都留下了視覺的印象。有幾位密友提起過丹尼斯的襪子，他的一個學生笑道：「你得確定他是不是穿著兩隻同色的襪子。」

常被稱為丹尼斯的第一位投資者、畢業於西點軍校的布萊德利・羅特（Bradley Rotter），見證了他的古怪：「我在他家參加一場國慶日網球派對，可是一直找不到『理察・丹尼斯』……到了派對結束的時候，他從家裡出來，穿著白色網球上衣、白色網球短褲——以及黑鞋黑襪。我永遠忘不了那個畫面。」

羅特並不是在嘲笑丹尼斯。他尊敬丹尼斯很帶種，無論如何都順著趨勢交易。在棒球裡，

「帶種」的意思是：談球賽人人都會，但如果要參加球賽，就必須揮棒。丹尼斯揮了，而且是大力一揮。他不要一壘安打，他是貝比．魯斯（Babe Ruth），要揮出全壘打，是對準全壘打牆揮棒那種類型的賺錢者。

然而，這位交易界的貝比．魯斯，對日常生活瑣事幾乎可說毫無知覺。他一點也不注意信件和個人帳單，都是由C＆D後勤辦公室處理，甚至還要負責送衛生紙到他家去。他位於黃金海岸（Gold Coast）的公寓裡有健身房，但幾乎沒在使用，他說：「我偶爾會去拍拍那些啞鈴。」他喜歡花三分之一的時間什麼事也不做。

丹尼斯的另一位學生厄爾．基佛（Erle Keefer）還談了些古怪以外的事：「丹尼斯也許是我個人所知最棒的射手。在龐大的壓力下，其他人也許會退縮，而他卻能帶著自己的錢穩穩地站在那裡，扣下扳機。當他發現錯誤，也能瞬間回頭。真是神奇——那不是交易，那是本能。」關於「本能」這個詞是有爭議的，畢竟那就是丹尼斯實驗的訴求。

## 政治野心

丹尼斯的成就後來造成更嚴重的問題。在一九八〇年代中期，批評者指責他強力干預市場，責怪他造成市場過大的波動，到處流傳著「勾結」之類的話語。丹尼斯並不買帳，他回應：「一個人眼中的波動，是另一人眼中的利潤。」

一九八四年丹尼斯擔任某廣播節目的來賓，有位聽眾去電向他保證，如果他交易得夠久，一定會把獲利全數回吐。

你可以感覺得到那種氣憤，有些人只是不想聽到一個毛頭小子賺了數百萬美元。雖然每個人都知道交易所需要投機者，有太多人並不想讓承擔風險的這些人賺到錢。當美國國會調查「市場效率」（efficiency of the markets）（實在無法定義這個詞是什麼意思）時，丹尼斯親自出席。在政府主管機關證實丹尼斯的一切買賣都沒有違反交易所規定之後，那些批評者才閉上嘴巴。

不久丹尼斯就加入政治之戰，進入一個全新的境界。他成為民主黨在美國境內最大的資助者之一，他慷慨的焦點通常放在一般的政治人物和各類型弱勢者身上，從捐獻數百萬美元給破舊的婦女之家，到大麻的合法化，那些不受大眾矚目的訴求吸引著他（他每年會捐出獲利的一〇％）。丹尼斯自稱是大方的自由主義者，曾捐出一千美元給前黑豹黨（Black Panther）成員巴比．魯斯（Bobby Ruth）。

丹尼斯的行動不只是開支票而已，他和比爾．布萊德利（Bill Bradley）成為好朋友，並且於一九八四與八八年分別支持華特．孟岱爾（Walter Mondale）和布魯斯．巴比特（Bruce Babbitt）參選總統，也為對抗保守主義的死忠分子羅伯特．伯克（Robert Bork）進行強力遊說。丹尼斯心中存在著對政治理想的理性判斷：「如果有件每個人都討厭，但你覺得是正確的事，那就是重要且應該做的事，因為沒有其他人會去做。」

然而，靠資助社會上的貧民而成為成功政治家，可不像靠交易而賺進數百萬美元那樣簡單。光是資助自己的理念並不夠，丹尼斯還想要「推動」它們，結果立刻遇到障礙。政治並非一場零和遊戲，這一點使他挫折不已。「更糟的是，政治人物沒有思想，只會複製選民的想法。人們……並不想聽痛苦的事實。」

他受邀參與組成華盛頓政治圈的交際舞會，卻老是踩到腳趾，而且很少克制自己發表意見。有一次，有人介紹前聯準會（Federal Reserve）主席保羅．伏克爾（Paul Volcker）給丹尼斯認識，結果伏克爾向丹尼斯說他「不喜歡你在芝加哥擁有的那些賭場」。

丹尼斯很清楚，人們之所以縱容他是因為他有錢，唯有當他要說的話影響重大，人們才會聽。他在一九八二年成立了新智庫，位於華盛頓特區的羅斯福美國政策研究中心（Roosevelt Center for American Policy Studies），不久之後該組織便開始遭受打擊。

無論你有幾百萬美元，華盛頓都是一個嚴苛的市場。而現在，連民主黨員都在打擊他。他說：「大致上說來，自由主義者主要令我煩躁的是，他們認為『讓每個人更有錢就能讓窮人更有錢』不可能實現。我一直搞不懂的是，為何他們連那種可能性都不曾想過。」

政治世界的問題是，丹尼斯無法像操控芝加哥交易塹那樣操控國會。能夠擁有美國憲法六份原稿中的一份是一回事（丹尼斯真的有），試圖影響現代政治領導人又是完全不同的另一回事。他開始感到不耐煩。

最後，過了好一段時間，他成為自由派美國卡托研究所（Cato Institute）的理事之一，和他共事的包括一些值得注意的同輩，諸如：自由媒體公司（Liberty Media Corporation）董事長約翰．馬隆（John Malone）、聯邦快遞公司（FedEx Corporation）董事長兼執行長佛德瑞克．史密斯（Frederick W. Smith）等。

丹尼斯的政治探險一直都不甚順遂。有位批評者認為丹尼斯是個惡霸，因為他不調整自己的思維以配合他人，丹尼斯則認為那種批評出自不敢挑戰現狀的典型華盛頓野心家。

丹尼斯主張麻醉藥品合法化的立場，最能說明其行為動機。他知道當今的「禁毒官員」（drug czar）比爾．班奈特（Bill Bennett）那種「向毒品說不」的作法，永遠無法扼止毒品暴力行為。丹尼斯認為，應該允許人們做他們想做的事，即便那件事會傷害他們自己也一樣，只要不傷害他人就行。他解釋道：

> 毒品戰爭違反「己所欲，施於人」的黃金法則。我們沒有一個人能免除罪惡或誘惑，有誰真的想因為自己的道德缺點被關進牢裡嗎？如果我們十多歲大的孩子因為持有麻醉藥品遭到逮捕——這個可能性不低，因為五四％的青少年承認自己嘗試過非法藥品。難道我們真的希望孩

子被送進監獄，淪為年少無知好奇心下的犧牲品嗎？

這個人在交易塹內，從別人身上盡可能取得金錢而賺進數百萬美元，但同樣很明顯的是他也關心別人的福祉。真是矛盾的綜合體。

## 波濤洶湧

在風光的一九八六年之前，丹尼斯有過幾段嚴重的低潮期；也許是政治野心使他失去了焦點。加重丹尼斯負擔的是，在此之前他就開始不只操作自己的錢了。他還幫別人代操，然而管理他人金錢並非他的強項。丹尼斯說：「損失別人的錢所造成的麻煩大得很，真的是很難搞。我回家還得擔心這件事。」

他的客戶可不想聽這種話。一九八三年，他管理的資產達到超過二千五百萬美元的高峰，但客戶的帳戶卻碰上亂流：在一月份上漲五三％之後，二月和三月下跌了三三％。這次下跌已足夠使喬治・索羅斯抽回他僅僅在兩個月前投資丹尼斯的二百萬美元。丹尼斯的基金淨值在四月和五月局部反彈之後，又劇降了五〇％。他那一九八三年代價值高達一五萬美元的電腦，並不能安慰緊張的客戶。

有許多丹尼斯的客戶花了超過兩年時間，投資才回到損益兩平。大部分客戶都撐不下去，於是丹尼斯在一九八四年關閉了一些帳戶。他將管理費退還給虧損的客戶，並坦誠說，像操作自己的錢那樣積極操作客戶的資金，客戶們在心理上是承擔不起的。要是以月為基礎來看他所謂的積極操作，會是什麼樣子呢？

理察・丹尼斯因巨額報酬而成名，那正是他的客戶想要的——變得「像理察一樣富有」（rich like Rich）。他們登船時就知道這趟旅程可能會有些搖晃，卻故意忘掉在大浪中航行會暈船的事實。一出現惡水的徵兆，在吐出獲利的同時他們就縮短行程並責怪丹尼斯。丹尼斯痛苦地學到了人們非理性的期望心理。

在二〇〇五年，丹尼斯回顧自己在基金管理競技場中的麻煩時期，他說：

> 我認為問題在於資金經理人很少坐下來和資金擁有者談談，出面的永遠都是一家又一家公司的代表。當你拿著顧客的錢，你通常會試著取悅那些想要「過得去就好」的人，然而你也許能向那些真正擁有資金的終端客戶解釋：「現在也許看起來很不好受，但我們正在試圖完成一項壯舉。」

然而，在一九八三年的當時，丹尼斯需要一條出路，以逃離與顧客相關的無止境競爭。他

**表2.1　理察·丹尼斯操作績效：1982年7月至1983年12月**

| 日期 | VAMI | ROR | 年度ROR | 帳戶總值（百萬美元） |
|---|---|---|---|---|
| 1983年1月 | 3475 | 53.33% | | |
| 1983年2月 | 3284 | -5.49% | | |
| 1983年3月 | 2371 | -27.82% | | 18.7 |
| 1983年4月 | 3058 | 29.01% | | |
| 1983年5月 | 3184 | 4.11% | | |
| 1983年6月 | 2215 | -30.42% | | 19.0 |
| 1983年7月 | 1864 | -15.88% | | |
| 1983年8月 | 1760 | -5.57% | | |
| 1983年9月 | 2057 | 16.87% | | 14.6 |
| 1983年10月 | 2671 | 29.89% | | |
| 1983年11月 | 2508 | -6.10% | | |
| 1983年12月 | 2160 | -13.90% | -4.70% | 13.5 |

VAMI（月增值指數，Value Added Monthly Index）：用來追蹤逐月績效的指數，代表最初投資的1,000美元，截至該月成長為多少錢。
ROR：報酬率（Rate of return）。
資料來源：巴克萊績效報告（Barclays Performance Reporting, www.barclaygrp.com）

想將更多注意力導向具有遠見的策略上，從哲學探討到更偉大的目標——大麻除罪化，乃至於任何事情；只要不是應付那些沒耐心又無知的客戶就行。

從很多角度看，海龜教學實驗是丹尼斯的第二步，而且他自己也知道。他說：「我想，你不應該活在自己交易學徒反射的榮光之中，不過我正是如此。我認為（訓練海龜交易員）是我在商品交易界做過最棒的一件事。」但在當時丹尼斯並無從得知，這件他所做過最棒的事將以很難想像的方式改變他的人生，以及投機交易的歷史。

撇開光榮和傳奇不談，一九八三年的丹尼斯得屏除一切雜念，眼前最要緊的任務，只有從回應廣告的數千名應徵者中，選出他的海龜學生。

# 第三章
# 海龜們

「運氣在交易中究竟占有多重的分量？長期來看是零，絕對的零。我不相信有人是因為有個幸運的開始，而在這行賺到錢的。」

——理察・丹尼斯

多年來，幾乎每當人們談起丹尼斯的訓練實驗時，聽到這事的人一定都會拿它和一九八三年春季由艾迪・墨菲（Eddie Murphy）和丹・艾克洛德（Dan Aykroyd）主演的經典電影《你整我，我整你》（*Trading Places*）相比。過去二十年來，在戲院或電視上看過這部電影的人數高達數百萬。

這部電影的點子，似乎是來自馬克・吐溫（Mark Twain）發表於一八九三年的短篇小說

〈百萬英鎊〉（The £1,000,000 Bank Note）。這篇著名小說設想一個十分老實的美國遊客被丟在倫敦，身上什麼也沒有，只除了口袋裡有張一百萬英鎊的銀行本票，也沒人解釋它是哪兒來的，然後推測接下來會發生什麼事。

在《你整我，我整你》中，超級富有的兄弟檔商品交易員摩帝馬．杜克（Mortimer Duke）和藍道夫．杜克（Randolph Duke），打賭說他們能把由艾克洛德飾演的貴族路易斯．溫索普三世（Louis Winthorpe III）變成一名罪犯，也能把由墨菲飾演的街頭騙徒比利雷．范倫汀（Billy Ray Valentine）變成一位成功的交易員。在電影裡，摩帝馬．杜克的主張和休謨及洛克不同，他宣稱：「因為基因，你將溫索普放在任何環境，他都會出人頭地。遺傳……就像賽馬，一切都取決於血統。」

當我試著百分之百確定該劇劇本是在丹尼斯的海龜實驗之前完成時，該公司的編劇赫歇爾．溫洛（Herschel Weingrod）透露了一絲線索。他斷然表示在一九八二年十月完成劇本之時，他從沒聽過理察．丹尼斯。他研究並撰寫關於一九八〇年代初芝加哥交易圈的劇本，在那當下卻沒有聽說過理察．丹尼斯？似乎不太合理。

然而，假定該劇的基本前題對丹尼斯的實驗有所影響，是很合理的一件事。我不是唯一一個持此看法的人，丹尼斯的學生麥克．卡爾（Mike Carr）也表示，每當談起實驗時經常得到同樣的回應：「無論何時你向任何人描述這個計畫，他們就說：『喔！就像《你整我，我整你》。』當然，兩者的邏輯雷同，實情你得問丹尼斯與艾克哈特，但我向來認為那除了巧合之外沒別的可能。」

很容易看出為何卡爾會這樣說。丹尼斯在電影開始策畫之前就已經是個實驗主義者，但這部電影最低限度也一定是觸發他行動的催化劑。當丹尼斯被問到訓練實驗是否受到《你整我，我整你》啟發，他否認道：「天啊，沒有！其實我認為電影才是後來者。我當然希望真是那樣！我真的很喜歡那部電影。我們做實驗是因為每個人都相信直覺，包括艾克哈特這個非常注重邏輯的人在內。我思考過直覺，也思考過交易，那感覺似乎不大對勁。」

丹尼斯的另一位學生麥克・夏農，以尊敬丹尼斯的聲調，由衷否定卡爾的說法：「讓我這麼說吧。我不客氣地講，你可以賭上屁股說那部電影（對實驗）有該死的影響力。絕對有，不管丹尼斯是不是否認，當然是有的。」

撇開丹尼斯的否認，兩者的雷同度之高，實在難以視為巧合。丹尼斯看著藍道夫和摩帝馬在大螢幕演出他的爭論：藍道夫確信艾迪・墨菲的角色是一次糟糕實驗的產物，摩帝馬則認為那種看法是瞎扯。

和電影不同的是，丹尼斯和艾克哈特打賭的真正本質（如果有的話）是什麼，沒有人知道。然而，《你整我，我整你》這部電影確實在這個訓練實驗策畫之前，票房就已經超過一億美元。

丹尼斯就要成為新的威利旺卡（Willy Wonka），即將讓人進入他的「工廠」——C&D商品公司，就像威利旺卡邀孩子們進入巧克力工廠一樣〔譯註：出自小說《巧克力工廠的祕密》（*Charlie and the Chocolate Factory*，後改編為電影《巧克力冒險工廠》），威力旺卡在他的巧克力工廠安排一次歷險，以選出工廠的接班人〕，這對他也是有風險的，學生們可能令他失望，或更糟的是，偷走他的祕訣。丹尼斯並不退縮：「有些人跟你說『不』，但我認為（交易）是可以傳授的。在我看來，很明顯那可以傳授，沒什麼神祕的。既然不神祕，那我應該能交給別人去做。我不想再花那麼多時間在工作上了，而且我想證明給其他人看，這裡面沒什麼了不起的祕密。」

## 人生是隨機的……有時候

人們為了得到丹尼斯的注意，幾乎願意做任何事。在他的學生們為了擠進交易特訓班所用的一切方法當中，應屬吉姆．梅尼克（Jim Melnick）的最極端、最有創意。梅尼克來自波士頓，是個體重超重的勞工階級人士，住在芝加哥郊外一家酒吧樓上。不過，他決心盡可能地接近丹尼斯，於是真的搬到芝加哥，只為了打聽丹尼斯的消息。後來梅尼克當上芝加哥期交所的警衛，每天早上丹尼斯走進大樓時，他都會說：「早安，丹尼斯先生。」接下來，砰，廣告出現，然後梅尼克被選上了。

身負數百萬美元與權力的丹尼斯，從街上拉來一個傢伙後給他機會重獲新生，梅尼克的故事完全是窮鬼翻身。他怎麼知道盡量接近丹尼斯就會得到什麼？他當然不知道，但他希望會。他的自信預言了未來。

另一位丹尼斯的學生形容梅尼克的「凡夫」特質說：「他讓我聯想起卡車司機，奇蹟似的成了『海龜』，而他仍無法相信為什麼或如何發生……他怎麼走到今天這個位置，我完全搞不懂。」

麥克．夏農，之前是名演員，十六歲時便離開學校，他也擠進了丹尼斯的窄門。他回憶：「當時我是經紀人，不過是個很糟的商品經紀人。」夏農從一群場內經紀人中得知這個廣告，但他知道自己的履歷有問題，他的解決之道是：「我捏造了一份假履歷寄給丹尼斯。我用了可恥的手段得到這份工作。」履歷造假的人就算不是被開除，至少也不會被錄取，但是對C＆D商品公司的古怪頭兒來說，事情並非如此。

另外，吉姆．迪馬利亞（Jim DiMaria）是聖母大學（Notre Dame）畢業生，也是一個從《奧齊與哈麗雅特》（*Ozzie and Harriet*，譯註：美國早期美滿家庭影集代表作）場景蹦出來的愛家男人，在他應徵時已經為丹尼斯在交易廳工作了。迪馬利亞記得，偶爾廳裡會進來一筆「千口」大單（一千份期貨合約的行話）。終於他問：「下這種巨量大單的是誰？」他想他聽到的答案是，那是位「有錢牙醫」，這很合理，因為常常有醫生來玩玩交易。事後他推想當初聽到的，原來是理察・丹尼斯而非「有錢牙醫」（譯註：Rich Dennis音近“rich dentist”）。

然而，丹尼斯找的可不只是門房和場內交易員，對象還包括受過高等教育者。麥可・卡伐洛（Michael Cavallo）擁有哈佛MBA學位。頂著一頭褐色亂髮、戴著鋼絲框眼鏡的他，打聽到這個即將改變他人生的廣告時，還是一位在波士頓工作的上流企業鬥士。

卡伐洛看到廣告時已經聽說過丹尼斯，他回憶道：「我看到廣告時，差點從椅子上摔下來。他在找游擊手新兵。我簡直不敢相信，這正是我夢想中的工作。我立刻應徵了。」

至於其他的準學員得知實驗的經過，也充滿著許多奇遇。前美國空軍飛行員厄爾・基佛拜入丹尼斯門下，也屬完全的巧合。基佛是在紐約市洗三溫暖時，隨意拿起一份報紙而注意到丹尼斯的廣告。

當時《你整我，我整你》的女演員潔美・李・寇蒂斯（Jamie Lee Curtis）正和她男友坐在同一家三溫暖裡，基佛坐在那裡讀《巴隆週刊》。「我看著這個廣告而我知道丹尼斯這個人，我說：『哇！這傢伙真的這麼做了。』」基佛覺得自己錄取的機會很小。

在一九八〇年代初，商品交易圈是清一色男人的世界，但確實也有女性應徵；嬌小、亮麗，貌似美國知名女主播凱蒂・庫瑞克（Katie Couric）的麗茲・雪佛（Liz Cheval）便是其中之一。雪佛一定知道自己的女性身分會使她在眾多應徵者中特別突出。當時她正積極考慮一份製片的工作，不過白天時仍在一家經紀商上班。

雪佛的舊東家布萊德利・羅特知道這個職缺很了不得：「丹尼斯已經在幫我管錢，讓我獲利不錯。麗茲跑來對我說她在考慮應徵，又問她該不該這麼做。我說當然，那可是攸關一生的機會。」

傑夫・戈登（Jeff Gordon）當時是律師兼小企業主，他偶然在隨手翻閱時看到廣告。身高五呎八吋而纖瘦的戈登，原本可能參與《菜鳥大反攻》（*Revenge of the Nerds*）的演出，他知道這個機會可能大得很：「每個人都想要交易技能，像理察・丹尼斯那樣賺錢。」火速寄出履歷是另一個巧合又幸運地改變了一生的決定，戈登在一次心跳的瞬間就做出決定。

既然丹尼斯的個性古怪，那麼季利・「喬治」・斯沃博達（Jiri "George" Svoboda）會被選上也就不令人意外了。他是來自共產國家捷克斯洛伐克（Czechoslovakia）的移民，大部分人眼中的超級弱勢者。他是大師級的黑傑克（亦即二十一點）玩家，早在《贏遍賭城》（*Breaking Vegas*）和一九九〇年代著名的MIT黑傑克隊出現之前，他就打鼓似的打遍拉斯維加斯。（譯註：該電影描寫一名麻省理工學院教授對六名高材生進行賭博精算訓練後，組隊到拉斯維加斯豪賭二十一點，大賺了一筆。）

丹尼斯挑中的還有湯姆・尚克斯（Tom Shanks）。尚克斯有著深色頭髮，長相英俊、對女性很有一套，白天在赫爾交易公司（Hull Trading）當程式設計師，晚上則運用他的二十一點才能打遍拉斯維加斯。

尚克斯和斯沃博達因二十一點地下社團而認識了彼此，後來他們在芝加哥巧遇，斯沃博達對尚克斯說：「嘿，我是來和理察．丹尼斯面談的。你聽說過這件事嗎？」尚克斯一無所知，但他說：「你得幫我也弄個面試！」結果他們兩個在同一天下午都被錄取了。

基佛知道他們的瘋狂背景。他說：「斯沃博達靠的是捷克團隊，而尚克斯基本上是靠靴子裡的電腦。」尚克斯曾說：「我這輩子再也不想再看到靴子了。」他得學會如何拆開靴子以放入電腦，一陣子之後他變得非常厭惡靴子。其他的發明，則讓尚克斯在打牌時對牌序的判斷近乎神準。

丹尼斯怎麼能不錄取一個在一九七〇年代把電腦放進靴子裡的傢伙呢？下這種功夫相當於大喊：「不計一切要贏。」

另外還有麥克．卡爾，他在任職於角色扮演遊戲「龍與地下城」的公司時，就已建立起自己的名聲，引起一股追隨他創作戰爭遊戲的風潮。他還發展出一套紙上遊戲「天空之戰」（Fight In The Skies），模擬第一次世界大戰形式的空戰。卡爾剛好在睽違六個月後第一次拿起《華爾街日報》時，看到這個廣告。他稱之為「天意」。

通過篩選的傑瑞．帕克知道若自己選上的話，人生可能為之改變。他是位謙遜的會計師兼狂熱的基督徒，頭髮適當地分線，在看到C＆D的廣告之前並無意往交易方面發展。他說：

「我是小城市裡的人（來自維吉尼亞州林奇堡（Linchburg）），而丹尼斯拯救我脫離了平凡的人生。」

帕克說得好，任何一個凡人學生被正式「拯救」之前，都必須撐過篩選過程。寄出履歷之後，通過第一階段篩選的應徵者會收到一封信與一份考題。

信件內容既正式又實際，一點也看不出丹尼斯的「熱力與精力」。它以照本宣科的律師口吻說，錄取的海龜們在完成短期的訓練及試用期之後，會得到利潤的一五％當作薪水。所有的準學員都被告知他們將必須搬到芝加哥。這個階段的學生候選者還要提供大學入學考成績單，如果無法提供，則必須解釋原因。

還有別的，候選者要完成一份六十三道是非題的測驗。這些是非題乍看之下都很簡單，不過再仔細想想，也許頗難回答。取部分題目為例：

1.做多或放空擇一為之，不要同時進行。
2.在所有的市場中買賣等量的合約數。
3.如果你冒險的本錢是十萬美元，每次交易應該只用二萬五千美元。
4.你進場時就應該知道如果損失發生，要在何處出場。
5.落袋為安，你就永遠不會破產。

6.大多數的交易員永遠是錯的。
7.平均獲利應大約是平均損失的三或四倍。
8.交易員應該要願意讓獲利變成損失。
9.有很高比例的交易原本應該是獲利的。
10.需要錢、想要錢，是做好交易的好動機。
11.交易時，天生的好惡傾向是做決策的良好指南。
12.長期來看，成功的交易中帶有運氣的成分。
13.交易中遵從直覺是件好事。
14.趨勢不太可能持續不變。
15.買進時向下攤平是件好事。
16.交易員從損失中學到的，比從獲利中更多。
17.追隨他人對市場的看法是件好事。
18.下跌時買進，反彈時賣出，是個好策略。
19.大部分時候都要有獲利是件重要的事。

就像大學入學考一樣，這份測驗卷也有申論題。學生候選人必須回答是非題背面的申論題，每題只有一句話：

1.寫出你喜歡的一本書或一部電影及原因。

2.寫出你喜歡的一位歷史人物及原因。

3.為什麼你想得到這份工作？

4.寫出你做過的一次冒險及原因。

5.有沒有其他你想補充的部分？

丹尼斯也列了一些申論題詢問學生可能有的好壞特質，以及那些特質對交易是否有幫助或傷害。此外，他還想知道學生候選者寧可選擇實力還是運氣。這些問題的答案都沒有課本可以參考！

其中第四道申論題，在候選學生們的答案裡，有人手上沒門票就開了一小時車去看籃球賽，還有人後車廂載著威士忌在沙烏地阿拉伯開車兜了好幾個月（絕對不是你在那裡該做的事）。沒球賽門票的那個人被錄取了，但是為了冒險而冒險的那個人則沒有。

戴爾·德路奇是C&D的程式員，後來成了學生們的日常經理，他說錄取策略有一種「看著辦」的心態，又說：「我們找聰明人，也找想法奇特的人。有點實驗的成分在內。」

然而丹尼斯很清楚他要找的是什麼。他要的是數學天分高、ACT（美國大學入學測驗，American College Testing）分數高的人。他想找對電腦或市場法（market method）有點興趣的人，原先工作內容是將事情系統化的人占有優勢。丹尼斯補充：「我們最後錄取的大多數人都對遊戲有點興趣。他們有下西洋棋的，也有下西洋雙陸棋（backgammon）的，而且精通的程度足以讓他們在履歷中提及。」

數學能力絕對不是唯一的決定因素。丹尼斯和艾克哈特知道，長期的交易成功和高智商並沒有一比一的對應關係。他們試圖評估的是應徵者以勝率思考的能力，也就是在拉斯維加斯玩二十一點需要的那種思考能力。還有他們想要情緒及心理特徵是能抽象地看待金錢的應徵者，如此他們才能專注於如何將錢當作工具以賺進更多。

最重要的是，丹尼斯喜歡選能夠收起自尊的人。雀屏中選的這幾個人，沒有一個想要登上《時代》雜誌封面（至少他們被錄取的當時是如此）。丹尼斯最後選擇了他認為有受教能力的人，既然要跟著丹尼斯，他們就得是一塊白板。

這裡再次強調：被選上的學生是一群不折不扣的雜牌軍，這群人在文化、社會、性別、政治方面，是你所能找到最多元化的組合。華德．迪士尼（Walt Disney）和他著名的「小小世界」一定對丹尼斯敞開雙臂的作法感到非常驕傲。

## 攸關一生的面試

那些通過考試的候選者，接著就被要求在芝加哥冬季裡親自到C＆D商品公司辦公室面試。所有人的流程都一樣，由德路奇護送他們進出考場，丹尼斯和艾克哈特一起面試每個人。面試者對於兩位面試官的隨興和（大部分狀況）友善都感到驚訝不已。

寄出造假履歷的麥克．夏農在面試前認真地做了一些研究，他到《芝加哥論壇報》的地下室盡可能地查閱丹尼斯的報導，稍後他發現：「試題的答案有九成以上可以在報導裡找到。」夏農還研究了丹尼斯喜歡穿什麼：「我知道他不喜歡穿鞋，討厭西裝等一切行頭。我只穿了一件破舊的運動外套，一條牛仔褲和一雙帆船鞋，沒穿襪子。」

看來丹尼斯和夏農有一個共同點：他們都是玩紙上遊戲「冒險」（Risk）長大的。夏農說：「我知道他十幾歲的時候玩這個，我認為那有點幫助，確實打破了冷場。」

以下供不熟悉「冒險」遊戲的讀者參考：那是一個統治世界的遊戲，目標是征服世界。要贏，你就必須攻擊與防守；攻擊是為了占據領土，防守是為了保護領土以免落入敵手。丹尼斯也許異於常人，但他生來就是為了要贏，那正是玩「冒險」的意義：打敗他人，取得勝利。

另一位學生候選者保羅．雷霸，剛好是所有錄取學生中最有經驗的交易員。雷霸從UCLA

醫學院休學，在那之前，他是受過古典音樂訓練的鋼琴家。不過，在丹尼斯錄取他之前，他已經接受過查克・勒博（Chuck Le Beau）的訓練和指導。在一九七〇年代末到八〇年代初，勒博是赫頓公司（E. F. Hutton & Co.）西岸經紀部的區域主管，那也是他教導雷霸的地方。

其中一個「小小世界」的故事是，八〇年代初的億萬少年俱樂部（Billionaire Boys Club, BBC）醜聞中，他們的赫頓辦公室承接了其中的部分經紀業務。億萬少年俱樂部創辦人喬・堅斯基〔Joe Gamsky，後來改名為喬・杭特（Hunt）〕，並成為多部電影的焦點〕，一九八〇到八四年間在芝加哥商品交易所的交易金額相當大，因而名聲響亮。在詐欺案爆發之前，堅斯基受到芝加哥交易塹和媒體的注意程度和丹尼斯差不多，同樣被譽為少年奇才。

然而，勒博和雷霸並沒有做錯什麼，他們只是為形形色色客戶完成交易的經紀人。不過，有沒有可能丹尼斯只是想看看雷霸對堅斯基的操作有什麼了解，才找他來面試？這種研究對手的事當然是丹尼斯可能會做的。

雷霸的面試內容確實進入了更細部交易觀點的討論。在其中一點上，丹尼斯問了個狡猾的問題：「如果你在同一筆『做多』交易上，連續五次被反彈出場，該怎麼辦？」雷霸自信滿滿地說：「如果它再次上漲，我還會再買進。」雷霸的知識是他被錄取的很大因素，不過也是個例外。丹尼斯並不想要一屋子的雷霸。

另一方面，厄爾・基佛一開始是跟丹尼斯聊英國經驗主義。他們討論「什麼是真實？」並很快進入更深層的爭論，討論喬治・伯克萊（George Berkeley）所著的《希勒斯與斐洛諾斯的三篇對話》（*Three Dialogues Between Hylas and Philonous*）。後來基佛發現，丹尼斯尋找的其中一樣特質是「中止你所相信的真實」的能力。

之後，艾克哈特很快地將話題轉離哲學，他要考考基佛。他問：「你相信中央極限定理（Central Limit Theorem）嗎？」基佛回答：「我相信中央極限定理就像停擺的鐘一樣，一天內有兩次是準的。」稍後又說：「我對我們即將要玩的遊戲所知不多。」

艾克哈特是在暗示，他們的交易策略建立在一個觀念上：如果你擲骰子，連續出現六次六點的情形，比一般人所知或所預期的更常發生。換句話說，艾克哈特的意思是，他們並非均值回歸派（mean reversion）的交易員。均值回歸派的交易員賭市場會維持在一個窄小的區間內，如果它們超出區間，通常會再回到平均範圍。簡單講，他就是說市場有趨勢，而且趨勢來得意外。基佛知道那意思是說，他們不是選擇權交易員。

麥可・卡伐洛的面試優勢則不一樣。卡伐洛說這是唯一讓他真正樂在其中的求職面試，根本不在乎會不會得到工作，因為他「和兩位擁有驚人智慧的面試官進行了很棒的對話」。他們連珠砲似地問他許多問題，要他對自己了解市場的程度，從零到一百打個分數。他回憶：「我回答『六〇』，這答案不是出於面試技巧，而是我認為自己的程度在此。」

事後，丹尼斯喜歡談起他拿這問題問每個人的故事，克提斯・費斯（Curtis Faith）回答

「九十九分」而麗茲回答「一分」。丹尼斯總是愛說：「我兩個都錄取，因為如此一來，我想我就擁有關於市場所能知道的一切。」很顯然，你沒辦法預先猜到丹尼斯想要的答案是什麼。而且面對事實吧，輕率地說出「哈佛商學院畢業生」式答案的學生候選人，是沒什麼勝算的。卡伐洛知道，在《財星》五百大的世界中，說出費斯和雪佛那種答案是得不到工作的。他解釋說：「有一大堆地方會說：『哇噢，這傢伙太自大了，他懂的才沒有他想像中那麼多，他以後一定會失敗。』而他們也許會說：『她太膽小了。』但事實上，他們喜歡的某些東西，其他地方可不一定喜歡。」

另一方面，麥克．卡爾回答丹尼斯自己最欣賞什麼人時，很容易會被解讀為不得體。卡爾回憶：「我記得丹尼斯問我：『為什麼選爾文．隆美爾（Erwin Rommel）？』只有我選擇隆美爾元帥（有名的『沙漠之狐』）當作最欣賞的歷史人物。雖然他在第二次世界大戰期間是德國的將軍，卻不是個納粹分子。最重要的是，不論以將軍或男人的身分，他都受到雙方陣營軍人的高度尊敬。」

在面試結束之後，只有麥克．卡伐洛提到他做了件有利的聰明事：面試可不是在離開房間就結束了。在面試之後，德路奇護送卡伐洛去搭電梯，並且說：「嗯，進行得怎麼樣？」卡伐洛回答說，他覺得面試真是太棒了，但他很快就想到，這問題搞不好也是面試的一部分：「我說我好喜歡丹尼斯與艾克哈特。然而其他人也許會說：『噢，天啊，他們真是令我難受』之類的話。」

丹尼斯的智囊團亮牌，你得加入他們的「遊戲」。過程中，電梯這關一定刷掉了一些原本會通過面試的人，這很殘酷。也許之前沒通過篩選的面試者讀到這段時，會想起當時他們在電梯裡向德路奇說過什麼愚蠢的話，就是在那時他們遭到淘汰。沒有人說人生是公平的。

卡伐洛並沒有被蒙蔽，他知道像他這種資歷、一眼就能看穿的候選者，並不是丹尼斯心目中的人選。他很驚訝自己能夠入圍。這一天下來，丹尼斯和艾克哈特發現太多像卡伐洛和雷霸的人，有太多的壞習慣要改。

有人認為哈佛MBA是在商業界成功的唯一入場券，醒醒吧，卡伐洛是例外錄取，而不是錄取典型。很明顯的是，丹尼斯和艾克哈特相信，全部錄取哈佛MBA是失策之舉。

這些學生候選人對面試有著不同的看法。傑夫·戈登認為選擇過程取決於「遊戲」天分：「當時我沒有履歷，所以我寫了封信給他說，我花在玩西洋棋的時間比上法學院的時間多。有趣的是，我女朋友讀了這信之後說：『你不能這樣寫！』我說：『不，那是事實，理察·丹尼斯是異於常人的傢伙，我想他要找的是有點異於常人的人。』」

在面試中，戈登合理地認為他要向丹尼斯和艾克哈特學的東西很多，但他們卻回答：「呃，你可能會失望喔。」丹尼斯當時身價好幾億美元，然而他不但謙虛還自貶身價。

麥克·卡爾之前為「龍與地下城」工作，也許是說服C&D智囊團錄取他的關鍵，因為德路奇和艾克哈特都說他們的兒子喜歡玩這款遊戲，正如卡爾所言：「我知道這有利無弊！」話雖如此，卡爾不太清楚丹尼斯的交易風格，在面試過程有些地方又表現不好。他回憶道：「理察・丹尼斯以技術交易聞名，但我當時不曉得。」他在面試中問丹尼斯：「你的操作是看技術面還是基本面？」丹尼斯說：「我們操作看技術面。」卡爾接著說：「基本面交易死了嗎？」丹尼斯揶揄地丟回一句：「但願沒有。」

相對上比較是圈內人的吉姆・迪馬利亞，已經在當丹尼斯的經紀人，他知道自己的家鄉對交易野心的重要性：「那是芝加哥的命脈之一。如果我來自巴爾的摩或洛杉磯，也許我永遠不會做像這樣的事。」但是在迪馬利亞獲選進入實驗之前，他就知道自己終究想要成為做交易決策的人，而不只是別人的場內經紀人。他得找個辦法做到，而丹尼斯的實驗就是答案。然而，迪馬利亞完全被選擇過程搞糊塗了。「無論如何我被選上了。我不知道有沒有人曉得自己為何被選上。我聽說有些丹尼斯身邊的人是選來當對照組的，就好像『我們就抓他來吧。』也許就像我？我真的不曉得。」

所有的學生候選人都知道，一生難得的機會正瞪視著他們的臉，無論他們是否真的了解他們即將踏入什麼地方。例如：麗茲・雪佛在面試即將結束時，發現自己也許給他們不錯的印象，這才兩腿發軟。「如果我早知道（有錄取的可能），就像中了工作樂透，也許就通不過這次面試了。」她在面試中表現出自信，因為她無法相信自己離成功已經那麼近。她知道如果被選上的最糟狀況，就是她的履歷至少會因丹尼斯幾個禮拜的傳授而加強。沒什麼好損失的。

總而言之，這個錄取過程一點也不像獵人頭公司那樣精確。在召募新人或設計考題以選出最有能力、準備好學習的人方面，丹尼斯和艾克哈特並沒有受過正式訓練。對他們來說，靠交易賺大錢是一回事，舉辦一個「先天或後天」的真人實驗，又是相當不同的另一回事。

## 海龜合約

一旦獲得丹尼斯計畫的錄用，海龜們必須遵守一項嚴格的保密協定，名為「交易指導受訓者合約要覽」，內容有一個部分提到，每位參加者都必須簽下五年合約，任何時候丹尼斯得不經通知逕行終止。沒有任何條款保障學生留在計畫裡，不過合約中確實明白寫著，學生操作丹尼斯的錢時若發生損失，不會追究其責任：「受訓者將無義務繳回預付金，它們不包含於賺取的績效費之內，受訓者也無須為不良的交易績效負責。」而對於那些預先想好如何取得丹尼斯「祕笈」之後盡快賺大錢的學生來說，合約是沒有彈性的。合約內容禁止他們用自己的帳戶交易，也禁止他們為丹尼斯以外的任何人代操。接下來的合約內容還明文規定，禁止成為丹尼斯的競爭者，或洩露參與者可能得知的任何機密或獨家資訊。最後，合約結尾註明所有學生在接下來的五年內，都不得洩露丹尼斯的獨家系統。

擁有法律背景的人，也許會覺得這項合約令人倒盡胃口。話雖如此，在沒有真正的保障、未來行動又受到種種限制之下，仍然沒人拒絕加入海龜計畫。簽下合約之後，海龜們便入學了。

一九八四年一月，海龜們入學時的芝加哥與現在並不相同。已故知名轉播員哈利・凱雷（Harry Caray）還在瑞格里球場（Wrigley Field）當播報員，而今日已獲選入選棒球名人堂的雷恩・桑柏格（Ryne Sandberg），其菜鳥生涯也才剛開始，蘋果電腦麥金塔作業系統（Apple Macintosh）剛上市沒多久，霍克・霍肯（Hulk Hogan）打敗鐵人酋長（Iron Sheik）拿到世界摔角協會（World Wrestling Federation）冠軍。政治方面，雷根即將壓導性地擊敗孟岱爾，這將令丹尼斯感到相當不悅。

在這樣的大環境背景下，這些獲選學習拿大筆錢做交易的少數幸運兒，仍然必須吸收那令巴菲特等投資家退避三舍的交易規則。沒有買進並持有（buy and hold），或買低賣高，他們即將學到的東西與全世界最頂尖大學金融系所裡教的截然相反，那時候是，現在也是。不信你可以拿這個故事講給大學教授聽，看看他們反應如何。

## 課堂上

如果丹尼斯在實驗時期的身價只有十萬美元，海龜們還會那麼專心聽講嗎？不會。丹尼斯知道海龜們都是「呆頭」，他們聽進每一個字，是因為他賺了二億美元。

如果他說：「星期一，當標準普爾五百股價指數剛好漲三十五檔（tick，價格跳動的最小單位）的時候，無論如何你就買進。」即使要所有的海龜們上刀山，他們也會遵守指令。一名海龜說，當有個賺了二億美元的傢伙說：「你可以在水上行走。」人們就會說：「對，我可以在水上行走。」我們所有人腦袋裡都存在著一個「不可能」的心理山峰，而此時，你已經翻越過去。

無論是棒球或交易，翻越「心理山峰」就是在達到智慧和情緒都遭受挑戰的時間點時，回答：「我做得到。」丹尼斯的聲望，加上海龜們從一千多位應徵者中脫穎而出所生的自信，使海龜們輕鬆攀越這座山。再怎麼說，畢竟兩位交易巨星選擇他們當學生，已經給了他們動機。

二〇〇六年率領底特律老虎隊（Detroit Tigers）得勝的總教練吉姆・李藍（Jim Leyland），也散發出同樣的氣息。這支球隊曾在幾年前一年輸掉一百多場比賽，真是可怕的紀錄。但現在他們擁有李藍，一位人人信賴的總教練，沒有一隻底特律老虎不是突然覺得自己能夠火力全開。投手陶德・瓊斯（Todd Jones）說：「如果有一天我上場時，發現自己被排在第四棒的強棒位置，我一定能擊出安打。」當然啦，人們並不期待投手會擊出安打！

海龜們也有同樣的心態。兩週的訓練，就好像丹尼斯和艾克哈特一直喊「跳！」而海龜們則回答：「要多高？」然而，多年來傳奇的傳頌，已經使得海龜訓練的整個過程聽起來遠比真實情形更優雅、更深奧。

他們被請到芝加哥市中心的聯盟俱樂部（Union League Club）接受招待，卡伐洛形容那裡「有點像古時候的高尚俱樂部，有許多年長的人在報紙後面打盹。」

他說得並不誇張。湯姆・威里斯和我曾在二〇〇六年試過到那邊吃午餐，但因為我穿著牛仔褲而被趕出來。對於過去靠市場致富的人們來說，聯盟俱樂部仍然是舊時代的堡壘。深色的木板裝潢，磨損的東方地毯及皮面家具，職員都是慢動作的年長聯盟員工，該俱樂部早已過了顛峰時期。

很顯然，從海龜們踏進俱樂部至今，它並沒有什麼太大改變。在一九八三年理察・丹尼斯會加入這樣的俱樂部其實有點滑稽，因為他是那麼反建制的一個人。然而丹尼斯不過是實際罷了，畢竟這個俱樂部的位置很接近芝加哥期交所和C&D商品公司辦公室。

海龜們也在聯盟俱樂部接受為期兩週的訓練。他們時時刻刻都得穿著外套、打領帶，包括丹尼斯在內。如果你將海龜定義為只代操丹尼斯的錢，那麼訓練室中的二十幾個人裡只有半數是海龜。這完全是HBO熱門影集《我家也有大明星》（*Entourage*）的翻版。

就在訓練開始之前，海龜們參加了一個開幕派對，丹尼斯很喜歡在聖誕假期舉辦盛大的派對。新來者淺嘗了一下丹尼斯式的芝加哥社交生活，並且藉機認識一下彼此。不過這個派對並沒有舒緩多少緊張氣氛，訓練的第一天，許多人覺得就像回到小學剛入學的情況，整個胃絞成一團。他們充滿不安地走進教室。

丹尼斯、艾克哈特和德路奇處理訓練的方式，就和面試過程一樣。其實這個C&D商品公司智囊團是在聖樂倫天主教高中相遇，命中注定地，他們只因為依字母順序入座，就成了親密好友。

海龜課程的第一天，安靜到連一根針掉下去都聽得見，不過空氣中瀰漫著一股清晰可辨的興奮。能像丹尼斯那樣賺錢的可能性，使得每個人的情緒高漲。第一個小時由德路奇解釋課程進行的程序，並且幫從未做過交易的人說明一些「雜務」。

德路奇扮演的角色是「團隊保母」。他鼓勵海龜們在課堂中發問，不過一開始很少人照做。讓每個人失望的是，第一堂課出現的不是丹尼斯，而是艾克哈特，他一上來就開始談「風險管理」的挑戰。

風險管理並不是新交易員們心目中合理的起點。艾克哈特選擇風險管理當作第一課，是海龜們正開始一趟非傳統旅程的第一個跡象。他不從賺錢的方法開始上課，而是幫學生們打基礎，教他們在發生虧損時必要的處理。

另一位C&D的同事羅伯特・摩斯，數度受邀來講授交易的執行。他想讓同學們了解，他們下的單在進入場內後所發生的真實情形。他說：「我想丹尼斯與艾克哈特是想要學生們能充分了解，因為有些人從來沒真正踏進過這一行。」

學生們一度過初期的緊張之後，就有一些問題與討論的交流。不過，上課方式主要還是臺上講、臺下抄。有經驗的海龜們很快便發現，丹尼斯和艾克哈特知道的遠比他們多出許多。卡伐洛說：「他們講的東西很多我都知道，不過我不曉得他們把某些東西看得那麼重要。」

與熟悉海龜實驗人們的普遍認知相反，丹尼斯第一天的缺席並非異常。艾克哈特在這兩週的訓練中教了海龜們許多東西（第二年的訓練只有一週）。

諷刺的是，雖然艾克哈特是賭「人無法學會交易才能」那邊，但在課堂中卻是由他上大部分的「主菜」，而丹尼斯則接力談些關於交易戰的故事及趣聞。

對於近距離看過他們倆的人來說，丹尼斯的能力是瞬間觀察到其他人可能得花上幾星期詳細數學計算才能發現的東西，就連艾克哈特也讚嘆丹尼斯憑直覺就能「看到」的天賦：「看看這東西的意義，看看深藏其中的道理。那真的有用。」話雖如此，艾克哈特也是個數學天才，他是機率大師，兩人看法的結合，簡直可說是種神奇的組合。

夏農看到他們兩人互利共生的重要性：「事實上，系統有很大一部分不是由丹尼斯，而是由艾克哈特發展出來的。他們在兩人之間共同孵育它，當然也都為其負起責任。」

在很多人看來，艾克哈特只是在搭順風車，從心理學的角度欣賞海龜實驗，但在實驗之後，艾克哈特無疑想討回屬於他的功勞。現在他不時就對人強調他「共同設計」系統，「共同傳授」給海龜們。沒有艾克哈特，就沒有海龜。

卡伐洛認為，他們的合作當中有著更重要也更微妙的一面：「艾克哈特做了許多真正的數學工作來發展系統，我想他沒有丹尼斯的交易天才。這就是為何我認為在他們的討論中，艾克哈特覺得交易天才是主要部分，而丹尼斯認為系統才是。」

今天的艾克哈特，交易職涯極為出色。長期來看，可以說他比丹尼斯獲得更大的財富，其避險基金現在已接近八億美元。然而當艾克哈特和丹尼斯一開始合作時，丹尼斯是靠交易賺了大錢的人，而艾克哈特則是他指導的第一位海龜。

對夏農來說，很明顯丹尼斯在財富與交易經驗方面，起步時便大幅領先艾克哈特。他說：「艾克哈特當時比較傾向於明智地追求交易觀念，而非為了可觀的財務獲利而加入。」隨著時間經過，艾克哈特發現他已經在商業面和實際交易間取得平衡。夏農又說：「我認為艾克哈特現在也許身價更高，然而一旦你身價超過二三〇億美元之後……。」

艾克哈特一向會敦厚地承認，在先天後天的賭注中是他輸了，他錯押在「系統無法傳授給街上抓來的小鬼」這邊：「我原以為交易員添進某些機械式程式無法包含的東西，但事實證明我錯了。大致上說來，（海龜們的）學習效果好得超乎預期。交易是否能被傳授？答案絕對是肯定的。」他也嘲笑人們主張海龜們成功全憑運氣的說法：「光靠運氣就要達到像我們曾經有過、而且持續締造的成功經驗，機率趨近於零。年復一年，系統對我們一直都很管用。我們將一部分系統傳授給別人，結果對他們也管用。他們後來又管理別人的錢，結果仍然管用。」雖然艾克哈特承認他們的成就確實有可能是靠運氣，但他認為機率微乎其微。

「無限多猴子理論」（Infinite Monkey Theorem）說，只要讓世界上數百萬隻猴子隨機地敲打鍵盤，最後就會有一隻敲出莎士比亞全集，艾克哈特也不信這一套。到今天，有很多人不時就提出「艾克哈特和海龜只是所有猴子裡的倖存者」之類的看法。

有些批評者則試圖找藉口，說海龜們只是精心挑選出來非常聰明的學生。畢竟，麥可・卡伐洛可以同時跟五個人下西洋棋，就算蒙住眼睛仍能很快地打敗對手，他代表著C&D辦公室中並不缺頭腦的事實。艾克哈特不同意地說，他看不出好交易和聰明之間有多大關係：

有些傑出的交易員很聰明，但少部分不是。許多傑出的聰明人根本是糟糕透頂的交易員。平均水準的智商就已足夠，在那之外，情緒因素更為重要，畢竟這不是什麼複雜的火箭科學。不過，學習你在交易中該做的事，比真的去做要容易多了。

艾克哈特是說，就像人生中其他任何事一樣，大部分人知道正確的作法是什麼，但卻做不到。交易也不例外。

這位丹尼斯的合夥人兼左右手，在早期擔任丹尼斯助手時，就親身體會到做正確的事有多困難；一九七〇年代芝加哥其他許多年輕交易員也是如此。他和丹尼斯一起經歷的打擊，發生於一九七八年十一月一日。卡特（Carter）總統試圖阻止美元貶值，那一次「苦其心志」的教訓，令艾克哈特永遠銘記在心。

政府調升利率並干預貨幣市場，對丹尼斯和艾克哈特來說可不是好消息，他們持有大量黃金、海外貨幣及穀物的多頭部位。市場一開盤就崩跌，黃金跌停板，每盎司下跌超過十美元，因此他們無法出場。白銀雖然也巨幅下跌，但仍能交易。紐約商品交易所（COMEX）說他們仍可進行交易，因此他們開始賣出白銀的「空頭部位」，靠它下跌獲利以保護自己，對抗黃金的進一步損失。但他們也考慮過白銀有可能上漲。決策要下，而且要快，賭注相當大。

丹尼斯冷靜地問艾克哈特：「我們該怎麼做？」艾克哈特恐慌地僵在操盤室，丹尼斯放空白銀，幾秒後它也跌停了（大賺一票）。艾克哈特激動地說：「在我腦海中，那是丹尼斯最棒的交易，因為他在最大的威脅下完成。如果他沒有那樣做，接下來的金價下滑就會讓我們破產。」

有海龜滔滔不絕敬畏地說，「當他們既聾又啞還破產」，丹尼斯仍「有種」執行那交易：「他們做錯方向，而對丹尼斯來說，能完全彌補且完全逆轉真是太棒了。他是少數能夠瞄準大錢扣扳機，而且扣得極為明智的人。某些人只會發狂然後崩潰，特別是在他們做錯方向，要被送進貧民窟的時候。」

有些人可以用小錢日進日出而不擔心虧損，但是當他們的交易量增加（比方說）百分之百後，交易決策就變得舉足輕重而問題百出。他們會開始想自己正在賺或賠多少錢，而更難在「大額」交易面前保持平衡的頭腦。情緒浮上檯面，讓保持客觀愈來愈難做到。海龜們被灌輸的很大部分觀念，正是切斷金錢和交易的關係。

摩斯看到丹尼斯能完成那次白銀交易的特質：「有些人能在做一口、五口或十口時，只操作部位而表現得不去想錢。」摩斯從未看過能做得更好的人。親近丹尼斯而叫他「叔叔」的小湯姆・威里斯（Tom R. Willis，湯姆・威里斯的兒子）說，丹尼斯只是和世上其他人有著不同的輕重緩急觀念：「當他認為自己有優勢時，就會將極大的交易額全部投入某部位。」

丹尼斯也許能扣扳機，但是淒慘的第一年差點打垮他。他在那年十一月的第一天賠了二百萬美元，一度來到生死關頭，這次經驗迫使丹尼斯和艾克哈特重新評估他們所學到關於交易的一切。他們開始用電腦測試「所知的每種想法或傳統觀念，成功交易員是能發展出系統，把事情歸納為規則的人。每個有市場價值的想法都必須測試」。

別漠視這個故事並說：「二百萬美金耶，富翁才玩得起，我可玩不起！」這是要命的錯誤觀念。錢，比上不足，比下有餘，如果你有一億美元而賠了二百萬就是沒什麼，如果你有五萬美元而賠了一千元也是沒什麼，兩者都是虧損二%。

這倒不是說賠錢這件事可以輕鬆以對，但丹尼斯和艾克哈特教海龜們不要將交易想成金額，而要把金額想成參數，因為如此一來，無論帳戶大小，他們總是能做出正確決策。

然而，丹尼斯和艾克哈特想要海龜們最先了解且最為重要的是，他們那種投機幾乎沒有外部限制，發生在一個無限的環境中。他們可以在任何時候，以任何額度下注在任何可能的市場變動，但如果海龜們進入這個沒有限制的環境而不保護自己有限的資產，遲早機率便會逮住他們。

他們在課堂上提出的課程解決了「投機」的兩難。既然市場是零和遊戲，海龜們學到即使是賺最少的交易員，也是從其他市場玩家身上賺錢。既然如此，他們就必須使用和場內其他人都不一樣的方法。

意思是說，只要長期下來持續做出「好」交易（不一定每筆都賺錢），最後賺錢的機會就大幅增加。拉大格局來看，一月、一季甚至一年的壞，意義其實並不大。海龜們學到最重要的是，要有在真實世界中測試過的穩當交易手法。

丹尼斯和艾克哈特找出了真實世界的賺錢之道。他們在海龜教室裡傳授哲學和規則，就像是不上飛機而做了兩星期的飛行駕駛訓練一樣。

# 第四章 海龜哲學

「……當你排除了一切的不可能之後，剩下來的再怎麼不像真的，也一定是真的。」

——亞瑟・柯南・道爾爵士（Sir Arthur Conan Doyle）（福爾摩斯語）

丹尼斯和艾克哈特兩週的訓練充滿著科學方法，那是他們交易風格的結構性基礎，是兩人在高中時便打下的論述基礎；休謨與洛克也是依據同樣的基礎。

簡單來說，科學方法就是一套調查現象以取得新知識，同時修正並整合舊知識的技術。所根據的是觀察得到、實驗得出且可量測的證據，並訴諸推理法則，包括下列七個步驟：

1. 定義問題。

2. 蒐集資訊和資源。
3. 建立假說。
4. 進行實驗並蒐集資料。
5. 分析資料。
6. 解讀資料並推導出結論，作為新假說的起點。
7. 發表成果。

這不是你從CNBC能聽到，或是地方經紀人打給你提供每日熱門明牌時會得到的那種討論。這種實用主義的思維缺乏快速致富建議的那種熱力，丹尼斯和艾克哈特很堅持的是，學生們首先要將自己視為科學家，其次才是交易員——這是他們以做「對的事」為信念的明證。

實驗主義的丹尼斯知道，沒有堅定的哲學基礎就埋頭苦幹非常危險。他絕不希望自己的研究只是電腦裡跳躍的數字，而必須有一套理論，並且能用數字予以確認。丹尼斯說：「我認為你需要觀念上的機制，當作你著手行動的第一個項目，以及你檢驗的最後一件東西。」

這種想法讓丹尼斯超前於他的時代。數年後，學者丹尼爾．卡尼曼（Daniel Kahneman）因「展望理論」（Prospect Theory，屬於行為財務學）贏得諾貝爾獎，這酷炫的名稱就是丹尼斯賴以維生並傳授給海龜的實際作法。避開經常淹沒其他眾多交易員的心理壓力，是海龜的必行任務。

丹尼斯與艾克哈特傳授給海龜們的技術，與丹尼斯早期在場內依季操作的技巧並不相同。海龜們被訓練成順勢操作的交易員，簡言之，就是他們需要「趨勢」才能賺錢。順勢操作者永遠在等待市場動起來，然後追上去，搭上主要趨勢，不論上或下，都以獲利為目標。

海龜們被訓練為如此，因為在一九八三年，丹尼斯知道最管用的東西是「規則」：「其他大部分不管用的東西就是判斷，看來整體而言較好的部分便是規則。你不能一早起床就說：『我想要擁有關於市場的直覺。』你會得到太多判斷。」

即使丹尼斯知道賺大錢甜蜜點的真正位置，他仍常用太多的隨意判斷搞砸自己的交易。回顧過往，他責備自己的場內經驗說：「一般來說，在場內交易的人，都不是優良的系統式交易員。他們學習各種不同的東西，隨著面前的（價格）『跳動』起舞。」

發明順勢操作的並非丹尼斯和艾克哈特。從一九五〇到七〇年代，有一位重量級的順勢交易員，多年保持著正績效，那就是理查・道前（Richard Donchian）。道前是極富爭議的順勢交易之父，他在這方面發表了大量言論和著作。道前影響了丹尼斯和艾克哈特，以及幾乎每一位技術型交易員。

道前的學生之一，芭芭拉・迪克森（Barbara Dixon）形容順勢操作者不試圖預測價格的漲跌幅。順勢操作者「訓練自己的思想遵守嚴格的一套進出市場條件，並且排除其他一切市場因素，只依照規則或自己的系統行動。這麼做可望移除個別市場決策造成的情緒判斷影響。」

順勢交易員並不期望每次交易都正確無誤。事實上，有些交易他們得承認錯誤、承受虧損，然後繼續向前。只不過，他們確實預期長期會賺錢。在一九六〇年，道前將自己的哲學歸納為他所謂的「每週交易法則」，這套規則是不帶感情的實用主義：「當價格漲超過前兩個曆週的高點（合宜的週數隨商品而調整），就回補放空部位，然後做多。當價格突破前兩個曆週的低點，就了結多頭部位，並且放空。」

理察・丹尼斯的後輩湯姆・威里斯，很久以前就從丹尼斯身上學到為何價格（道前法則的哲學支柱）是唯一值得信賴的真正衡量方法。他說：「每件已知的事都會影響價格。我絕不想和嘉吉公司（Gargill，今日世界上第二大的私人企業，二〇〇五年營收七百億美元）競爭，黃豆代理商會為它提供全球所有和黃豆相關的消息，傳送到他們的交易總部。」威里斯有個朋友靠基本面交易賺了數百萬美元，但他們永遠不可能和擁有數千名員工的大企業知道的一樣多，而且他們永遠限制自己只操作一個市場。威里斯補充：「他們對債券一無所知，對貨幣一無所知。我也是，但我操作這兩個市場大賺一筆。那些只不過是數字罷了，玉米和債券有點不一樣，但差異沒有大到需要我用不同的方式操作。我讀到過一些文章，說有些人對每一個市場都採用不同系統，那真是荒謬。我們買賣的是群眾心理，不是買賣玉米、黃豆或標準普爾指數，而是在買賣數字。」

「買賣數字」只是丹尼斯另一種用來強調以抽象方式看世界，藉此避免受到情緒干擾的說法。丹尼斯要讓海龜們了解價格分析，他這麼做是因為一開始他以為「智慧是事實，而價格是表象」，過一陣子才發現「價格是事實，智慧是表象」。

他不是故意要咬文嚼字。丹尼斯的工作假設是，黃豆價格反映黃豆新聞的速度，比人們取得並消化新聞還快。從他二十出頭開始，就已經知道看新聞做決策是錯的。

如果依新聞、小道消息、經濟報告做反應是交易成功的真正關鍵，那麼每個人應該都會很有錢。丹尼斯不客氣地說：「農作量、失業率和通膨等摘要報告，對交易員來說只是空談。它們無助於你預測價格，甚至也解釋不出過去的市場表現。」

芝加哥最偉大的交易員在親眼看過黃豆之前，已經做了五年的黃豆交易。他揶揄「如果氣候如何，交易就會有所改變」的觀念說：「如果雨下在黃豆上，對我唯一的意義是：我應該帶把傘。」

一開始聽到丹尼斯說法的海龜，也許會以為他只是在搞笑或賣關子，其實他真的是在教他們如何思考。他想要海龜們發自內心地認識到基本面分析的壞處：「你從基本分析得不到任何獲利，買進和賣出才會獲利。那麼，既然你可以直接訴諸價格這個事實，又何必戀棧表象？」

海龜們怎麼可能知道標準普爾五百指數中，五百家公司的財務報表和各式各樣的財務數據？抑或怎麼知道關於黃豆的所有基本面因素？他們沒辦法知道。即使做到了，知識也不會告訴他們何時該買、何時該賣，又該買賣多大的量。

丹尼斯十分清楚，如果看電視能讓人預測明天將發生的事，或者能用來預測任何事，對他來說會很糟糕。他說：「如果宇宙是那樣組成的，我就有麻煩了。」CNBC主播瑪麗亞·巴提羅摩（Maria Bartiromo）所報導的基本面，大概會被C&D商品公司的教學團隊說成是「沒營養」。

順勢交易員麥可·吉本（Michael Gibbons）洞悉以「新聞」做交易決策：「從一九七八年起，我不再把新聞看成重要的東西。當時我有一位好友受聘為最大商品新聞公司的記者。有一天他的主題『報導』是糖，以及它的後勢。我讀過他的作品後問：『你怎麼知道這些的？』我永遠忘不了他的回答，他說：『我瞎掰的。』」

然而，丹尼斯式的交易並不總是維持在高潮。當海龜們為丹尼斯代操時，會發生經常性的小虧損。丹尼斯知道信心的重要，他說：「我想我並不喜歡每個人都覺得我總是犯錯、瘋狂或即將失敗，但這並不會造成什麼實質影響，因為我清楚自己想做什麼，以及想如何去做。」

海龜們遵守的核心定理和比他們早一百年的偉大投機者們相同：

「不要讓心情隨著你的資產而起伏。」

「堅持到底，保持冷靜。」

「不要以結果評斷自己，而要以過程來評斷。」
「要知道當市場走上它要走的方向時，自己該怎麼做。」
「不可能的事時常有可能，而且真的會發生。」
「每天都要弄清楚明天的計畫及預防措施。」
「我可能賺到什麼？賠掉什麼？兩者發生的機率各是多少？」

然而，這些耳熟能詳的勸告有更精確的說法。在訓練的第一天，艾克哈特為他所謂的最佳交易，精簡地列出五個相關問題，海龜們必須在任何時刻都能回答這些問題：

1.市場的現況如何？
2.市場的波動性（volatility）如何？
3.交易用的資產有多少？
4.交易系統或交易傾向為何？
5.交易員或客戶的風險趨避度（risk aversion）如何？

艾克哈特的語調非常正經，他指出，唯有這些才是重要的事。

**市場的現況如何？**意思很簡單：「目前交易標的的價格為何？」如果微軟今天每股成交價為四〇美元，那就是市場的現況。

**市場的波動性如何？**艾克哈特教導海龜們，必須知道各市場一天中的上漲和下跌幅度。如果微軟平均成交價為五〇，但某一天介於四八和五二之間震盪，那麼海龜們受到的教誨便是該市場波動幅度為四。他們有自己用來描述一日波動性的行話，他們會說，微軟的「N值」是四。波動性較大的市場通常風險也較高。

**交易用的資產有多少？**海龜們必須隨時知道手上有多少錢，因為他們即將學到的每一項規則，都要依當時的帳戶大小而調整。

**交易系統或交易傾向為何？**艾克哈特指示海龜們，在開盤前就必須擬定買進和賣出的作戰計畫。他們不能說：「好，我手上有十萬美元，我就隨意拿五千塊出來交易吧。」艾克哈特不希望他們一早起床說：「如果Google價格到五〇〇，我要買嗎？或是要賣嗎？」他們被傳授的是一套精確的規則，告訴他們要根據價格變動，在任何市場中決定何時買進或賣出。海龜們有兩套系統，分別是系統一（S1）和系統二（S2），以這兩者掌控進出場。S1基本上是說，每當價格創二十天新高或新低時，就買進或賣出。

**交易員或客戶的風險趨避度如何？**風險管理並不是海龜們立刻就能掌握的概念。比方說，如果帳戶裡有一萬美元，應該把那一萬美元全押在Google股票上嗎？不對。如果Google突然下跌，很快就會把一萬美元輸光。他們應該只押一萬美元的一小部分，因為他們不知道交易會不會照自己的希望發展。小幅押注（例如：一開始押一萬美元的二％）能保他們不出局，隔天再接再厲，永遠等待下一波大趨勢出現。

## 課堂討論

日復一日，艾克哈特都會強調他曾告訴海龜們的比較：設想有兩名交易員，他們有同樣的資產、同樣的系統（或交易傾向），同樣的風險趨避度，而且面臨同樣的市場狀況，那麼對這兩位交易員來說，最佳行動路線必定是相同的。「其中一人的最佳解答，應該也是另一人的最佳解答。」他會這麼說。

這也許現在聽來簡單，但人性使得大部分人面臨類似狀況時會有不同反應。他們面對情況時很可能想太多，推想一定有某種獨特價值，是唯有他們自己能添加以變得更好的。丹尼斯和艾克哈特要求海龜們要有同樣的反應，否則就要離開計畫（他們也確實淘汰了一些人）。

基本上艾克哈特是說：「你並不特別，並不比市場來得聰明，所以要遵守規則。無論你是誰、多麼有頭腦，都不會使一堆黃豆有所不同。因為如果你面臨同樣的問題，而且受同樣的限制，就必須遵守規則。」艾克哈特的講法比這裡和善得多，比較有專業和學術味，不過意思是一樣的。他不希望學生們一早起床就說：「我今天感覺自己很聰明。」「我今天感覺自己很好運。」或「我今天感覺自己很遲鈍。」他教導他們起床時說：「我今天要依照我的規則行動。」

丹尼斯很清楚，要能日復一日遵守規則、正確行動，必須有堅定的意志：「要遵守好原則，不讓恐懼、貪心與期望干擾交易，這一點很難做到，相當於是在人性之河中逆流而上。」海龜們必須有信心徹底遵守所有規則，在該扣扳機時扣扳機。只要在這場零和市場遊戲中稍有猶豫，他們就慘了。

這群菜鳥雜牌軍很快就學到，在五個被艾克哈特視為最重要的問題中，關於市場現況和波動性的前兩個，是整個謎團的客觀部分，只不過是對每個人而言都一清二楚的事實。

艾克哈特最感興趣的是後三個問題，關於資金水位、系統及風險趨避度。它們是主觀的問題，全都立基於「現在」。這三個問題在一個月前或一週前的答案，並沒有什麼關聯性，唯有「當下」才是重要的。

換言之，海龜可以控制的只有他們現在有多少錢，他們現在決定如何進場、出場，每筆交易要冒多大風險。舉例來說，如果今天Google報價五〇〇，Google現在的交易價就是五〇〇，這是事實。如果Google精確的波動性（N值）今天是四，那並不是出於個人判斷。

為了加強對於N值等議題客觀看待的必要，艾克哈特要海龜們以「喪失記憶」的方式來思考。他告訴他們：「你不應該在乎你是如何陷入現況，而要想想現在該做什麼。一個隨信心搖擺而改變交易方式的交易員，注意的是他自己的過去而非目前的現實。」

如果五年前你有十萬美元，而今天你只有五萬美元，就不能坐在那裡想著過去曾擁有過的十萬美元來做決策。必須以「手上有五萬美元」這個現實來做決策。

**如何適當地處理獲利，是贏家和輸家之間的分隔點。傑出交易員在任何時刻都會依現有的錢調整交易方式。**

如果原油價格第一次突破四〇美元，海龜們不應該坐在那裡七嘴八舌談論這件事，而是要等S1或S2的進出場點出現時即刻採取行動，油價為何或如何來到四〇美元根本無關緊要。艾克哈特迅速又勁爆地丟出例子。

他從一個大部分人都願意接受的老生常談開始講起：如果你用原始資金賺到一些利潤，你就冒得起更大的風險，因為現在你是用別人的錢在玩。他說：「這當然是自我安慰的想法，因為輸掉別人的錢不會像輸掉自己的那麼糟。不會嗎？錢本來是誰的，又有什麼要緊？真正重要的是，現在錢是誰的（是你的），以及現在該如何處理。」

舉例來說，假設一開始你的帳戶裡有十萬美元，很快地又賺進十萬美元，現在你有二〇萬美元。雖然賺了錢，你可不能說：「現在我可以拿那十萬美元更瘋狂地冒險。」

為什麼你要把自己的錢看成好玩的錢或幸運的錢？海龜們被教導，對待那多出來十萬美元的心態，要和原有的十萬美元一樣。他們要以同樣的考量、關心和紀律來對待，即使他們的帳戶餘額不一樣了，這五道問題仍不會改變。

**面臨同樣機會的交易員必須以同樣方式交易，不要受個人感覺所干擾。**

假設有兩位交易員約翰和瑪麗，在各方面都完全相同，有著同樣的風險趨避度，使用同一套系統。兩人只有一個小小的不同點：約翰的錢多出五〇%。之後約翰決定去度個假，當他在南灘（South Beach）享樂時，瑪麗賺進五〇%。現在他們手上的錢完全一樣了。他們如何、為何拿到一樣的錢並不是重點，對約翰來說是對的作法，對瑪麗同樣也是對的。

艾克哈特不希望海龜們說：「我在一段時間賺到一些錢，所以現在可以做點不同的事。」無論如何都必須採取同樣的步驟。

邏輯上，第一次聽到瑪麗多賺五〇%時，人們也許想要反駁艾克哈特所說「應該以同樣方式交易」的論點。這條規則是設計來讓交易員們在帳戶賺進一大筆錢時，不會做出非理性的行為或違反規則。許多賺進一大筆錢的人都不想損失那些紙上獲利，而會緊張兮兮地取走獲利來讓自己感到安全。

艾克哈特一針見血地指出，人類渴求的安全感對適當交易有害：「未實現損益和已實現獲利之間的差異完全是空洞的。你未實現的損益是多少？你已實現的損益是多少？那是簿記員的傑作，跟正確的交易毫不相干。」

即使那毫不相干，人們卻總是走上錯誤的道路：不依據自己現有的錢和規則，做今天該做的交易，而是依據自己原有的錢做判斷。很明顯的是，人們會試圖彌補。「你以前有多少錢一點也不重要，重要的是你現在有多少。」艾克哈特苦口婆心地說。

如果海龜們的原始資金是十萬美元，但現在只剩九萬，他們仍必須依據現有的錢做交易決策。如果海龜們應當要拿交易本錢裡的二%冒險，他們就要拿現有九萬美元的二%，而不是原本十萬美元的二%。

**如果海龜們在市場中賠了錢，仍然必須向前邁進。接受並管理損失是海龜們的遊戲規則之一。**

緊抓著過去不放的想法，對C&D商品公司團隊來說是個大問題。艾克哈特對於賠錢交易員們因回顧過去而犯下的錯誤絕不寬待，他形容賠錢交易員嘗試從同樣的市場中以同樣的部位把錢賺回來的行為，根本是「與市場結仇」。

設想約翰做思科（Cisco）時賠了錢，這個市場「傷害」了他，因此他不專心思考現在最好的機會可能是什麼，卻一心只想從思科把錢賺回來。約翰滿腦子只有他持有的思科部位，結果徒然使損失持續擴大。根據艾克哈特的說法，這種人類因記憶而犯的錯永遠會導致災難。

海龜們被教導不要執著在那一個月或一年裡，哪個市場會賺、哪個市場會賠。他們要學會無知，接受無論哪個市場趨勢帶來的機會。

同樣的原則也用來看待「損失」。例如：當海龜們被教導必須在小損失時出場，因為他們不知道到底會跌多深，於是便出場。他們不想要的是，看著一開始的小損失說：「我有十萬美元的微軟，現在是九萬，所以我現在要追加一萬買微軟，因為它現在便宜了。」

丹尼斯說，追加賠錢部位就像小孩子已經被爐子燙了一次手，卻又把手放回爐子上，只為了證明爐子真的會燙人，這是錯的。話雖如此，但若海龜們蒙受小損失之後又得到進場訊號，他們就會回去。拿傳奇避險基金經理人保羅．都德．瓊斯的例子來看，最能解釋這一點。

瓊斯在最棒的某次交易中，取得一個進場訊號，於是便進場了。但這筆交易不如他所願，讓他損失了二%並迫使他出場。突然間，市場又順著他要的方向走，進場訊號再度出現。他不能與訊號抗辯，必須進場。結果市場又違逆他，造成另一次的二%損失，迫使他再次出場。直到瓊斯建立的一個部位真的搭上趨勢，這個過程連續已反覆了十次左右。那最後的大趨勢所賺的錢，用來彌補過去所有錯誤交易造成的損失還綽綽有餘，但要做到這個地步，首先瓊斯就得謹守自己的規則。

同樣的教訓也出現在運動界。即使大鳥博德（Larry Bird）是史上最棒的外線射手之一，他倒也不是完美的。這麼說吧，他的三分球平均進球率為四〇%，但如果突然間他連續十五球都沒進，那代表什麼？大鳥能不再投三分球嗎？不行。那就是丹尼斯和艾克哈特的教導。

丹尼斯和艾克哈特教給海龜們的統計式思考，另一個絕佳例子出現在棒球運動。假設你連續十年的打擊率為三成，突然間變成〇或二成五。那意思是你不再是個三成的打者嗎？不對。

那表示是你還是得站上本壘板，以自己一貫的方式揮棒，因為那就是身為三成打者的紀律。海龜們操作勝率是長期的。

**海龜們被教導為不要太在意自己何時進場，要煩惱的是何時出場。**

再次假想有兩位交易員約翰和瑪麗，在各方面都完全相同，只除了交易的本錢不同。假設約翰的本錢少一〇％，不過比瑪麗早進場。當瑪麗進場時，他們的本錢一樣多了。艾克哈特說明：「這意思是一旦開始，對接下來的決策而言，初始價格是多少一點也不重要。」他要海龜們要當作自己不知道進場時價格為多少那樣地交易。

丹尼斯不斷將教學主題帶回虧損：「厭惡虧損的交易員是入錯行了。」其「祕訣」在於持有錯誤部位時該怎麼辦，而不是持有正確部位時該怎麼辦。管理虧損的交易（也就是丹尼斯所說的「錯誤部位」）能使交易員們等待對的交易（大趨勢）。這正是為何進場價只有那一點點的重要性。

丹尼斯和艾克哈特教導的，正好和華倫．巴菲特的買進「價值股」相反。海龜們應該要說：「我想要買進或賣空移動中的市場，不論是往上或往下，因為移動中的市場傾向繼續移動。」如果市場上漲，那是件好事；如果市場下跌，那同樣是件好事。丹尼斯和艾克哈特希望海龜們從兩者都能獲利。

丹尼斯迫使他的學生們對抗人類天性。他說：「為了使人們了解我的交易方式，我必須做的最困難的一件事，便是說服他們我可能錯得多離譜，當中的猜測成分有多大。他們以為裡面有些神奇的事，而不光只是嘗試錯誤。」

C&D的交易引起許多神祕想像，但實情是他們不過是家「量販店」，有九〇%的產品賠錢大特賣，以求從剩下的一〇%賺進龐大利潤。有時他們得等很久才有好事發生。大部分人的心理並無法承受如此長久的等待。

讓我們從媒體公司的觀點看看這個邏輯。正如丹尼斯和艾克哈特一樣，電影公司和出版社主管知道自己會有「賠錢貨」，一間電影工作室會資助十部電影，一家書籍出版社會資助十本書，在這兩個案例中，十項產品中哪一個會成功？片商或出版社時常摸不著頭緒。事實上，如果十項裡有一項成功，他們就走運了。既然他們不知道哪一個會成功，那就十個都出錢。如果九本書不成功，哦，出版社只會在一開始減少印量，也就是降低虧損。如果電影或書的狀況不好，那麼就到此為止，公司停損並退出。然而，要是電影或書賣得相當不錯，第十部（本）就彌補了前九部（本）的虧損。

海龜們被教導成要把自己想成出版社、片商或賭場。

**不要想預測往上或下的趨勢會持續多久，不可能會準的。**

艾克哈特為海龜們舉了個例子：市場快速移動越過他們應該要買進的點，但不知何故錯過了，於是他們坐待「折返走勢」，正當他們等待一個便宜的買進價格時，市場繼續狂漲。艾克哈特說：「推論現在太貴不能買的誘因很大。如果你現在買了，就會有一個太高的初始價格。然而，這筆交易是迫切必要的。交易做了之後，初始價格不會像你想的那麼重要。」

海龜們不該坐待折返走勢，在統計上沒有這麼想的正當理由。如果他們該在八・〇〇美元交易黃豆，而黃豆跑到九・〇〇美元，海龜被教導的是要在九・〇〇買進，而非等到跌回八・〇〇。因為黃豆可能永遠不會回跌到八・八〇。

如果海龜們在Google五〇〇美元時第一次得到買進訊號，他們會怎麼做？他們會買。想法就是立刻上車。丹尼斯一向回歸科學方法說，當你基於某個理由建立一個部位後，你得繼續持有該部位直到那個理由不再存在：「你得要有交易策略，知道它的道理，並且徹底遵守。」

然而，這種心態也有另外的一面。比如說，二〇〇六年十一月二十二日星期三，Google開盤價每股超過五一〇美元。五天後，亦即二十九日星期三，Google成交價為四八三美元，也就是說Google下跌將近三〇點。當Google來到五一〇美元時，你能夠知道它會持續上漲，還是會下跌嗎？兩者你都無法得知。那該怎麼辦？你能做的，只有讓價格告訴你怎麼做。

艾克哈特傳授的是，面對不確定性時用來管理情緒的數學和規則。他說：「你捲入了個人情緒性的記憶，而非客觀知識嗎？我的勸告是，別受到個人、情緒和自己過去經歷所導致的因素影響，左右了你的交易。」

**衡量波動性對海龜們來說至關緊要，當時與今天的大部分人在交易時都忽略了這一點。**

丹尼斯和艾克哈特一直提出的問題是：「根據目前的波動性，你的交易量應該要多大？」換句話說，最重要的並不是某支股票或期貨目前的價格，而是時時刻刻都要知道市場的波動性。例如：以你手上有限的資金，買進或賣空微軟的正確數量，知道微軟今天的價格是四〇固然重要，但是知道微軟現在的波動性（N值）則更重要。

在這個可能摔斷頸子的訓練中，丹尼斯和艾克哈特一再對著他們新訓練的海龜們嘮叨。班上成功的會是那些守規矩、不脫軌的學生。他們不想要有創意的天才；要是海龜們發現這點，一定曾覺得自尊受損。丹尼斯和艾克哈特要的是像機器人那樣的一致表現。

投資家布萊德利．羅特，被稱為丹尼斯旗下的首位投資者，看見他們出的難題：

為理察．丹尼斯的天才喝采。這項計畫組織得很好，把重點放在紀律，交易感覺上是好是壞其實無所謂，他們只是必須這麼做。這是一套非常、非常簡化的順勢系統，擁有十分積極的模版，以加碼獲利部位、減碼虧損部位，能夠表現得極為成功的，都是那些只求遵守規則、不會脫軌的人。

**請注意**：對部分讀者來說，談論海龜哲學和規則的部分，只有第四章值得細讀。本書的設計是，既可以進入第五章鑽研海龜交易法則的「數學」原理，也可以輕鬆地跳至第六章，而不會打亂閱讀節奏。

對於想要閱讀第五章的讀者，應該要先知道以下的華爾街基本術語（取材自維基百科Wikipedia.com）：

**多頭**（long）：已買入期貨合約或持有現貨者。

**空頭**（short，名詞）：已賣出期貨合約或計畫將買進現貨者。

**做空**（short，動詞）：賣出期貨合約或開立現貨遠期賣出合約，而未將指定的市場部位平倉。賣空（或稱為「放空」）是藉由股票或債券等證券價格下跌而獲利的方式。大部分投資者是「做多」投資標的，希望它價格上漲。想要在股價下跌時獲利，放空者可以借證券來賣出，期望它跌價之後能以更低價買回，賺取差價。

**波動性**（volatility）：價格在某一期間內的變化程度。

**期貨合約**（futures contract）：一種標準化契約，在期貨交易所買賣，指明在未來的某個日期以特定價格買進或賣出某項標的資產，其中的未來日期稱為交割日或最後結算日，預設的價格稱為合約價，標的資產在交割日當天的價格稱為結算價。結算價通常在交割日會向合約價收斂。期貨合約買賣雙方在結算日必須滿足合約，賣方將商品移交給買方，如果是現金交割的期貨，期貨交易中的虧損者就要將現金轉移給獲利者。想要在結算日之前出場（不執行），持有期貨部位者必須賣出多頭部位或買進空頭部位來平倉，如此便能了結期貨部位及合約效力。期貨合約（簡稱期貨）是在交易所中買賣的衍生性商品。

**市價單**（market order）：要求經紀人立刻以市價執行的買單或賣單。只要有人願意賣或買，市價單就會成交。

**停止單**（stop order）：或稱為停損單（stop loss order），為限價單（limit order）的互補。要求當證券價格上漲（或下跌）超過指定價格，就買進（或賣出）。指定價格稱為停止價，一但觸及，停止單就換轉變為市價單。

**移動平均**（moving average）：金融名詞，特別用在技術分析當中，是分析時間序列資料的統計技巧之一。任何時間序列都可以計算移動平均，但最常用在股價、報酬率或交易量。移動平均的平滑效果可以消除短期振盪的影響，因此能突顯出長期趨勢或週期。

# 第五章

# 海龜交易法則

「關於系統式交易員，我們有相當嚴格的定義。他們基本上遵守一套規則，建立在電腦程式內，由它指示何時買進或賣出、交易量多少，以及何時出場。」

——麥可・加芬柯（Michael Garfinkle），商品公司（Commodities Corporation）

雖然丹尼斯和艾克哈特並不是要把傳授規則當作上統計課，不過海龜們確實學到一些基本的統計概念，包括兩種「錯誤」：

**型I錯誤**：亦稱為第一類錯誤或「錯誤的否定」；這種錯誤是拒絕原本應該接受的事。

**型II錯誤**：亦稱為第二類錯誤或「錯誤的肯定」；這種錯誤是接受原本應該拒絕的事。

如果海龜經常性地犯這些錯誤，就數學上來看遲早會完蛋。換句話說，他們學到寧可冒險承受許多小損失，也不要冒險錯過一次大獲利。這種關於統計錯誤的概念，就是要承認「有意識地忽略」在交易中可能相當有賺頭。

丹尼斯和艾克哈特統計思想的來源是奧卡姆剃刀〔Occam's Razor，十四世紀英國邏輯學家威廉·奧卡姆（William of Occam）提出的原理〕。講得白話一點，就是人們常說的「簡單明瞭、寧拙勿巧」（Keep it simple, stupid!）。要讓丹尼斯和艾克哈特的法則管用、在統計上有某種可靠度，它們必須要簡單明瞭。

## 期望值：長期下來能賺多少？

「長期來看，以你的投資決策或交易法則，平均每筆交易預期能賺多少錢？」或者，就像黑傑克（二十一點）玩家說的：「你的勝算有多少？」海龜們的第一步便是要知道自己的勝算。

有個很好的比喻是棒球賽本壘板上的打者，因為交易和勝率之間的關係，與打者和平均打擊率之間的關係沒有多大不同。丹尼斯補充道：「一般打者的打擊率也許是二成八，而一般系統也許有三五%的時間會成功。」

更重要的是，二成八的成功打擊中，擊出了什麼？是一壘安打還是全壘打？在交易中，期望值愈高賺得愈多。每筆交易期望值為二五〇美元的系統，將比每筆交易期望值一〇〇美元的系統賺更多（在其他條件相同之下，以長期來看）。海龜法則本身每筆交易的期望值為正數，因為他們賺錢交易的金額是虧損交易的好幾倍。期望值（亦即勝算）可藉由一條簡單的公式計算：

E=（PW×AW）-（PL×AL）

其中：

E=期望值（Expectation）或勝算（Edge）

PW=獲利率（Winning Percent）

AW=平均獲利（Average Winner）

PL=虧損率（Losing Percent）

AL=平均虧損（Average Loser）

例如：假設某種系統獲利比重為五〇%，平均每筆獲利是五〇〇元，平均每筆虧損是三五

○元，這套系統的「勝算」是多少？

勝算＝（PW×AW）-（PL×AL）

勝算＝（0.50×500）-（0.50×350）

勝算＝250-175

勝算＝每筆交易平均報酬75元

將時間拉長，你可以預期每筆交易賺到七五元。相較之下，另一個系統也許命中率只有四○%，但平均獲利一○○○元，平均虧損三五○元。這套系統比起上一套又如何呢？

勝算＝（PW×AW）-（PL×AL）

勝算＝（0.40×1000）-（0.60×350）

勝算＝400-210

勝算＝每筆交易平均報酬190元

第二套系統的「勝算」是第一套的二．五倍，雖然它的獲利比重小得多。事實上，第二套系統損益兩平的獲利比重是四一・一%。說穿了，當你聽到媒體及名嘴們談論「九〇%的獲利比重」時，那說法其實是誤導。命中率完全沒有意義。

這麼看吧，想想拉斯維加斯的情形，小小的勝算就能維持賭場營運，那就是拉斯維加斯和澳門那些大飯店的金錢來源——利用勝算。丹尼斯一向希望自己的操作能向賭場看齊。

海龜在各筆交易中虧損多少錢不一定重要，但他們必須知道整個投資組合虧得起多少錢。艾克哈特說得很明白：「重要的是限制投資組合的風險。交易自己會照顧自己。」

## 交易自己帳戶的訣竅1

**每次做交易決策時都必須計算勝算，因為如果你不知道勝算，就無法「下注」。重點不在於你做對的頻率有多高，而在於每次做對的金額有多大。**

把幾位海龜和海龜式交易資本管理公司的期望值，拿來和幾種股價指數做比較，便能更清楚看出期望值的重要（表5.1及5.2）。

順勢交易員產生的期望值普遍擊敗「買進並持有」股價指數的月期望值。為什麼？因為海龜交易員們的平均獲利月份比他們的平均虧損月份大多了。

**表 5.1　從最初到 2006 年 8 月，海龜交易員期望值**

| 交易員 | 平均獲利月份績效% | 平均虧損月份績效% | 獲利月份比重 | 期望值 |
|---|---|---|---|---|
| 賽倫．亞伯拉罕 | 8.50 | （5.77） | 55.36 | 2.13 |
| 傑瑞．帕克 | 5.06 | （3.59） | 57.40 | 1.38 |
| 麗茲．雪佛 | 12.45 | （6.64） | 49.62 | 2.83 |
| 吉姆．迪馬利亞 | 4.16 | （3.17） | 54.34 | 0.81 |
| 馬克．沃許 | 10.06 | （7.15） | 55.78 | 2.45 |
| 霍華．賽德勒 | 6.57 | （4.90） | 55.56 | 1.47 |
| 保羅．雷霸 | 9.26 | （4.89） | 52.51 | 2.54 |

**表 5.2　從最初到 2006 年 8 月，股價指數期望值**

| 股價指數 | 平均獲利月份績效% | 平均虧損月份績效% | 獲利月份比重 | 期望值 |
|---|---|---|---|---|
| 道瓊（Dow Jones） | 3.87 | （3.85） | 58.09 | 0.63 |
| 那斯達克（NASDAQ） | 4.98 | （4.61） | 57.75 | 0.93 |
| 標準普爾五百（S&P500） | 3.83 | （3.92） | 58.37 | 0.60 |

## 進場與出場：上漲時買進永遠比較好

每個人都想知道：「要怎麼判斷何時買進？」海龜們學到的是在「突破」（breakout）時進場。突破發生在市場（任一市場——思科、黃金、日元等）「穿越」近期高點或低點時。如果股票或期貨出現五十五天期的向上突破（多頭），亦即現價是過去五十五天以來最高價者，海龜們就買進。

如果股票出現五十五天期的向下突破，亦即現價是過去五十五天以來最低價者，海龜們就賣空，以期藉由市場下跌賺錢。分別來看，這些簡單的進場規則並沒有什麼特別之處。哲學上，海龜想要買的是上漲（愈來愈貴）的市場，想要賣空的是下跌（愈來愈便宜）的市場。

華爾街標準的老生常談「買低賣高」怎麼了？海龜們做的正好相反！不像大多數人對市場的了解，海龜們無論行家或新手，都積極地以「做空」下跌市場來獲利。他們對做多或做空並不偏心。

儘管突破是進場理由，卻一點也不代表趨勢就會繼續下去。其概念是讓價格移動來帶路，時時刻刻都知道價格可能改變並走上不同的方向。如果市場不如預期，而是來來回回地震盪，你就會看見海龜們在等待可能帶來大趨勢的價格突破時，所使用的價格突破法造成許多小虧損。

無論如何，價格是偉大交易員們數十年來存亡的參數。採用比「價格」這個簡單經驗法則更複雜的方式來做交易決策，向來都會有問題。艾克哈特知道很難做得更好：「單純的價格系統就好比位於北極，任何方向的移動都只會讓你更往南偏。」

## 交易自己帳戶的訣竅2

現在，用價格來做決策的觀念已經十分清楚，別再看電視了！不要再看財經新聞，而要開始記錄你所追蹤每一個市場的開盤價、收盤價、最高價及最低價。那是你做所有交易決策所需的關鍵資料。

## 交易自己帳戶的訣竅3

你必須能夠擁抱「放空」的觀念。換句話說，必須享受市場下跌時的賺錢機會。放空對海龜們來說一點也不稀罕，他們只是有效地運用它。

# 系統一與系統二：兩套海龜系統

海龜們學習兩種突破系統，系統一（S1）以四週價格突破進場，以反進場突破方向的兩週突破為出場。如果價格來到四週新高，海龜們就買進；如果來到兩週新低，就出場。由於只計入有交易的天數，所以兩週新低代表十天期的突破。

系統一進場規則直接了當，不過海龜們還學習另外的規則來確認是否採納四週突破，這些規則稱為「過濾」，其設計是為了增加海龜們採用四週突破訊號時，可能發展成大趨勢的機率。

**過濾法則**：海龜們遇到四週突破訊號時，如果上一次的四週突破訊號有獲利，這次就予以忽略；即使海龜們沒有把握到上次的四週突破，或者它只是「理論上」的獲利交易，他們都不會採用這次的系統一訊號。然而，如果在這次四週突破訊號之前的交易造成了2N的虧損，這次突破則會被採用（N只是他們對波動性的衡量，請見下一節內容）。

此外，系統一的四週突破方向和過濾法則沒有關係。如果他們上一次的交易是做空而虧損，則當新的多頭或空頭突破發生時，他們都會採納該突破而進場。

但這個過濾法則有其內在的問題。如果海龜們略過了進場點（因為上一次交易為獲利），結果被略過的進場點是能帶來巨幅利潤的大漲或大跌走勢起點，該怎麼辦？市場已經起動卻只能在場邊觀望，那可不是件好事。

如果海龜們略過了一次系統一的四週突破，而市場趨勢持續發展，他們便會利用系統二的十一週突破（見下段）回到市場。保險用的系統二，能讓海龜們避免錯失被濾除掉的大趨勢。

系統二是海龜們的長期交易系統，使用十一週（五十五天）突破作為進場點，發生反向的四週（二十天）突破即出場。

## 交易自己帳戶的訣竅4

**價格「突破」這個海龜行話，是用來描述市場剛創下X期間以來的新高或新低。除了二十**

天和五十五天，海龜們還用其他更長的期間嗎？是的——一百天。為你的交易選定期間，永遠是主觀的。先在紙上及（或）交易軟體（如 welth-lab.com 和 mechanicasoftware.com）測試或練習這些規則，觀察上漲和下跌情形以建立信心。海龜們的典型作法是在各系統中各放一半的錢。

每位海龜都有權自行決定如何使用丹尼斯和艾克哈特給他們的系統一（S1）或系統二（S2）。像麥克·卡爾就是S1和S2並用，允許較多的進出場點，嘗試使自己的交易結果更穩定。傑夫·戈登則偏好S1，但也混合S2以求較穩定的績效。戈登和其他某些海龜一樣，也使用系統三（S3）交易，他說丹尼斯試圖用系統教導海龜們遵守他的作法、避免跨出保護區，據說是如此。戈登又說：「你可以做任何想做的事，但不要因此虧損超過五萬美元。一旦超過五萬美元，哪怕是多個一塊錢，你就會被踢出海龜計畫。」

丹尼斯稱系統三（S3）為嚇人用的天才帳戶。厄爾·基佛看出為何S3沒抓住人心，他說：「你愛怎麼用就怎麼用，而且每個人多少都有用，但在大約六週以內，每個人就都把那帳戶給關了。」

關閉的原因是，海龜們在情緒上已經承受得起十筆交易中虧損七筆，他們知道那是正確的作法。基佛毫不拐彎抹角：「那是唯一能讓你搭上真正趨勢的方法。我們看到它管用，也不認識有誰真正能寫好『逆勢操作致勝』這種書。」

## 交易自己帳戶的訣竅5

**請自在地試驗突破期間長度，不要執著於特定的值。關鍵將在於接受某個突破值並且堅定地守著它，測試與練習是建立信心的良方。有信心，但要求證。**

絲毫不令人驚訝地，多年來有些交易員（知道海龜法則的那些）變得沉迷於系統一和系統二的進出場值，就好像它們是消失已久的聖杯。像那樣執著的交易員可說是見樹不見林。運用海龜式交易時，最簡單的進場法則一定會持續發揮效果，如果去爭論進場點是五十天突破好，還是五十一天突破好，便是誤入歧途。實際的情況是，在穩固系統中把一個參數做小小的改變，不應該造成重大的績效變化。如果會的話，你就有麻煩了。

傑瑞・帕克用「穩固」當他的座右銘：「我認為重要的是，保持相當程度的簡單，不去使用一大堆參數。我認為我們賺錢的理由是什麼?簡單的移動平均系統。那些系統必須持續表現良好。」

帕克使用魯卡斯山管理公司指數（Mount Lucas Management Index）來解釋，它源自一九六〇年，一個根據五十二週移動平均的順勢指數。帕克知道其中的核心觀念是他的優勢：

其中的三分之二為我們帶來獲利。如果我們用來提早進場、快速出場的小過濾器，波動性過濾器，是我們用來產生報酬的基本方式，我們就會慘兮兮。核心的簡單移動平均或突破系統才是關鍵。我認為拉長參數的期間很重要，不過要是在那上面花太多精神、太多分析和太多花俏功夫的當下，就會是……很糟的狀況。

假裝賺錢就要用複雜方法的市場「大師」們，錯失了帕克保持簡單的觀點，他們就像是想找出交易規則的量子物理學，那種思維是自慰心理，或者如艾德・塞柯塔（Ed Seykota）所稱，是「數學自慰」（math-turbation）。

以下藉由一九九五年九月的日元走勢，說明系統一價格突破的運用（圖5.3）。

市場於一九九五年初「突破」創下四週新高，然後繼續向上移動，直到四月底反向的兩週突破時，海龜才出場。

此過程中，有個很棒的例子出現在麗茲・雪佛職涯的早期，她在一九九〇年七月以每桶低於二〇美元的價格買了三五〇口原油合約，並且持有到價格衝破四〇美元。一九九〇年十月十五日，她開始在每桶三八美元價位了結，最後一筆獲利了結價位只高出三〇美元一點點，平均出場價是三四・八〇美元。

雪佛的決策沒有參考石油輸出國家組織（Organization of Petroleum Exporting

**圖 5.3　海龜的日元交易進場實例**

1995 年 9 月日元期貨合約價格走勢
（1995 年 2～4 月）

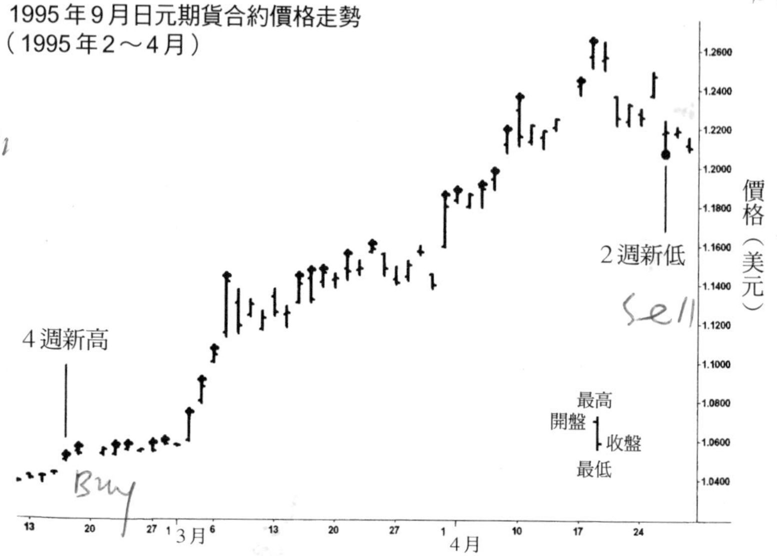


1995 年 9 月日元期貨在該年 2 月 16 日創下 4 週新高，海龜法則要求在下個交易日進場。在接下來的新高繼續持有該部位，同年 4 月的 2 週新低出場。
資料來源：Price-Data.com。

Countries, OPEC）的討論、政府報告或其他基本面因素，她的進場或出場，全都取決於價格走勢。很重要的是，海龜們向來都是等市場違逆他們之後才出場，因此必須忍受痛苦的獲利回吐經驗。你無法猜底、摸頭，因此目標便是試著在走勢的「中間」了結。

那次交易經歷使雪佛成為信徒，她說：「我記得丹尼斯的錢在一九八七年投資白銀市場時，幾分鐘內八百萬美元的獲利回吐了四百萬。」這堂課幫助她在原油從三〇美元跌到二五美元時，仍然能堅持下

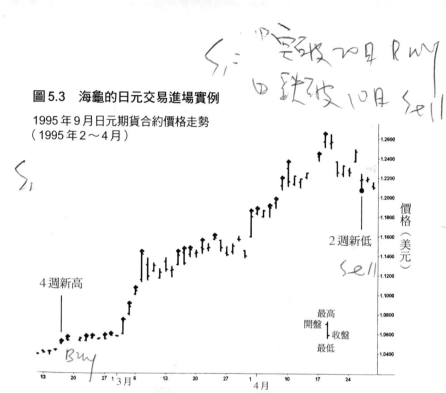

**圖 5.4　海龜做多天然氣的進場實例**

2005 年 11 月天然氣期貨價格走勢圖
（2005 年 6~10 月）

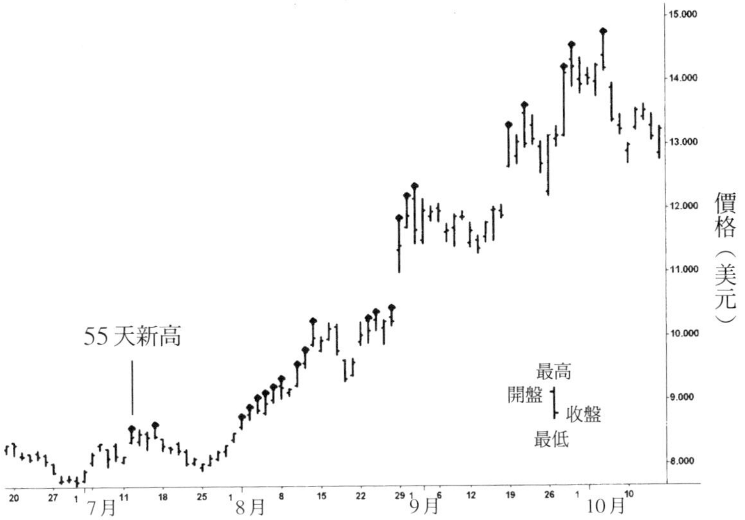


2005 年 11 月天然氣在該年 7 月 12 日創下 55 天新高，市場持續創新高，直到同年 10 月 5 日到達最高峰。
資料來源：Price-Data.com。

去。

再看看另一個例子（圖 5.4），二〇〇五年十一月天然氣期貨。圖中每一黑點代表一個五十五天新高，第一次突破發生在二〇〇五年七月中，沒辦法知道在那突破進場之後，趨勢會持續向上，但它確實如此，海龜們只是順勢賺錢。

然而，突破可能同樣輕易地帶來虧損。事實上，海龜們可能會因多次假突破造成一連串虧損。菲利浦・盧（Philip Lu）曾說：「你在一次交易虧損後得告訴自己：

『嘿，在那時候這麼做看起來是對的。』確實，遵守規則意味著會有虧損。順勢交易員賴瑞．海特（Larry Hite）早就說過：『賭注有四種：好賭注、壞賭注、賺錢的賭注和虧錢的賭注。』」

應付、處理虧損並不容易。傑瑞．帕克長期以來已經從虧損的掙扎中存活下來，他建議：

> 我以前會說，我們承受小額虧損，但現在我認為承受最佳虧損比較好。你不會想承受太大的金額，但也不想把停損設得太接近以至於被彈出場。只要守住交易，不要太激動，如果你現在賺得不多，無妨；如果你虧損了一點點，無妨；如果你讓好一筆獲利轉為虧損，無妨。只要守住它，然後當你獲得一大筆巨額利潤時，再真正積極地操作。

二〇〇六年十二月歐元期貨是另一個說明海龜法則運作的好例子，不過這一次線圖顯示的是在下跌市場中的賺錢機會（圖5.5）。那是一個「放空」機會，每一黑點代表一個五十五天新低。第一個「空頭」突破發生於二〇〇六年二月，市場持續下跌直到六月的底部。

加上了歐元線圖的二十日突破出場點，就可以看到完整交易的來龍去脈。一開始的「空頭」突破出現在二月，三月中出現二十天高點突破，被迫出場。第一次突破造成一次小虧損。

然而，三月下旬市場再度下跌，觸及另一次突破訊號，海龜再度進場放空，最後出場點清楚出現在七月的二十天高點突破，線圖上標示以較大的黑點。第二次交易的獲利彌補之前交易

**圖 5.5　海龜放空歐元進出場實例**

2006 年 12 月歐元期貨價格走勢
（2006 年 1～8 月）

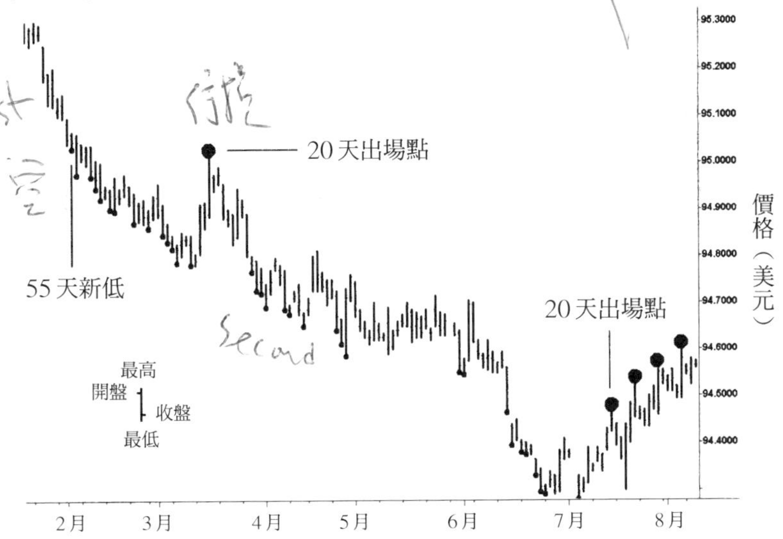


2006 年 12 月歐元期貨在該年 2 月 20 日創 55 天新低，出現進場訊號，市場稍往下跌，而後在同年 3 月 16 日出現 20 天新高，使市場中的空頭部位以虧損出場。同年 3 月 29 日，市場再創新低，再次建立空頭部位；市場持續創新低，直到同年 7 月 14 日出現 20 天新高的出場訊號。
資料來源：Price-Data.com。

的損失後還綽綽有餘。

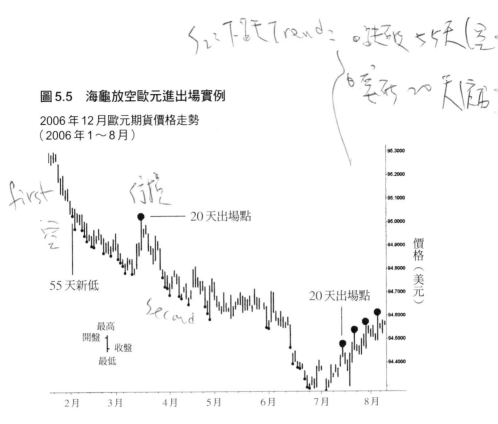

流程就是如此，海龜們可不能只因為第一次突破造成虧損，就忽略第二次突破，必須再次進場上陣。第二次突破就是他們期待的交易，不過沒有辦法可以預測。

這根本是「等待遊戲」。厄爾．基佛以連珠砲似的口吻向我描述他們的日常流程：「首先你使用通道突破理論（channel breakout theory）搭配一些過濾機制。其次，你得以波動性估算你的賭注。第三，你要幫每次交易設定兩個堅定的出場點，一個是自然了結，一個是堅定不移的停損，這便是拯救所有人的作法。丹尼斯系統的本質就是：『必須總是留守在遊戲中，因為你永遠不知道趨勢何時會到來。』」

## 隨機進場

當突破出現，無論多頭或空頭，都沒辦法知道接下來會如何發展。也許市場會上漲一下又下跌，造成虧損；也許市場突然上漲，帶來不錯的獲利。

艾克哈特目睹許多系統式交易員花一大堆時間尋找「好」的進場點，對此他提出警告：「在交易週期中一心追求最有希望的時間點，只不過是人類天性的一部分罷了。我們的研究顯示，了結比進場重要太多了。如果你純粹隨機進場，好的了結準則能讓你表現出乎意料地好。」

丹尼斯確實挑戰過海龜們，要他們隨機進場然後管理他們自己的交易。對許多海龜來說，這真是禪學的一刻。只要他們運用適當的風險管理，就能處理任何交易中冒出來最糟的狀況。

## 交易自己帳戶的訣竅6

### 不要光是煩惱怎麼進場，關鍵在於隨時都要知道何時出場。

## 風險管理：每筆交易下注多少？

風險管理有許多名稱，你找得到的包括資金管理、下注配置，或均衡部位配置等，正是艾克哈特在課堂上探討的第一個觀念，也是整體來說最重要的觀念。

海龜風險管理的起步，便是每日市場波動的衡量。海龜們被教導要以「日區間」衡量波動性，其暱稱是N（亦稱為「平均真實區間」，Average True Range, ATR）。他們學到對任何市場取以下三個值中的最大值以導出N值：

1. 今日最高價與今日最低價的差值。
2. 昨日收盤價與今日最高價的差值。
3. 昨日收盤價與今日最低價的差值。

如果兩值相減結果是負數，就取它的「絕對值」。數學上，實數的絕對值就是其在數線上與零的距離。舉例來說，三與負三的絕對值都是三。

上述三個值的最大值就是「真實區間」，或者說是技術面市場在二十四小時內擺盪的絕對距離（上漲或下跌皆然）。然後海龜取真實區間的二十天移動平均值，代表最近幾週以來每個交易市場的波動性樣本。

## 交易自己帳戶的訣竅7

**你可以算出任何股票或期貨的平均真實區間。只要取最近十五個真實區間值，將它們相加後再除以十五。每天算一次，刪除最早的真實區間值。許多套裝軟體都能自動計算。**

艾克哈特解釋N值背後的邏輯：「我們發現波動性是能描述為移動平均過程（moving average process）的東西。我們引進波動性到交易中，那是告訴我們部位應該要多大的東西，既能讓我們在艱困時期擺脫麻煩，又能讓我們在行情如我們所願時抓住大的獲利。」

海龜們學到N的許多用途，但首先必須計算N。以下是一個N值計算實例：

如果玉米的N值是七美分，而市場上漲五．二五美分，用海龜行話來說就是市場上漲四分之三N。所以N是波動量，也是區分市場趨勢已走了多遠的實用經驗法則。厄爾．基佛喋喋不休地說著海龜行話：「當我們下了注，我們從不說：『我下注一千美元。』我們學到要以N值

## 表5.6 2006年9月堪薩斯市小麥期貨ATR計算實例

| 日期 | 開盤 | 最高 | 最低 | 收盤 | TR1 | TR2 | TR3 | 真實區間 | 真實區間的20日移動平均值 |
|---|---|---|---|---|---|---|---|---|---|
| 07/03/06 | 512.00 | 521.50 | 511.25 | 516.50 | | | | | |
| 07/05/06 | 517.00 | 524.00 | 513.05 | 521.50 | 11.00 | 7.50 | 3.50 | 11.00 | |
| 07/06/06 | 521.00 | 523.50 | 515.50 | 518.00 | 8.00 | 2.00 | 6.00 | 8.00 | |
| 07/07/06 | 510.00 | 515.00 | 505.50 | 506.00 | 9.50 | 3.00 | 12.50 | 12.50 | |
| 07/10/06 | 508.00 | 513.00 | 508.00 | 511.00 | 5.00 | 7.00 | 2.00 | 7.00 | |
| 07/11/06 | 519.00 | 527.50 | 515.00 | 524.00 | 12.50 | 16.50 | 4.00 | 16.50 | |
| 07/12/06 | 523.00 | 523.00 | 512.00 | 518.50 | 11.00 | 1.00 | 12.00 | 12.00 | |
| 07/13/06 | 510.00 | 514.00 | 492.00 | 493.50 | 22.00 | 4.50 | 26.50 | 26.50 | |
| 07/14/06 | 494.50 | 499.50 | 490.50 | 497.50 | 9.00 | 6.50 | 2.50 | 9.00 | |
| 07/17/06 | 501.00 | 503.50 | 489.00 | 490.00 | 14.50 | 6.00 | 8.50 | 14.50 | |
| 07/18/06 | 491.50 | 494.50 | 487.00 | 490.00 | 7.50 | 4.50 | 3.00 | 7.50 | |
| 07/19/06 | 486.00 | 488.00 | 477.00 | 486.00 | 11.00 | 2.00 | 13.00 | 13.00 | |
| 07/20/06 | 489.00 | 505.00 | 489.00 | 501.50 | 16.00 | 19.00 | 3.00 | 19.00 | |
| 07/21/06 | 500.50 | 515.00 | 500.50 | 505.00 | 14.50 | 13.50 | 1.00 | 14.50 | |
| 07/24/06 | 502.00 | 505.50 | 498.00 | 499.00 | 7.50 | 0.50 | 7.00 | 7.50 | |
| 07/25/06 | 503.00 | 505.00 | 486.00 | 489.00 | 19.00 | 6.00 | 13.00 | 19.00 | |
| 07/26/06 | 489.00 | 489.50 | 481.00 | 481.00 | 8.50 | 0.50 | 8.00 | 8.50 | |
| 07/27/06 | 482.00 | 488.00 | 481.00 | 485.00 | 7.00 | 7.00 | 0.00 | 7.00 | |
| 07/28/06 | 486.50 | 488.00 | 483.00 | 484.50 | 5.00 | 3.00 | 2.00 | 5.00 | |
| 07/31/06 | 484.00 | 494.00 | 484.00 | 492.00 | 10.00 | 9.50 | 0.50 | 10.00 | |
| 08/01/06 | 490.50 | 491.00 | 481.25 | 481.50 | 9.75 | 1.00 | 10.75 | 10.75 | 11.94 |

思考。『我下注半個N。』我們學到的是那樣，因為對大部分人來說，一旦開始想：『我下了三千四百萬美元的債券。』錢的觀念就會進入他們類似爬蟲的簡單頭腦，並且開始說：『噢，天啊！』我們學到的正確說法是：『市場今天移動了多少？』債券不是移動三十一檔，而是一又四分之一N。」

以下戴爾電腦（Dell Computers）的線圖中，在走勢下方繪出N值。請注意N可能會改變，而且也確實有所改變。這些值必須持續更新，像艾克哈特每天都會更新波動性估計，他說：「那是我的例行功課。一年兩、三次，我

**圖5.7　戴爾電腦日線圖及每日ATR走勢**

戴爾電腦股價
（2006年3～9月）

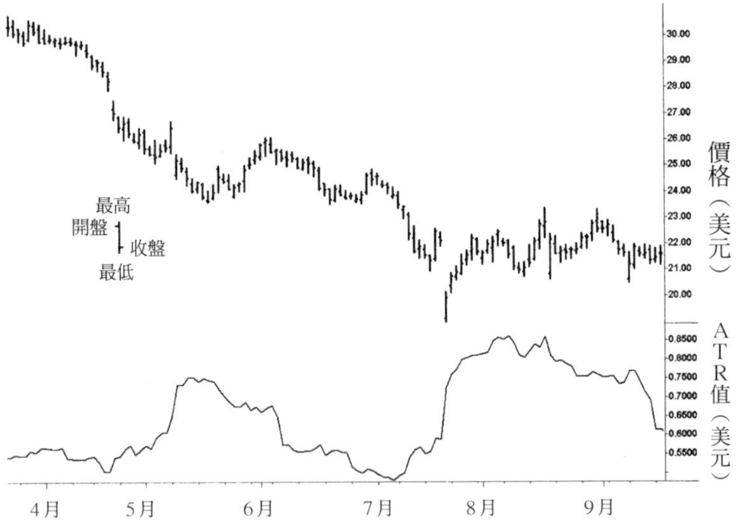

會花一天來做調整。」

一旦海龜們對N有了感覺，就開始依指示學習如何「下注」。他們每筆交易固定下注手上資金的二%，如果有十萬美元，每筆交易就會下注（冒險）二%的二千美元。每次下注的二%資金稱為一單位，「單位」是他們每天用來衡量風險的行話。

他們在每個市場區隔及整個投資組合，都各設有單位數的限制。單位數會振盪，因此每天海龜們會根據當時交易帳戶裡的錢，來計算要持有多少合約。

## 交易自己帳戶的訣竅8

**將交易帳戶（無論大小）乘以二%，例如：十萬美元的帳戶就拿二%冒險，亦即二千美元的交易。任何交易一開始下注金額小一點永遠比較好，因為你可能會犯錯——一次錯誤造成的損失，可能很容易就超過帳戶的五〇%。儘管海龜們通常是用二%下注，你也可以將數字降低到（比方說）一．五%之類的數值，以減低風險，而報酬率也會降低。**

海龜風險管理會指示他們的停損、部位加碼及整個投資組合的風險均等。例如：玉米期貨合約（標準的玉米合約報價一美分價值五〇美元）N值七美分的風險是三五〇美元（七美分×五〇美元），如果海龜收到一個玉米突破訊號（使用2N停損），他們的「合約風險」就是三五

**表 5.8　使用 ATR 計算合約數的方法（以美元計）**

| 市場 | ATR（美元） | 2ATR（美元） | 帳戶風險 | 以 2ATR 為停損的交易合約數 |
|---|---|---|---|---|
| 玉米 | $350 | $700 | $2,000 | 2.0 |
| 瘦肉豬 | $420 | $840 | $3,000 | 3.0 |
| 日元 | $725 | $1,500 | $1,875 | 1.0 |
| 10年公債 | $525 | $1,050 | $2,000 | 1.0 |

○美元乘以二，等於七百美元。

假設海龜有個十萬美元的帳戶，「帳戶風險」就會是二千美元（二%×十萬美元）。買賣合約數的計算方法是，取二%的帳戶風險除以合約風險（二千美元／七百美元），得到二・六七口期貨合約，並將小數點以下完全捨去。所以當突破訊號出現時，他們會用十萬美元帳戶買賣兩份玉米合約。

這法則使得一單位玉米等於一單位黃金也等於一單位可口可樂。這正是丹尼斯何以能把市場當作「數字」操作，而不需要這些市場的基本面專業知識，也是何以海龜們只經過兩週訓練，就能如此瘋狂地跨領域操作各種不相干的市場。

然而除了波動性的衡量之外，海龜們學到另一個N的用途，它也可以用來當主要停損（或出場規則，正如之前討論S1和S2時提過的）。海龜們使用2N停損，這簡單地意味他們的主要停損或堅定停損是日N值的兩倍。

舉例來說，如果玉米有突破，假設收盤價二五○美元，海龜們很快地算出N停損，如果N是七美分，2N停損就會是一四美分。一個二五〇美元的進場點，就會有一個二三六美元（二五〇減一四）的堅定停損，一旦價格觸及二三六美元的停損價就出場，完全不作二想。遵守規則，別想太多。

## 交易自己帳戶的訣竅9

**假設你操作Google股票，其ATR是二〇，2ATR（2N）停損便是四〇。如果你在Google損失四〇點就必須出場，不要多問。**

另一方面，小的N值讓海龜們交易較大的部位或吃下更多單位。在突破的一開始，八月份（圖5.9）買下的黃豆單位比趨勢尾聲所能買下的大二．五〇倍。這個例子很好地點出市場波動性和單位大小之間的關係：低N值永遠代表著更多合約（或股份）。

像傑瑞．帕克就發現，自己的最佳趨勢，經常是從最初的突破進場點伴隨著低波動性開始。他說：「如果最近波動性非常低，黃金不是五美元而是二．五美元，我們就會投入非常大的部位。」

帕克的分析再次顯示在進場時N值很低是件好事。他說：「我可以吃下真正的大部位。當波動性小時，通常意味著市場已經沉寂一段時間。人人都厭惡那個市場，已經連續賠了許多錢，狹幅盤整。然後當它穿越那些高點，我們就上車。」

## 圖5.9　黃豆日線圖及每日ATR走勢

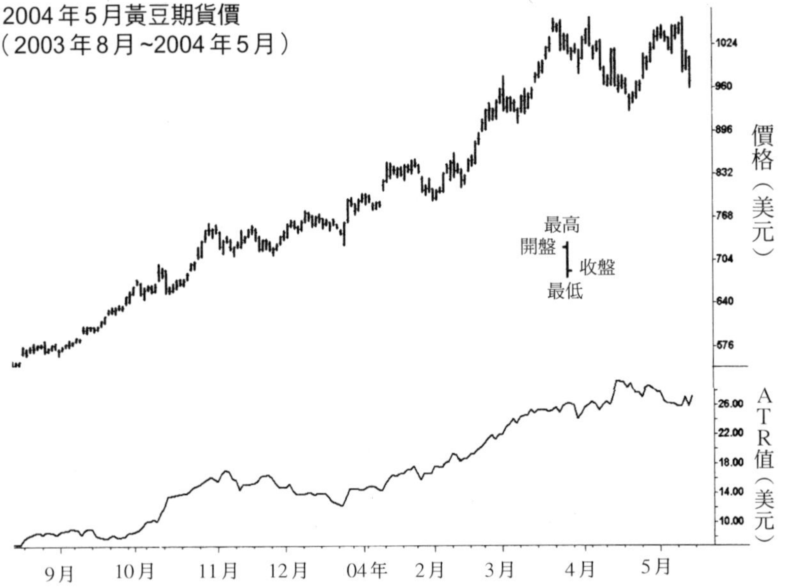


2004年5月黃豆期貨價日線圖，顯示趨勢一開始ATR較小。依據海龜金錢管理規則，較小的ATR允許更多合約交易。在趨勢尾聲，ATR大幅擴張，降低了你所能吃下的部位大小。
資料來源：Price-Data.com。

# 單位限制

市場是期貨、商品、貨幣、匯率或股票都無所謂，就海龜法則來看，現在一單位的玉米風險大約等同於一單位的美元、債券、糖或任何海龜投資組合中的標的。

然而，海龜不能交易無限制的單位。畢竟，每個單位代表他們有限資金中的二%。海龜有單位指標以防止他們過度交易，例如：他們交易的任一市場上限是四到五個單位。

因此若像海龜一樣交易，可能會讓你在十萬美元的投資組合裡買了一份債券合約，但一百萬美元的投資組合也許是買了五份。隨著債券合約的價值升高，也許會加碼更多部位。

## 初始風險計算實例

以下例子說明基本海龜交易流程如何進行：

1.假設交易帳戶為一五萬美元，每筆交易風險一．五%，欲使用2N停損交易瑞士法郎期貨。瑞士法郎每N的美元價值為八百美元。

$150,000 × 1.50%=$2,250

2N停損=$1,600

這個單位的交易合約數是1.40，小數點下捨去為1.0。

2.假設交易帳戶為二萬五千美元，每筆交易冒險二．○%，欲使用3N停損交易迷你（小額）玉米期貨。迷你玉米每N的美元價值為七〇美元。

$25,000×2.0%=$500

3N停損=$210

這個單位的交易合約數是2.38，小數點下捨去為2.0。

只要靈光一現，單位法則就會變得直覺易懂。然而靈光並沒有馬上亮起來，一位海龜這麼形容學習曲線：「當有人說：『N是波動性，也是單位大小。』我便問：『我怎麼知道兩者間的差異？』簡直是像把你自己用謎團包起來，但過一陣子就簡單了。假設我告訴麗茲．雪佛：『我下了半個單位，漲了3N。』或『我下了半N單位，現在是正半個N。』我完全明白其間的差異，甚至連想一下都不必。那已經燒烙在你的腦袋裡了。」

## 金字塔法則：加碼獲利部位

一等到他們了解S1和S2進出場法則，還有「N值」及單位之後，艾克哈特便指示海龜們在獲利交易中累積利潤。這種將大獲利部位加碼到最大的方式，也幫助了海龜們創造出驚人的正期望值（或「勝算」）。

舉例來說，當在某市場價格水準突破一〇〇時買進，就可能在穿越一〇二、一〇四、一〇八時加碼。假設有個在一〇〇多頭突破時進場，N值為五的部位，並假設每次移動1N時加碼一單位，也就是在一〇五、一一〇等價位加碼，海龜們最多會累加五單位。交易第一天停損設在二分之一N，之後則使用2N為停損。一旦買了第二單位，兩個單位的停損都升至新單位的2N停損。也就是說，加碼了新單位之後，所有單位的停損都升至加碼新單位時的停損。

這個流程可以保護未了結的利潤，又不至於錯過超大的趨勢。這種思維是為了確保賺到的錢也能投入那些意料之外的大趨勢。這正是丹尼斯和艾克哈特教導海龜們「賭上身家」的方式。

## 交易自己帳戶的訣竅10

**如果你想要像海龜那樣賺錢，你就必須使用槓桿。關鍵在於：永遠要管理你的槓桿使用度，並且不要讓它超過你的極限。**

## 金字塔交易示範

這個交易範例說明海龜們如何累積獲利交易。

**第一單位**

起始帳戶金額：$50,000。

承受風險2%，亦即每次訊號$1000。

活牛的多頭訊號出現時報價74.00。

1N值為0.80，活牛的一點是$400，因此1N值相當於$320。

2N值為1.60，相當於$640。

交易合約：$1,000/$640=1.56，小數點下捨去得1.0。

在1N（亦即74.00+0.80=74.80）加碼。

停損價設在74.00-1.60=72.40。

**加碼第二單位**

目前帳戶金額：$50,320（$50,000＋第一單位獲利$320）。

**表5.10　在74.00買進第1單位的活牛**

| 單位 | 進場價 | 合約數 | 停損價 | 獲利／虧損 | 原始資金風險率 |
| --- | --- | --- | --- | --- | --- |
| 1 | 74.00 | 1 | 72.40 | $0.00 | $640（原始資金的1.28％） |

**表5.11　在74.80買進第2單位的活牛**

| 單位 | 進場價 | 合約數 | 停損價 | 獲利／虧損 | 原始資金風險率 |
| --- | --- | --- | --- | --- | --- |
| 1 | 74.00 | 1 | 73.20 | $320.00 | $320-0.64％ |
| 2 | 74.80 | 1 | 73.20 | $0.00 | $640-1.28％ |
| 總計 | | 2 | | $320.00 | $960-1.92％ |

承受風險2%，亦即$1,006.40。

第二部位加碼時報價74.80。

1N值仍為0.80，相當於$320。

2N值仍為1.60，相當於$640。

交易合約：$1,006.40/$640=1.57，小數點下捨去得1.0。

在1N（亦即74.80+0.80=75.60）加碼次一單位。

兩個部位的停損價都設在74.80-1.60=73.20。

**加碼第三單位**

目前帳戶金額：$50,960（$50,000+第一單位獲利$640+第二單位獲利$320）。

承受風險2%，亦即$1,019.20。

第三部位加碼時報價75.60。

**表 5.12　在 75.60 買進第 3 單位的活牛**

| 單位 | 進場價 | 合約數 | 停損價 | 獲利／虧損 | 原始資金風險率 |
|---|---|---|---|---|---|
| 1 | 74.00 | 1 | 74.20 | $640.00 | $0.00-0% |
| 2 | 74.80 | 1 | 74.20 | $320.00 | $240-0.48% |
| 3 | 75.60 | 1 | 74.20 | $0.00 | $560-1.12% |
| 總計 | | 3 | | $960.00 | $800-1.60% |

**表 5.13　在 76.30 買進第 4 單位的活牛**

| 單位 | 進場價 | 合約數 | 停損價 | 獲利／虧損 | 原始資金風險率 |
|---|---|---|---|---|---|
| 1 | 74.00 | 1 | 74.90 | $920.00 | $0.00-0% |
| 2 | 74.80 | 1 | 74.90 | $600.00 | $0.00-0% |
| 3 | 75.60 | 1 | 74.90 | $280.00 | $280-0.56% |
| 4 | 76.30 | 1 | 74.90 | $0.00 | $560-1.12% |
| 總計 | | 4 | | $1,800.00 | $840-1.68% |

1N值降低為0.70，相當於$280。

2N值降低為1.40，相當於$560。

交易合約：$1019.20/$560=1.82，小數點下捨去得1.0。

在1N（亦即75.60+0.70=76.30）加碼次一單位。

所有部位停損價都設在75.60-1.40=74.20。

**加碼第四單位**

目前帳戶金額：$51,800（$50,000+第一單位獲利$920+第二單位獲利$600+第三單位獲利$280）。

承受風險2%，亦即$1,036.00。

第四部位加碼時報價76.30。

1N值降低為0.70，相當於$280。

**表 5.14　在 77.00 買進第 5 單位的活牛**

| 單位 | 進場價 | 合約數 | 停損價 | 獲利／虧損 | 原始資金風險率 |
|---|---|---|---|---|---|
| 1 | 74.00 | 1 | 75.30 | $1,200.00 | $0.00-0 % |
| 2 | 74.80 | 1 | 75.30 | $880.00 | $0.00-0 % |
| 3 | 75.60 | 1 | 75.30 | $560.00 | $120-0.24 % |
| 4 | 76.30 | 1 | 75.30 | $280.00 | $400-0.80 % |
| 5 | 77.00 | 1 | 75.30 | $0.00 | $680-1.36 % |
| 總計 | | 5 | | $2,920.00 | $1,200-2.4 % |

2N值降低為1.40，相當於$560。

交易合約：$1036.00/$560=1.85，小數點下捨去得1.00。

在1N（亦即76.30+0.70=77.00）加碼次一單位。

所有部位停損價都設在76.30-1.40=74.90。

**最後一次加碼，第五單位**

目前帳戶金額：$52,900（$50,000+第一單位獲利$1,200+第二單位獲利$880+第三單位獲利$560+第四單位獲利$280）。

承受風險2%，亦即$1,058.40。

第四部位加碼時報價77.00。

2N值增加為0.85，相當於$340。

2N值增加為1.70，相當於$680。

交易合約：$1058.40/$680=1.55，小數點下捨去得1.00。

**表5.15　在84.50退出活牛市場**

| 單位 | 進場價 | 合約數 | 出場價 | 獲利／虧損 | 原始資金獲利率 |
|---|---|---|---|---|---|
| 1 | 74.00 | 1 | 84.50 | $4,200.00 | 8.4％ |
| 2 | 74.80 | 1 | 84.50 | $3,880.00 | 7.8％ |
| 3 | 75.60 | 1 | 84.50 | $3,560.00 | 7.1％ |
| 4 | 76.30 | 1 | 84.50 | $3,280.00 | 6.6％ |
| 5 | 77.00 | 1 | 84.50 | $3,000.00 | 6.0％ |
| 總計 | | 5 | | $17,920.00 | 35.8％ |

所有部位停損價都設在77.00-1.70=75.30。

海龜們的停損依據每個1N市場上漲的損益兩平點做調整。

## 部位了結

活牛漲至84.50，到達設定之出場價格。

藉由這種累積方式，你可以用三〇萬美元的帳戶做多五單位，投資加幣、美元、標準普爾五百指數、無鉛汽油、柳橙汁、日元、瑞郎、黃金、黃豆油及棉花等。以海龜交易的邏輯，它們會是淨做多一單位，或整個投資組合的二％。

## 破產風險：是生還是死？

積極地加碼愈來愈多單位也有其缺點，如果沒有大趨勢現身，那些假突破造成的小虧損會更快速地吃掉海龜們有限的資金。艾克哈特如何教導海龜們對付連續的虧損，以保護資產？他們會大幅縮減單位數。當市場反轉，這種降低單位量的預防措施可增加快速復原、重回市場賺大錢的可能性。

規則很簡單。海龜帳戶中每出現一〇%的拉回，就砍掉二〇%的冒險交易單位。比如說，如果他們交易二%單位時，發生一次一〇%的拉回，他們就會將交易額由二%砍到一．六%（二．〇×八〇%）。如果他們的交易資金下降了二〇%，他們就會將交易額再砍二〇%，（一．六×八〇%），使每個單位降為一．二八%。

他們何時將交易額升回原先的水準？就在資金開始回升的時候。厄爾．基佛記得他有個同輩說：「噢，天啊，我跌得好慘，這下子得賺一〇〇%才能回到損益兩平。」結果那位海龜當年度的紅利還不錯，因為市場最後開始動了起來（發生趨勢）。基佛又說：「當統計學終於全部發揮作用，而那些市場也全都開始動了起來，那些「熱線」（hot wire）便開始相當迅速地把你從虧損中拉上來。」

例如：假設你交易的一萬美元持續虧損，然後你贏了一點點，又輸掉一點點，餘額為七千五百美元。也許你現在的交易額是原本單位大小的四〇%到五〇%，突然間全部回頭上漲到七千八百美元，再漲到八千美元，你就開始將單位回復原本的大小。海龜們在一年中有可能碰上十一個月又一週都是下跌，然後在最後三個星期從下跌三〇%到四〇%，一口氣變成上漲一五〇%。市場啟動後，就是飛車之旅了。

海龜們在虧損時降低部位，有效對抗邁向破產之路的算數級數。丹尼斯和艾克哈特的思考邏輯十分有道理，就算是對不懂數學的交易新手也一樣。

艾克哈特不要海龜們為帳戶的直線下降而煩惱。大趨勢所帶來最微小的指數曲線，最後會超越他們虧損時看到過最陡的線性曲線。紀律、資金管理及耐心，是唯一有效的方式。

然而這個每天的例行功課很乏味。每一天他們進辦公室時，會有個信封上寫著他們的名字，信封裡裝著他們部位的對帳單，包括更新後的N值。沒錯，海龜們不必煩惱計算N值的基本工作。當然，艾克哈特教過他們N值的計算方式和原理，不過費時的計算工作已經有人替他們完成。海龜們只要揀起自己的信封，看看內容，以確保所持的部位和所下的單，都是自己應該做的即可。

## 出場規則摘要

海龜們依據兩個基本的「停止」或出場規則，了結交易部位。

1. 2N停止點。
2. S1或S2突破的出場點。

海龜們被指示，只要有任一觸及就出場。例如：假設你進入任何市場後，很快地碰到了2N停止點，你便以小虧損出場，這很簡單。另一方面，也許你進入市場後，它開始起飛，超大趨勢往上或往下猛衝，在這個例子裡，你的S1或S2突破停止點會讓你帶著獲利離開。

這可是會令人胃痛的。大衛．雪佛和他的妻子麗茲．雪佛一起度過這個過程，他說：「當我們獲利好時，我們就會非常積極地運用那些獲利。如果不是遵守著我們的系統，很可能我們會冒險投入獲利的一〇〇%到交易中。」海龜們有可能從市場得到五〇〇%的獲利，但仍將停損點設在原本的二%冒險，結果可能令他們損失全部的利潤加上那二%（譯註：以「金字塔」小節的例子來說，就是加碼到第二單位以上之後，卻仍把停損點設在一開始的七二．四〇）。

**表5.16　海龜們一開始交易的市場**

| | | |
|---|---|---|
| 30年國庫債 | 德國馬克 | 90天國庫券 |
| 10年國庫債 | 英鎊 | 黃金 |
| 棉花 | 法郎 | 白銀 |
| 糖 | 日元 | 銅 |
| 可可 | 加幣 | 原油 |
| 咖啡 | S&P500 | 熱燃油 |
| 瑞士法郎 | 歐元 | 無鉛汽油 |

## 投資組合選擇及部位平衡

這個哲學適用於所有市場，也就是說，只要有流動性、有優良市場可供選擇（在今天是不虞匱乏的），而且該市場隱含著一些波動性（畢竟要有動靜海龜們才能賺錢），任何市場都可以進行海龜式交易。

海龜們一開始交易的市場如上表。

### 交易自己帳戶的訣竅11

你能交易的投資組合並不是唯一的：今天，交易員們以海龜式法則，操作著差異極大的投資組合（股票、貨幣、債券、商品等），這是交易員們績效差異的主要原因。也沒有一定的原始資金大小，是保證能讓所有交易員成功的萬靈丹：有些人一開始的資金少而獲利龐大，有些一開始的資金多卻不成功。你會在後面章節看到交易拼圖的其他碎片，是

**表5.17　投資組合之間的相關效應**

較高風險（相關性高）

| 做多 | 放空 |
|---|---|
| 玉米 | 黃金 |
| 黃豆 | 白銀 |
| 日元 | 10年公債 |
| | 5年公債 |

較低風險（相關性低）

| 做多 | 放空 |
|---|---|
| 黃豆 | 黃金 |
| 日元 | 5年公債 |
| 活牛 | 糖 |
| | 原油 |

**除了這些規則之外區隔贏家與輸家的因素。**

然而，避免操作一組高度相關的市場至關緊要。簡言之，要把相關市場視為通常是連動的。海龜們在同一個投資組合裡涵括太多潛在相關市場，就會增加單位風險。

舉例來說，道瓊工業股價指數（Dow Jones Industrials stock index）和標準普爾五百股價指數是高度相關的，兩者一起上漲下跌。買一單位道瓊與一單位標準普爾，就像是買了二單位的道瓊或標準普爾一樣。

或者是，假設海龜的投資組合裡有蘋果電腦和戴爾電腦，這兩支股票就像說好了似地一同漲跌。假設依海龜交易策略指示應買進一單位蘋果，但如果又多買了一單位戴爾，由於這兩支股票有高度相關性，就相當於交易蘋果應有分量的兩倍。兩支一起交易，所冒的險就是應有的兩倍。

看看表5.17，注意兩表的左右欄市場數是一樣的，可以輕鬆安排同樣的單位。然而「較高風險」表中，有較多市場是高度

**表 5.18　做多／放空規則計算範例**

做多／放空規則範例 1

| 做多 | 放空 |
| --- | --- |
| 玉米(1) | 燕麥(1) |
| 活牛(3) | 糖(2) |
| 可可(1) | 10年公債(1) |
| 瑞郎(2) | |
| 合計：7 | 合計：3 |
| 風險單位合計：(7-(3/2))=5.5 | |

做多／放空規則範例 2

| 做多 | 放空 |
| --- | --- |
| 咖啡(3) | 原油(4) |
| 天然氣(1) | 澳幣(3) |
| 黃豆(2) | |
| S&P500(2) | |
| 合計：8 | 合計：7 |
| 風險單位合計：(8-(7/2))=4.5 | |

相關的，包括玉米與黃豆，黃金與白銀，以及兩種公債。基本上，海龜們只會交易其中四種市場。「較低風險」表中相關性低的市場組合較廣，舉例來說，歷史上來看日元和原油不會齊漲齊跌。

海龜們也被教導，在投資組合裡並用做多與放空可以加強分散性。事實上，丹尼斯與艾克哈特發現，做多與放空並用，其實整體可以交易更多單位，這正是為何他們布了那麼多部位。在別人眼中，他們似乎過度運用槓桿，但丹尼斯和艾克哈特其實是以風險管理（單位）指南在保障海龜們的安全。

想想另一個投資組合的例子。假設做多玉米、飼牛、黃金、瑞郎總計四單位的多頭部位，再假設放空英鎊、銅、糖總計三個單位。

海龜總單位風險的計算是取較小的值再除以二，然後再將較大的值減去計算結果，在此例子中為四減去（三除以二），得到二．五單位的風險。這便是海龜們增加單位而不增加風險的方式。

為何海龜們的操作要如此分散？因為他們沒辦法預測哪個市場會有大趨勢，也無法預測任何趨勢的幅度。然而只要錯過一個大趨勢，一整年可能就毀了。

就這樣，在聯盟俱樂部的兩週訓練完成了。他們手上拿著那些法則，進入丹尼斯在芝加哥期交所旁那幢老舊保險交易所大樓裡的辦公室。他們拿了他的錢，開始交易。

然而，海龜們還收到一條超越所有哲學與法則之上的命令，那就是練習。當然，聽起來有點老掉牙，但事實就是如此。認真想想，許多人看著老虎．伍茲（Tiger Woods）之類的贏家，為他們偉不偉大的理由找出無數的藉口：「他從小就開始學高爾夫。」「他是天生的運動員。」「當時高爾夫球界缺乏一流的競爭對手，他才能贏得那些頭銜。」

那是事實嗎？伍茲的偉大是因為他心中根深柢固的練習紀律。看看強尼．卡森（Jonny Carson）節目影帶中三、四歲時的伍茲。練習、練習，再練習，時時刻刻都一樣。伍茲的名言是：「無論你已經做得多好，永遠都能做得更好，那就是令人興奮之處。」這心態無論對高爾夫或交易來說都至關緊要。

醫藥是另一個藉由反覆訓練來發展技能的領域。研究一再顯示，醫學院學生剛開始嘗試就算是最基本的程序，比方說找血管抽血，時常都是笨手笨腳的。然而，以重複與紀律為重的訓練過程，穩定地培養出許多稱職的醫生，讓他們保有長久而成功的職業生涯。

就像醫生們得練習找血管一樣，其實並沒有什麼令人眼睛一亮的東西在等著海龜們。在一天終了時，他們的訓練肯定不是他們所期待的（當然，他們怎麼可能知道要期待什麼？），但他們從未真正拿到「祕方」。就如某位海龜說的：「丹尼斯給我們的不太像是聖杯，一點神奇的成分也沒有。」不管神不神奇，海龜們一完成課業便立刻開始工作。然而在他們開始賺大錢之前，還有一段艱難的路要走。

# 第六章
# 特訓班實況

「要訓練人們表現出一定水準的西洋棋功力，是有可能辦到的，但如果訓練不能提升自我教育及哲學心態，那受訓者比起表演的海豹也好不了多少。」

——尼格・戴維斯（Nigel Davies），日思錄（Daily Speculations）

總共有多少海龜？其數量是有爭議的。丹尼斯和艾克哈特的訓練室不只收容了求才廣告應徵者中的入選者，也邀請來各類已經在為他們工作的同事們。另外還有辦公室裡的人員，能夠近水樓臺揀拾他們傳授的基本觀念，因此接觸到海龜法則。

就以馬克・沃許（Mark Walsh）為例，他並不是正式的海龜，但卻是個以海龜方式做了二十年交易的人。他的紀錄年績效超過二〇%，與一九八八年起就為客戶代操的海龜不相上下。山姆．德納多（Sam DeNardo）是一般定義下的海龜，他不希望自己對海龜團體的定義受到侵犯：「我很喜歡馬克．沃許，也認識他很久了，但他不是真正的海龜……而且我認為海龜，真正的海龜們，都強烈希望團隊名單保持真實無誤。」

德納多也否認克瑞格．索德奎斯（Craig Soderquist）是海龜，雖然《華爾街日報》說他是其中之一：「索德奎斯參與了丹尼斯人生中的那一段時間，他也許在會議中拿到一些人的筆記。」然而，從一九八四到八八年間在紐約為丹尼斯掌管交易廳事務的羅伯特．摩斯，則毫不猶豫地說索德奎斯是海龜。摩斯的工作，是每天在紐約各交易塹幫C&D商品公司執行數以千計的期貨交易，他應該懂。然而驗明正身的海龜傑夫．戈登，卻不同意摩斯的說法，他說海龜專指那些幫丹尼斯代操的人。

顯然，只因為接近C&D辦公室的工作而學到規則的人很多，有些是正式海龜、有些不是。我們不難看出，一旦丹尼斯和艾克哈特開始實驗的訓練階段，狀況就類似丹尼斯和湯姆．威里斯在一九七〇年代舉辦的非正式講座。儘管應徵廣告而錄取的海龜們可能不樂見，但接受過訓練的人確實不只他們而已。

斤斤計較誰是海龜、誰不是海龜，直入嚴酷競爭的核心。他們也許聽說自己是被一視同仁對待的，也許一開始確實是如此，但這不是兒戲，賭注可是高達數百萬美元。

## 辦公室環境

在C＆D商品公司辦公室裡，海龜們是理察・丹尼斯的寵物計畫，被視為能讓他抽空從事更遠大政治行動的員工。摩斯說，他們「基本上是一群『小理察』——這不是雙關語」。

這群人受過訓練之後，就沒什麼人管他們了。舉個例子，羅素・桑茲（Russell Sands）就很驚訝完全沒有監督。他指出：「我們大概每週會見到丹尼斯、艾克哈特或德路奇一次，在週五下午兩小時。」據桑茲所說，他們會走進來說：「你們這個禮拜做得怎麼樣？有人有問題嗎？」就這樣。

丹尼斯和艾克哈特會檢查他們的報表，如果有某海龜沒遵守規則，他們就會打電話來詢問原因。桑茲又說：「但除此之外，沒有指導、沒有監督，什麼也沒有。我們完全靠自己。」也就是「拿了錢，做日報表，寫下你做的每筆交易及交易原因」。日後，海龜們會變得更有名、更成功，但一開始平淡無奇。

這是斯巴達式的工作條件。丹尼斯提供他們一間大交易室，夾在保險交易所大樓（Insurance Exchange Building）的兩層樓板中間，配備除了金屬製桌椅之外，連最基本的休閒設備，像是咖啡機或電視都沒有。有座書架上擺放著交易書，根本沒什麼人去讀。最後終於擺了張桌球檯。

海龜們的座位安排令人想起小學教室。他們兩兩坐在一起，小隔間以六呎高隔板隔開。這個一點也不正式的簡樸環境，就是丹尼斯處理他事業與生活的典型方式。這位反建制先生將他的心態傳授給他的學生們。

這種心態讓其他該大樓裡的人納悶，海龜辦公室到底是做什麼用的。畢竟身為順勢交易員的他們，有各式各樣的交易停工期，會有好幾天沒交易。此外，他們沒有衣著規定，曾經在夏天裡穿著短褲和T恤來上班。

哈佛MBA和高中剛畢業的人並肩工作，一個耶和華見證人和東歐來的二十一點玩家一起打桌球，猶太人和基督徒，學生們混雜在一間多元化的辦公室裡。

看看安東尼・布魯克（Anthony Bruck），這位瘦削時髦的芝加哥社交名流兼藝術家，令某些人想起安迪・沃荷（Andy Warhol），他會穿著黑色緊身衣上班。布魯克和吉姆・肯尼（Jim Kenney）一樣，在實驗開始前就已經是丹尼斯的朋友。

厄爾・基佛喜愛這種瘋狂的多元性，幾乎就像個縮小版的美國：「有人沒有大學學歷，有人則擁有博士學位，像布魯克就有語言學博士學位。其實，我認為那也許有助於他當個好交易員，因為你得從事分析式、概念式的思考。」

麥克・卡爾是丹尼斯錄取政策的絕佳範例，聽說他一開始連期貨的英文「future」都拼不出來。卡爾就像其他菜鳥海龜一樣，必須從頭學習怎麼看線圖。他是「不必有哈佛MBA也能成功」的活見證。

更不尋常的還有露西．維特（Lucy Wyatt）。多年來，知道海龜故事的人們以為女性海龜只有一位（麗茲．雪佛），其實總共有兩人。

維特是艾克哈特的朋友。吉姆．迪馬利亞對她的形容是：「我們其他人都像海龜，那是我們的身分，也是我們做的事，而她則有點像是來了又走。她真的有張桌子……在房裡。我猜也許那就是海龜的標記……房裡有你的桌子。」

私底下，許多通過篩選過程錄取的海龜表示，房裡有丹尼斯的員工和朋友從事海龜式交易，造成許多糾紛。有人說：「據說正規的海龜懷疑那些人到底是怎麼被選進計畫的。不是通過篩選而錄取的人，就沒有做這件事的『心理動力』。」海龜所能記得關於維特的一切，便是她永遠在修剪自己的指甲。

麥克．卡伐洛說，維特以前是艾克哈特的女朋友，他指出：「她跟我們一起在那房間。所以在那群人當中，如果你要說誰是海龜而誰不是的話，她一定會被認為是最不像海龜的人。」

維特做交易嗎？似乎是的。許多聽說過海龜故事的人找了許多藉口，說為何自己永遠混不進海龜圈。從維特的例子可以清楚看出，任何人都有可能混入海龜當中。

廣大不同的政治觀點也不妨礙海龜們的加入。舉例來說，傑瑞．帕克和丹尼斯的政治立場是相反的。麥克‧夏農以極端的詞彙描繪帕克：「他是你所找得到的最右翼保守者，而我們那兒有人遠比丹尼斯更傾向自由派。」夏農對於房裡擠進來的政治多元化興味十足，他說：「帕克是極右派，而我當時比較像是極左派，我們真的不時為某政治或社會議題纏鬥。他是那麼地右派，不過不可思議的是，在那方面我真的從沒跟他認真計較過。」然而，夏農確實認真地當帕克是一個交易員，他說：「他表現得真好，有趣的是儘管發生過那所有的爭論，輪到實際的交易及討論系統和方法時，我們都站在同一陣線。無論政治背景或社會背景是什麼，我們都會試著盡可能地合作。」

這些政治差異可不是小事。傑夫‧戈登的第一手經驗，來自一九八四年總統大選前夕的一頓晚餐。大家都知道丹尼斯支持孟岱爾，丹尼斯開始繞桌子問每個人要投給誰；大家一個接一個地都說：「孟岱爾。」他們都是他的食客，而丹尼斯是當時最富有的人之一。然而輪到戈登時，他說：「蓋瑞‧哈特（Gary Hart）。」戈登馬上便知道自己惹惱了芝加哥交易天王。

不過，遠比任何政治差異來得重要的是共同點。卡伐洛知道所有的海龜都極為聰明，不過他將整群人看作好勝又好相處人們的有趣組合，他相信大部分的海龜即使在充滿災難的一整天過後，仍能保持和顏悅色。

事後看來，很難確知海龜是如卡伐洛所描述，或是他們因為獨特的處境而最後變成那樣。當一個有錢的傢伙提供數百萬給一群人做交易，以獎勵方案讓他們賺進自己的數百萬美元時，沒人會想興風作浪。那種機會能令人們閉上嘴。

然而海龜們並不是立刻就了解自己得到會生數百萬美元的「金鵝」。由於他們一登陸就得開始起跑，根本沒有時間測試丹尼斯給他們的規則正確與否。他們必須毫不猶豫地信賴丹尼斯和艾克哈特。

第二屆海龜特訓班錄取的厄爾・基佛和少數人一樣，希望能得到「觀念的證明」。基佛和他的導師一樣，保持懷疑之心：「你說我學的是金鵝，但我沒有電腦程式、沒看過報表、沒看過觀念的證明。你知道我的意思嗎？」

再過一段時間，確實會有海龜們測試丹尼斯教給他們的規則，而這個努力改變了海龜計畫。不過一開始，海龜們是依照他們被傳授的規則執行交易，而且這麼做讓他們賺進大筆錢財。事實上，他們現在所賺的錢，全是有生以來最多的。在這一刻，每一個和C&D商品公司有關的人都能確定，他們證明了後天勝於先天，雖然在公司之外還沒有人知道這一點。

## 無聊的交易策略

海龜們體會到「餘暇」的真正意義。**如果市場不動，就沒有交易**。事實上，市場不動就不交易是最重要的一項規則。市場沒走勢，就無利可圖；市場不動，就別向羅伯特・摩斯下單。

現代過動的群眾喜歡每分鐘檢視股票報價，這種長時間什麼事也不做的情形，會被他們視為無用。然而，海龜們並不需要像吉姆．克雷默《瘋狂金錢》的熱門明牌或CNBC大衛．法柏（David Faber）的最新「內幕」新聞報導。

今天，人們狼吞虎嚥數十則解盤節目，以及太陽下每個人提供的晚間建議，告訴他們該買賣什麼。這一切對海龜都是沒有用處的，**今天的快速致富群眾，創造出一種令交易員們害怕自己錯過什麼的文化，他們沉溺於分析市場怎麼了，或即將怎麼樣，完全不管那其實跟自己的交易決策毫無關聯性可言**。另一方面，海龜們在規則說什麼也別做時，會很安分地什麼也不做。

海龜們每天來上班時已經準備好作戰計畫，因此他們在戰爭的熱度下不會做出差勁的決策。當你盯著螢幕看，螢幕就會說：「做點什麼，交易我。」今天所有的頂尖交易員們拚命工作，發展其交易哲學，將哲學轉換為規則，然後退一步看看規則是否如預期般運作。只要你建立起一套教你進場與出場的系統，告訴你一路上要下注多少，而且永遠能依你目前的資本及市場波動性調整，就不需要分析了。

海龜們並不抗拒這種無聊的狀況。然而，每個人處理停工期的方法都不一樣。例如：帕克會玩電腦足球遊戲，直到破解所有的祕技為止。這代表帕克打混，沒好好做交易嗎？不，完全不是那麼一回事。帕克總是做好準備等待著。自律意味著在「該做些什麼」的時刻到來之前，什麼也不做。帕克知道他們在丹尼斯的生活中扮演什麼角色，他說丹尼斯舉辦訓練是「因為他想要以系統式規則操作某金額的錢」，好讓他繼續嘗試新的技巧。

但是現在，他們的交易充滿著停工期，這對海龜們來說是從從容容追蹤三十個市場，等著去做些什麼的過程。他們在當時並不從事海外市場交易，那些市場很多都是後來才出現的。他們籃子裡的市場並不是很活躍。

海龜智囊團裡確實有暗潮與個人偏見，特別是對於雪佛。這是一九八〇年代的芝加哥交易界，有些海龜認為性別歧視會是個問題。有些海龜也許沒認真看待雪佛，要處理這事實可不容易。夏農說：「有些人攻擊她，有些人躲避她，諸如此類的情況經常發生，這讓她對整個海龜計畫多少產生一些矛盾情節。」

雪佛很感激她在這個計畫裡所受的絕佳教育，但她可能對其他海龜們抱著後遺症似的敵意。夏農的補充支持這種說法：「許多人只是低估了她。你得記得這是八〇年代，你知道當時有多少女性商品交易員嗎？」即使他們是海龜，但很明顯並不代表他們都像唱詩班男孩一樣彬彬有禮。

季利・斯沃博達運用他超多的停工期進行交易以外的冒險，他一直都在嘗試找出打敗賭場的方法。只不過，並不是像大部分人所想的那樣去賭博。他的觀點全都是關於了解勝率及如何賺錢。

斯沃博達要一次離開辦公室兩、三個月都沒問題，只要斯沃博達擬好全部的沙盤推演流程，其他海龜就會確保他的交易能適當執行。接下來他便花許多時間待在拉斯維加斯，發展能夠判讀二十一點牌桌上牌況的系統。

這個行為就實驗的要求來說是無妨的，因為丹尼斯自己開創一種「只要做好工作，我就不在乎你人在哪兒」的氛圍。丹尼斯把自己的規則、金錢、經紀商和ATR（每個市場每日計算的波動性，也就是他們所說的N值）交給海龜們，已經幫海龜們省下許多日常例行工作，如果他們完全靠自己，這些本來都是自己該做的。

有交易的日子裡，海龜們追蹤他們手上的市場作為一天的開始。如果有市場發出進場或出場訊號，他們就拿起電話，打到交易廳下單，然後靜待市場往任一方向發展後，才再度拿起電話打到交易廳。

海龜們在他們自己生存的孤島上，在活頁紙上為自己記下所有的線圖，做所有的計算。如果他們想要《華爾街日報》，他們得自己買。丹尼斯當然會付錢，但他是一個技術交易員，不是基本面學派的，沒理由要每天讀報紙。

想想二〇〇七年有多少人每天把《華爾街日報》從頭讀到尾，找尋基本面見解；想想有多少人在線上檢視年報或農作物報告。不會是海龜們。

海龜們做的每件事都是最基本的，他們以複寫紙實際寫下隔天的委託單，然後將複本留下來，萬一隔天趕不上，他們的委託單還是會妥善地執行。迪馬利亞笑著說：「現代人甚至連複寫紙是什麼都不知道。」

除了辦公室日常怪癖，海龜的實際所在位置，很快地便有極大的改變。第一年他們都在同一間辦公室裡，但在那之後有些人離開了。卡伐洛在辦公室待了一年，之後搬回波士頓老家繼續遠距離為丹尼斯工作。羅素・桑茲第一年結束後也離開了，他完全離開這個計畫。

隨著時間經過，他們的辦公室環境慢慢地改變。迪馬利亞說：「就某方面來看，有半數人像帕克一樣，搬回了維吉尼亞州（老家）。我們這些芝加哥人想要留下來，於是搬到較小的辦公室。但是從此多元性便消失了。」

早期當每個人都一起待在芝加哥時，有段時間他們凝聚在一起，在戰壕中苦幹實幹，沒有什麼外來的指導。他們一出大門就不是交易專家了——根本還差得遠呢。一開始，幾乎所有的海龜們都是二十多歲甚至不到二十歲，第一年課程結束後沒多久，每個人平均進計畫六個月，本錢就下滑了五〇%。如果你覺得有些人慌了手腳，那麼你猜對了。

然而，除了那些早期的績效起伏擺盪之外，還有一些個人事蹟能正確地呈現他們日常所受的折磨，如一九八五年九月就讓他們從痛苦中學到教訓，當時「七大工業國」的財政部長決議致力於削弱美元，在那週末改變了他們對美元的政策，導致所有貨幣都跳空上漲數百點，其中有些是海龜們的放空標的。

戈登還記得當時他已經結清自己的部位，而湯姆・尚克斯則還是放空的。戈登說：「你得想像一下，我們在這裡管理著幾百萬美元，我們（星期一）來上班，手上有那麼多部位，而市場是那麼地和你作對。我們有大量部位，剛剛才損失可怕的一大筆錢，而那並不是我們的錯。」戈登是在說明，尚克斯正遵守著丹尼斯的規則，但是正確無誤地遵守規則，卻讓他蒙受重大的損失。

即使海龜們被給予精確的規則，丹尼斯「自主決策」的弱點影響了他的學生。理論上他們都有同樣的規則來選擇在哪個市場交易、何時進場與出場，以及要買賣多少金額。然而不斷有規則的例外狀況冒出來。

其中一個例外發生於可可交易。基佛印象鮮明：「可可衝破了屋頂，整個變動是我們造成的，因為我們被允許加碼，結果吃下了整個市場。交易廳裡的人知道那是丹尼斯的交易員造成的，但他們只是放手讓市場自己發展。我們又將它推升十點，他們加碼。是我們造成它撞破屋頂，然後我們的購買力枯竭，市場就崩跌了。我們都被刺得很慘，因為老實說我們都買滿了。菲利浦・盧是唯一沒有可可部位的人。」

在海龜計畫當中，丹尼斯有一項政策是，所有的海龜們每年都會有一天個別跟他吃頓午餐，據說那天會由丹尼斯陪著一起交易。當盧從他的「丹尼斯日」回來時，他認為丹尼斯對他很不滿。丹尼斯想知道是什麼令盧沒有從事可可交易，而盧不做交易的決策，很顯然違反了他們所受的訓練。

盧這麼做是有理由的。每天海龜們都必須寫下那天的推演，而盧是個從未真正擁有強烈交易員動力的人，他只用兩張紙列出他每天為每個市場所做的沙盤推演和買賣點，而可可列在他的第二張紙上。原來，盧有個原則是，如果他列了兩張紙，不在第一頁上的交易他就不做，而可可恰巧在他的第二頁上。

丹尼斯說：「你怎麼沒做可可交易？誰教你的？」盧說：「噢，我只交易我第一張紙上的東西，而可可不在第一頁上。」盧覺得他看到丹尼斯的臉垮了下來。畢竟丹尼斯這個最最好奇的懷疑論者，原本是希望可以從這位學生身上學到什麼新東西。

盧的交易是個好例子，說明海龜世界的不精確，可能且確實會造成績效水準的差異。這樣的事件顯示，即使海龜做的是優越的好交易，還是有原因會讓績效數字產生差異。

丹尼斯的雇用過程為實驗裝配了真實的角色，也許背景最多采多姿的海龜是夏農。

有一次我問夏農，整個海龜過程還有沒有什麼應該要知道的。他答得直接且出乎意料之外：「你知道我曾經是個罪犯，對吧？」在為自己提出辯解之前，他說他得先為自己的故事發表一份免責宣言。首先，他的違法行為已經是二十五年前的事了。其次，今天的他是反毒的。然後他解釋：「在我加入丹尼斯團隊之前大約兩、三年，我是個毒販，曾經掌控芝加哥拉許街（Rush Street）夜店圈八〇%的毒品流量。」

其他的海龜們佐證了他的說法，不過這個不尋常的故事在海龜計畫中一直未曝光，直到夏農為丹尼斯當了十五個月左右的海龜之後，被政府傳喚為聯邦毒品法案作證時丹尼斯才發現，而將他叫進辦公室。丹尼斯伸手到公事包裡拿出一張審判書時，夏農以為他要被開除了。丹尼斯嚴厲地說：「現在聽好，如果你告訴我實話，我不會開除你。只要告訴我實話，這是怎麼一回事？」夏農吐露了他販賣毒品的完整過去，而他現在有份FBI的兼差。丹尼斯搖著頭說：「那你跟他們完了沒？」夏農完全不清楚他們「用完」他了沒。

夏農確信丹尼斯是他問題消失的原因。他說：「我很投入海龜計畫，而且也有在賺錢。我想如果我只是個可有可無的交易員，他也許會要我走人。」夏農說丹尼斯的政界關係終結了他的惡夢，又說：「所以我沒有犯罪紀錄。」

另一位海龜談起丹尼斯處理夏農的事：「丹尼斯扶植了許多在交易這行及其他方面相當厲害的傢伙。丹尼斯知道人永遠有另一段故事，他的天性寬宏大量得令人驚訝。」

在海龜崛起、古怪交易決策及聯邦毒品調查的整個過程，丹尼斯都十分妥善地對待員工，曾經有一次他帶整間C＆D的員工，飛到拉斯維加斯欣賞搖滾樂團「血汗淚」（Blood, Sweat and Tears）的表演（畢竟他是七〇年代音樂迷）。儘管丹尼斯有著節儉生活的外在，但他對自己簽下的每個人都很大方。

## 團體互動

海龜們接觸到的是擁有龐大力量的觀念，但這些觀念並非沒有代價。人類天性永遠都在作祟，在黑板上練習運用丹尼斯和艾克哈特的規則是一回事，學習這些規則如何實際運用則與信心至關重大。

從這方面來看，海龜們的訓練與美國游騎兵（U.S. Army Rangers）突擊隊訓練計畫有異曲同工之妙。游騎兵的工作假設是：**非凡的表現無法來自普通條件的演練。要鍛鍊出菁英部隊，只能施以非凡的挑戰，迫使他們發揮自己從不知道自己擁有的情緒及潛能**。幫丹尼斯代操也是一樣，海龜被教導要如何處理他們最糟的交易情形，並且在任何交易狀況下都能保持信心，但那並不容易做到。

無論是海龜或游騎兵，建立信心都要靠環境。海龜們在一間空蕩蕩的辦公室裡學習，游騎兵則是在實體訓練場上進行。這兩個群體的成員總有一種被人盯著看的毛骨悚然之感。就某方面來看他們是被關著的，雖然是出於自願。他們將人生簽約給自己不認識的人，並期望那些人用痛苦來折磨自己。

當然，海龜們並沒有受到像游騎兵學校那種肉體上的痛苦，但他們在建立交易能力的過程中，確實承受著心理上的痛苦。無論有意無意，海龜辦公室環境培養出一種家族情感。

許多海龜們認為，當他們在襁褓中為丹尼斯代操數百萬元時，他們的團體（或這說是家族）互動影響重大。厄爾・基佛感覺到心理上的需要：「我們全都必須聚在一起，特別是一開始時更是如此，理由是一般而言在一年當中，我們所有的錢其實是三週內賺到的。一年中其餘的時間，大部分人資金都縮水三〇％。憑藉著丹尼斯的金錢管理方針，當市場全部就位時，我們還有子彈可以開火。你可以在這三週內從負三〇％躍升到正一五〇％以上，一點問題也沒有。」

和戰友們一同苦幹非常重要，因為他們每天都會被打得落花流水，伴隨大量的小虧損，而沒什麼正向的補給。大趨勢來時則棒透了，但他們還是得有耐心等待它的來臨。

想像一下坐在那裡一天又一天，守著芝加哥交易天王所資助的數百萬美元交易帳戶，再想像一下那個帳戶一點一點地慢慢縮水，雖然你在做的都是該做的事。有自我懷疑，也有不安。團體互動幫助海龜們紓解壓力，彼此確認大家都在做「對的事」。

然而隨著時間過去，海龜們看到丹尼斯的系統從大趨勢賺進巨額金錢。他們終於有了心理上的把握：「我知道這要靠我的膽量，沒有人能從我這裡搶走它。」

然而，即使有這家族般的氛圍、游騎兵似的精神，以及用膽量學習什麼是丹尼斯式的交易，隨著證明的累積，顯示這個團體歷程最後並沒未發生重大效用，因為「海龜交易家族」最終仍遭到意外的威脅所損害，那就是競爭與嫉妒。雪佛談到針鋒相對的情況時說：「當一天終了時，數字黑白分明地在那裡。你要嘛是賺錢，不然就是沒賺。」

海龜們很快便學到為丹尼斯代操的四年計畫生活，其實遠比雪佛所形容的黑白世界更為複雜。海龜交易實驗簡直成了實驗中的實驗，海龜們才剛建立的信心，迅速地蒙上了自我懷疑的陰影。

# 第七章 交易配額的爭議

「真相發展到最後的結果很有趣。在報紙頭版所見和真正發生的事之間，常有著黑與白那樣的差異。」

——受訪的匿名海龜

在海龜們剛開始一起工作時，氣氛相當輕鬆愉快。畢竟，他們已經獲選接受芝加哥交易天王的訓練。只不過這樣的滿足並沒有維持多久，才幾個月時間，他們全都變成外星人監視之下的不安地球人，就像從前《陰陽魔界》（*Twilight Zone*）影集裡的劇情。一開始「先天或後天」的實驗是一回事，但現在有意無意間，另一項實驗也開始進行了。

## 標準在哪裡？

在海龜的世界裡，金錢是奶水，因為如果沒有丹尼斯提供的交易本錢，就沒有海龜計畫。但很快地海龜便學到，丹尼斯對交易本錢的分配，是鮮少有道理可循的。這可不是件小事，關係著能否賺到數百萬美元。再一次令人想起電影《你整我，我整你》的一個場景，比利雷·范倫汀吼叫著：「這整件事就是個實驗，笨蛋！你和我都是白老鼠！他拿我們會發生什麼事來打賭！」

第一屆的海龜山姆·德納多，得到丹尼斯給予的一百萬美元配額，但他為第二屆海龜們拿到比較少配額找了藉口。他認為丹尼斯覺得自己沒必要在第二屆海龜身上冒那麼多風險：「他一開始便給那些人不一樣的配額。如果當時能知道他要我們走多快、多積極或多保守，或許會比較好一些。但我認為那也是他試著想搞清楚的一點。」

外界聽說海龜們都成了暴發戶，但在幕後，丹尼斯給學生們的配額其實是不平等的。他的行為造成排名的緊張，不過倒沒有人打算公開抱怨。畢竟，他們正在賺的錢是前所未有地多。然而，海龜身分很顯然是雙面刃。

傑夫·戈登在配額成為問題之前就已經查覺到整體的摩擦，他看到海龜計畫中，有些人只是因為之前熟識丹尼斯而加入，其他人則是應徵廣告而錄取。丹尼斯稱那些和他有關係的人為「對照組」，戈登說：「他們只是因其他理由被選入的人。」

戈登和許多其他交易員認為，像他們這樣的人（透過徵人廣告篩選過而錄取的人）是比較優秀的交易員，不過丹尼斯卻認為沒有差異。這些只是辦公室真正緊張氣氛來臨前的小意思而已。

由於配額的不同，海龜們賺的錢開始出現天差地遠的分別。例如：麥克．卡伐洛是早期領先者之一，他形容每個人一開始都做得很好，但隨後在一九八四年春季，他們簡直是潰不成軍。

在一九八四年中的當時，第一屆海龜的績效都是赤字，不過丹尼斯卻走進辦公室說大家都操作得不錯，然後增加了他們的資金。這對海龜們來說完全沒有道理可循，大家都被嚇壞了。他們大賠，結果丹尼斯還給他們更多錢？

卡伐洛不敢相信：「我想過丹尼斯可能會說：『呃，我想這計畫失敗了，我得要讓你們捲鋪蓋走路。』非但不是這樣，他還加碼資金，特別是針對我們之中少數他覺得交易得最好的。我是其一，另外還有克提斯．費斯和霍華．賽德勒（Howard Seidler）。我猜我們是當時操作得最好的。」要是比較海龜績效資料就可看出，「最好」這說法沒什麼道理，因為他們都是整體齊上齊下的。

然而時間一久，收到不平等配額的人感覺十分受挫。厄爾．基佛說，有些海龜會大聲地談論資金配額的問題。他回憶道：「有些人，就像費斯和卡伐洛，賠了五〇％、七〇％後，不但可以補滿原有配額，而且還拿到更多錢。」

他們都坐在同一間教室裡，學習同一套規則，然後一起到辦公室去，一開始拿到的交易資金都一樣多。幾乎每個人都是一出校門就開始賠錢，但有些賠最多的人，卻反而獲得比原先還多的交易資金。

許多海龜認為丹尼斯主觀地猜測誰會變成最棒的交易員，而非從真正的交易結果來判定。令許多人不滿的是，丹尼斯和艾克哈特一向主張交易應該根據真實的邏輯，而現在，開始有人認為丹尼斯是以一種「輸家當道」的方式分配資金，也就是說，他們無法了解為何他不使用科學方法來決定交易配額，就像他們教海龜們做交易的方式。

由於分配的過程變得如此無規則可循，使得愈來愈多的挫折逐漸蔓延開來。舉例來說，一九八六年對整體財務管理業來說，是非常艱困的一年，戈登很快地說出自己的成功：「我那年獲利率六五％以上，而且未曾出現過兩位數的虧損。」

丹尼斯如何獎勵戈登？次年的配額又是多少？丹尼斯反而調降他的配額及獎勵金。這就像科學實驗一樣：「加一點酸到鹼裡面，看看有何反應。」然而，這是丹尼斯的場子，唯有他有權決定遊戲規則。

戈登坦白表示他與丹尼斯的最大歧見及最終結果：「他不喜歡我的風險控管。唔，他才是做決定的人。我認同嗎？不，因為我知道自己的表現如何。就報酬風險比來看，我把其他每個人都拋在後頭。」丹尼斯降低戈登獎勵金的行為（尚且不提他的配額意味著利潤減少）並未獲得正面解讀：「在那之後我就不怎麼熱中於留在海龜計畫裡了。我提供的不是丹尼斯想要的東西，於是在一九八七年七月我離開了計畫。」

然而戈登有個問題。就像所有的海龜，他已簽下合約，五年內只能為丹尼斯交易。如果他離開計畫，也不能為其他人進行交易。戈登很清楚對自己不利的是什麼，他說：「你不會想和一個擁有二億美元的人打官司。」

丹尼斯不在乎戈登是不是有「漂亮」的風險調整報酬。丹尼斯要的是大回報——絕對報酬。他早早砍掉戈登的行為並不令人意外，根據丹尼斯的中心哲學（「遵守我的規則」），以及丹尼斯和戈登政治理念不同的事實（在一九八四年美國總統大選中，戈登支持哈特而非孟岱爾）看來，爭執和賺錢的考量同樣重要。

但戈登並不孤單，呼應同樣疑慮的還有吉姆·迪馬利亞，他也提出關於配額的問題：「我想第一年大家一開始都拿到百萬美元的交易限額。然後在第二年，我們八個人裡，我想有三個拿到一百萬，兩個拿到六〇萬，三個拿到三〇萬。我是拿到三〇萬的人之一，還算不錯。這仍然是份工作，雖然有點驚訝，不過我們確實不分上下。」

丹尼斯和艾克哈特讓迪馬利亞得到與之前一萬八千美元薪水不相上下的待遇，而海龜配額的過程仍是個祕密。迪馬利亞說：「每個人多少都相信『市場永遠不會錯』及『技術面對基本面』，不過當金錢分配結果出爐時，看起來似乎誰拿到多少錢和績效如何是沒有關聯的。」

迪馬利亞拿到最少資金，但績效名列前茅，這種矛盾一直在整個計畫中持續。不過真正在火上加油的，則是大家都知道的另一件事：有某位海龜很快地比其他人多得二十倍資金。

且容我再說一次：海龜們都接受同樣的規則和同樣的訓練，同時他們賺的錢與帳戶總額密切相關，但有些海龜操作數百萬美元，有些則只操作數萬。這必然會引起內部紛爭。配額問題一而再、再而三地被提出來談論，掃除了檯面下的敵意和惡意。

隨著時間前進，在丹尼斯羽翼下愈來愈明顯的是，有一名海龜拿到所有人當中最大的配額，卻可能並沒遵守丹尼斯傳授的規則。幾乎每一位海龜都把所有話題帶回費斯，曾經有一段時間，他拿到的錢可能就占了整個計畫的一半。迪馬利亞直言：「他的操作相當不規則，有些月份表現很棒，但那是他冒了巨大風險才達成的。」

在一九八九年，《華爾街日報》形容費斯是「最成功的海龜」。該文包括一張顯示十四位海龜績效數字的插圖，但顯然缺了費斯的績效數字。只有在內文中提到：「交易紀錄」顯示費斯在海龜計畫中大約賺了三千一百五十萬美元。

然而，如果拉大範圍來看，這個標題是有問題的。如果費斯的交易本錢最多，因此賺最多獎勵金，那麼《華爾街日報》說他是最「成功」的海龜就是個嚴重的錯誤。要看出費斯和其他海龜之間的不平衡，請看這個例子：交易員「約翰」拿到二千萬美元操作，交易員「瑪麗」拿到二萬美元操作，他們都得到一五%的獎勵金，都產生五〇%以上的報酬，但可不能板起臉孔說約翰這邊比較成功。

在研究過程中，我發現一個線上論壇，其中的發言看來是海龜配額的內部觀點。該文章反覆提到費斯用可疑手段賺到的三千一百五十萬，但也說整個海龜團隊「賺了差不多一億」。這個論壇發表的內容強調，費斯賺了全額的三〇%，並得到一個錯誤結論：「帕克五年後操作更多資金賺到的錢，不能相提並論。」

那篇文章自顧自地省略掉關鍵事實：費斯的交易資金遠比其他海龜們大了二十倍。換句話說，費斯賺得多是因為他操作的金額大，而且沒有任何績效數字顯示他是績效最好的海龜。

要是費斯所冒的風險都在設定的條件範圍內，這一點就不會被認為有什麼好討論的，但迪馬利亞很快便指正這個看法：「不，不在條件以內。那有點像是長久以來的玩笑話：條件有分普通版及費斯版。費斯可以做任何他想做的事，整件事似乎是依『誰知道什麼？』來決定。誰將會成為好交易員而誰不會？報酬則是該死的，完全依據基本面認定，像是『卡伐洛可能是計畫裡最聰明的傢伙，我們得給他一大筆錢。』我則是屬於相反的另一端，或許因為我是對照組，他們認為我根本不會有什麼成就。」

費斯的看法完全不同，他說當時他們所學的S1和S2交易系統，可以有某種程度的調整，於是他將自己的主觀選擇視為成功的關鍵。費斯也是在公開談論經驗時，最公開表達好勝心的人，這能從以下言論得知。費斯說自己想要打敗房裡的每個人，動力是來自他沒有大學學歷（耶和華見證人並不提倡把上大學當作實踐教義的一部分）。也或者，搞不好只是他肩膀上有植入一片「我要讓他們看看」的晶片。

乍看之下，迪馬利亞一開始的評論可能是「酸葡萄」。然而，這些話並非純粹出於自我中心，他也認為其他海龜們握著配額桿子較短的一端。迪馬利亞說：「季利・斯沃博達是絕對的天才，也許有潛力成為所有人當中最優秀的交易員。」然而隨著計畫進行，許多海龜看到交易成功和丹尼斯給予交易配額間的關係，並不怎麼正面。

但迪馬利亞又說：「在第一年結束時，我認為自己的成績就算不是最好，至少也是頂尖表現者之一。我的紅利大約是一萬美元，而其他人卻拿到六萬。我有孩子和一家子人要養，日子實在不好過，非常、非常不好過。」

二十年後，從迪馬利亞的聲音中仍然聽得出，他為沒有得到機會替丹尼斯代操更大的金額而惋惜，頗有已故美國諧星羅德尼・丹傑菲爾德（Rodney Dangerfield）著名臺詞「沒人尊重我」（no respect）的味道。然而值得注意的是，從一九八八年到今天，迪馬利亞有逐月的交易紀錄。那是長達二十年的紀錄，相較之下費斯近二十年來的績效數字則付之闕如。

儘管有許多海龜像迪馬利亞一樣，都認為丹尼斯偏心，但卡伐洛卻毫不客氣地否認，他認為配額全看績效。一九八四年，丹尼斯覺得不值得再把時間花在買賣穀物上，於是把買賣穀物的工作交給賽德勒、費斯和卡伐洛三人。

再談談令局勢更為緊張的：房裡每個人都知道那些穀物帳戶。他們都知道那些帳戶帶來更大額交易，以及從獎勵金賺更多錢的可能性。卡伐洛同意：「我會說，當然會有些嫉妒心出現，我想那只是人類的天性。人們從事這個很棒的工作，比他們之前所做過的都更好，那麼有趣、那麼賺錢，而現在是第一次賺進六位數收入的人，嫉妒起賺進七位數的人。」

雖然沒人知道其他海龜賺到多少錢，不過很明顯有些人代操的金額比別人大得多。海龜們起步時，基本上每個人的身價都相同。然後在八個月到二年間，少數海龜成了百萬富翁，但很多人並沒有，在這整個期間每個人的報酬率卻都是相似的。緊張局勢已經趨向個人化。

卡伐洛看到，作祟的不只是配額問題，他目睹有些海龜在交易中比較沒信心，有些海龜其實是在模仿別的海龜，試著搭別人交易的便車。

然而到最後，所有話題不斷回到配額問題。就像帕克也不高興拿到那麼少的金額。帕克認為自己操作得和其他拿到大配額的海龜一樣好，績效數字也支持這種說法。一九八六年的某個時間點，帕克為丹尼斯操作四二〇萬美元，然後到了八七年，他代操的是一四〇萬美元；八六年他賺了一二四%，八七年則賺了三六%。

厄爾．基佛說，政治因素是丹尼斯給帕克較少配額的原因，還說帕克也相信是如此。他說：「戈登和帕克的政治理念都是與丹尼斯反方向的極端，但帕克大概是最大的（反向）極端。」

丹尼斯以加大配額的形式給予正向加持的對象，不只是那些願意冒較大風險的海龜，似乎還有那些和他走得較近的朋友。帕克是共和黨員，很明顯他不是丹尼斯偏愛的海龜。

帕克或許是第一個被雇用的海龜，但丹尼斯還是個有好惡的凡人。基佛又說：「他還是有他的偏好。費斯是受寵者，卡伐洛是受寵者，然後你看看一些其他人，並問：『為什麼他們拿到的錢比較少？』有沒有可能他們只是不想瞄準大數字扣扳機？」

帕克絕對不是唯一有絕佳績效卻被縮減配額的海龜，還有許多其他海龜擁有真正令人眼睛一亮的績效，金額也同樣被刪減。麗茲．雪佛、保羅．雷霸和麥克．卡爾的配額都被砍了。

「接下來不知道會怎麼樣」的恐懼感，在海龜們的生活中是家常便飯。海龜們會接到電話，沒來由地增減帳戶額度二〇%。他們抓了抓頭，想不透是怎麼回事。有些海龜開玩笑說，搞不好他們加入的是一項殘酷的心理學實驗，其他人則認真思考，自己有沒有可能像金凱瑞在電影《楚門的世界》（*Truman Show*）裡那樣受到監控。

認為分配額度的過程取決於實力的卡伐洛，到最後也有一些問題。他認為丹尼斯有點像是在鼓勵積極交易，下更大的注在他認為操作較佳的海龜上，不過當談論到費斯時，就連卡伐洛也不明白丹尼斯的決策邏輯。卡伐洛說：「費斯好像操作得太過積極、太過冒險，然而卻因此受到鼓勵。雖然他賺得最多，然而調整過風險之後也許就不是了。因此在當時，那只是一個謎。我不是特別善妒，所以不太煩惱這件事。」

卡伐洛知道，丹尼斯在很年輕時就靠冒大風險變得非常成功，這暗示丹尼斯看中了費斯。其他人則說C&D智囊團是被費斯如此年輕的事實所吸引。

愈來愈明顯的是，整個配額問題只是計畫核心棘手問題的入口。幾乎是一出校門，不公平待遇就已經出現。在一九八四年，海龜最初訓練後僅僅幾星期的一次熱燃油交易中，海龜們原本該要交易比較小的金額，他們應該交易「一口」，亦即一份期貨合約。

顯然費斯交易的金額更大，而比其他所有海龜賺進更多錢。卡伐洛認為費斯做了超過他們被允許的交易量，但他同時認為，有爭議的不擇手段或「直攻要害」心態，也許正是丹尼斯注意到他的原因。

多位海龜都明白表示，費斯的交易並非反映他們所學。哈佛MBA卡伐洛直言不諱：「那並不全然是我們所學的東西。事實上，你甚至可以說那稍微和我們所學的相反。」儘管賺了數百萬美元的卡伐洛，是當時很容易會被認為是票房冠軍的海龜，實情卻是丹尼斯把愈來愈多的錢交給費斯，這可把卡伐洛搞糊塗了。卡伐洛談論費斯並非別有用心，事實上，數年後他還加入費斯所創辦公司的董事會。

為什麼卡伐洛要注意費斯的交易風格？他擔心費斯冒的險太大，最後可能會破產（正如數學上的破產風險）。從課堂的第一天起，艾克哈特就一再強調風險管理，而許多海龜卻看見，那幾乎立刻就被他們其中之一給忽略了。

只比費斯大十八個月的迪馬利亞，看到除了費斯以外，每個人在計畫中都按照規則在玩。他說：「無論部位拿捏、交易市場都是如此……費斯是位特別的神童，所以能做我們其他人不能的事。他自己也許沒意識到這一點。他是不是有超越遊戲的特殊規則？還是他先改變遊戲方法，再去問這些新規則可不可行？」

戈登是第一個提起費斯宗教信仰的人，他說：「費斯是耶和華見證人。一個有『信仰』（faith，與費斯同字）的人，一個虔誠的人，是一個你會認為有道德的人。我不是說費斯沒有道德或宗教信念，但輪到處理丹尼斯的錢時，就算賠掉全部費斯也不會在意，那就是他指揮自己的方式。真相是，事後想來似乎那正是丹尼斯要的。丹尼斯想要的是真正積極的人。」

計畫中令人印象最深，也備受爭議的交易，是一九八四年的熱燃油交易。所有的海龜在第一個月都交易十萬美元，而費斯遠比其他人所賺的要多，丹尼斯就愛這樣。戈登被嚇到了：「那其實有點奇怪，因為費斯開始接到丹尼斯的私人電話，而且他會在一早進辦公室時說：『嘿，丹尼斯昨天晚上和我聊天，他說……。』沒有其他人曾接到過這種電話。」

費斯對一九八四年熱燃油交易的看法不同，他說自己是依據規則買進三口期貨合約，然後很快地加碼到他被允許的最大量。熱燃油直線上升，所有的海龜們都大賺一筆。

但費斯說他看到其他海龜的交易有奇怪之處，自己是唯一「買滿」部位的海龜。費斯的看法是，其他所有海龜都各因某些理由決定不照丹尼斯和艾克哈特教導的系統做交易。費斯甚至懷疑他們到底是不是跟自己上過同樣的課。

因為這是變化無常的交易，熱燃油價格很快便崩跌。海龜們開始出場，費斯相信正確的作法是當熱燃油下跌時繼續持有（不離場）。很快地，價格再度開始上漲，突破前高，費斯很顯然是唯一擁有十二口多頭合約的海龜。他說：「我們受的教導完全相同，但我一月份的報酬是其他所有海龜們加起來的三倍或更多。」

卡伐洛和桑茲都再三強調一點：費斯有一隻幫忙他的手，其他海龜則沒有。他們說是丹尼斯指導費斯這筆交易的結算點，看起來費斯有個「不敗」設定，而其他海龜並未參與其事。

這一切的緊張情勢是丹尼斯的設計，以觀察其他海龜會如何反應嗎？或者費斯得到額外的行動指示，是因為他和丹尼斯成了朋友？

夏農以非常人性的方式把各個點連了起來：「我想有些海龜有不同動力做他們做的事。我之所以做，只因為我發現一天結束時，我真的對這經驗樂在其中。你可以看看吉姆·肯尼和安東尼·布魯克這些人，我想他們的看法會稍微精彩一些。另一方面，費斯的動力來自他父親。他父親是耶和華見證人，他必須將收入的十分之一捐獻給教堂。費斯的父親就像個星媽……會跑到辦公室來。他們的某些信念實在有些怪異。」

確實，夏農不是個擁有天使心腸的人，但他的話語透露出辦公室裡運行的真實面貌。最重要的是：在費斯交易著數百萬美元、明顯的配額差異、明顯的不滿情緒等狀況下，這齣配額及額外協助的戲碼，和他們被傳授的規則一樣，都是當海龜的一部分。

夏農描述那狀況時充滿同情心：「費斯絲毫不掩飾。你看，他不就是到處跑著發『耶和華見證手冊』給我們，或是那類古怪的東西……他相當坦率。他會說：『我去的那間教堂怎樣又怎樣』之類的話。」

也許丹尼斯成了年輕費斯心目中有如父親般的人物。夏農又說：「丹尼斯真的很喜歡費斯。」

## 績效表現

由個人描述，或許說主觀地描述所發生的事，聽起來是很引人入勝，不過真正的重點在於績效資料。關於海龜們在丹尼斯大傘下時的逐月績效資料（表7.1），我所能找到唯一的提供者，只有巴克萊績效報告公司的索爾．瓦克斯曼（Sol Waksman）。

沒有什麼比原始績效數字逐月的漲跌，更能清楚說明海龜們為丹尼斯工作時的生活了。看

**表7.1 海龜年度績效**

| | 1984 | 1985 | 1986 | 1987 |
|---|---|---|---|---|
| 麥克・卡伐洛 | 14% | 100% | 34% | 111% |
| 傑瑞・帕克 | -10% | 129% | 124% | 37% |
| 麗茲・雪佛 | -21% | 52% | 134% | 178% |
| 史提格・奧斯加 | 20% | 297% | 108% | 87% |
| 傑夫・戈登 | 32% | 82% | 51% | 11% |
| 麥克・卡爾 | 24% | 46% | 78% | 49% |
| 吉姆・梅尼克 | 102% | 42% | 160% | 46% |
| 霍華・賽德勒 | 16% | 100% | 96% | 80% |

| | 1985 | 1986 | 1987 |
|---|---|---|---|
| 菲利浦・盧 | 132% | 129% | 78% |
| 湯姆・尚克斯 | 18% | 170% | 146% |
| 吉姆・迪馬利亞 | 71% | 132% | 97% |
| 布萊恩・波克特 | 55% | 116% | 185% |
| 保羅・雷霸 | 92% | 126% | 78% |
| 馬克・沃許及麥可・歐布萊恩 | 99% | 135% | 78% |

資料來源：巴克萊績效報告（www.barclaygrp.com）。

**表7.2　麥克・卡伐洛、傑瑞・帕克和麗茲・雪佛1985年的逐月績效**

| 日期 | 卡伐洛ROR | 帕克ROR | 雪佛ROR |
|---|---|---|---|
| 1985年1月 | 24.45% | 2.51% | 26.70% |
| 1985年2月 | -12.49% | 18.92% | 23.07% |
| 1985年3月 | 55.73% | -8.77% | -20.29% |
| 1985年4月 | -15.39% | -20.38% | -27.80% |
| 1985年5月 | 4.50% | 17.52% | 72.49% |
| 1985年6月 | 2.50% | -10.30% | -22.48% |
| 1985年7月 | 53.75% | 61.05% | 29.21% |
| 1985年8月 | -20.62% | 1.18% | -18.77% |
| 1985年9月 | -34.21% | 11.25% | -26.93% |
| 1985年10月 | -5.09% | 14.61% | -6.60% |
| 1985年11月 | 39.52% | 20.99% | 46.98% |
| 1985年12月 | 22.82% | -2.46% | 20.04% |

ROR：投資報酬率。
資料來源：巴克萊績效報告（www.barclaygrp.com）。

看麥克・卡伐洛、傑瑞・帕克和麗茲・雪佛在一九八五年間的績效（表7.2）。

索爾・瓦克斯曼並沒有從海龜計畫中取得克提斯・費斯的數字，遺漏這部分的資料讓我感覺很奇怪。費斯說他沒有績效數字是因為他為丹尼斯代操期間，從未建立正式的交易紀錄，因此無法提供準確的海龜績效數據。

然而，費斯怎麼可能交易比其他海龜多那麼多錢？丹尼斯有很多錢，但也不是無限多。其他海龜說，錢是從他們的帳戶轉移到費斯的帳戶。

有趣的是，一旦費斯的帳戶金額真的很大時，事情顯然就不太妙了。有位海龜看到費斯在一九八七年的白銀交易賠掉一大半，他強烈懷疑費斯為丹尼斯所賺的錢也許全部在那一筆交易賠回去了。

其他海龜也談到那次的白銀交易。有人說費斯並沒有真正遵守系統，因為他已經「抓到感覺」了。當白銀終於從大漲中崩跌時，他看到費斯是最後一個真正試著出場的海龜。

費斯也承認自己犯了錯。在菁英交易員網站（EliteTrader.com）的論壇中，費斯說那是他最糟糕的一次錯誤交易：「我持有一千二百口白銀期貨（Comex Silver），每口代表五千盎司，相當於丹尼斯帳戶有六百萬盎司。另外還加上五百口的黃金期貨（Comex Gold）。乘勢一路向上之後，接著幾乎是一路向下，造成巨幅下滑，帳戶減少六五%。劇烈振盪的那天，資產的擺盪高低差距真是離譜，差不多是一千四百萬美元。」

當天結束時，沒有辦法驗證費斯在白銀交易上虧損的確實金額，也沒辦法驗證費斯為丹尼斯工作時確實獲利三千一百五十萬美元這個數字。在嘗試驗證的過程中，我訪談於一九八九年，將近二十年前為《華爾街日報》寫那篇文章的記者史丹利．安格利斯特（Stanley Angrist），他告訴我沒辦法驗證費斯所賺的數目，那三千一百五十萬美元的數字是費斯自己提供的。

誠然白銀交易也許是海龜實驗裡最終的幕後傳說之一，但當然不是最後一個。一旦冒過大風險及不遵守規則的想法被搬上檯面，結果就像潰堤一般。麗茲．雪佛的前夫大衛．雪佛，看到第一年有不止一位海龜忽視規則並且過度冒險，他說：「我也相信丹尼斯加注在多位海龜身上，因為他們輸光了原始賭注——不見得因為他們是頂尖交易員。」

費斯則不同意地說，其實不可能輸光原始賭注，他說在一個封閉式的交易中，如果海龜損失達五〇％，就沒有錢做交易了。五〇％並不是出局點，海龜們顯然突破了那個數值，而且資料也證實此一論點。然而只要談到配額，永遠都有祕密，以及各式各樣不一致的說法，因為在二十年後，人人都要保護自己的聲望。

話雖如此，關於配額的故事還是有個結局。迪馬利亞將話題拉回配額，他看到第二屆海龜變得不安定，只注意「你怎麼得到五萬美元而我拿二〇萬？」或「你為什麼拿到六〇萬美元？」他看到他們擔心自己在丹尼斯眼中做錯了什麼。德納多甚至嘗試平撫緊張情勢，寫了封信警告丹尼斯海龜成員之間的不安定，他說：「他們在彼此爭鬥。」

基佛也送了封短信給丹尼斯質問配額公式。他相信，如果丹尼斯單純只分給每一位相等的配額，比方說五百萬美元，他賺的錢會遠比當時更多。基佛說：「當我在紙上寫道：『這是此遊戲當中資產配額應有的邏輯。』我相信這不會讓丹尼斯多喜歡我一些。」

基佛認為丹尼斯應該獲頒諾貝爾獎，因為他在真實世界中以自己的交易模式駕馭波動性。基佛為這個計畫的配額部分感到惋惜：「某人已經擁有棒透了的交易系統，而且真正緊守順勢操作的良好協定，結果只因為資產分配問題，就徹底搞砸了。」

然而，因質疑配額而受到懲罰的是德納多，他被逐出計畫。丹尼斯將他的信解讀成試圖為虧損找藉口。德納多說他有確實遵守規則，但並非一直如此：「我記得我在該賣出糖時買進。我只是說，見鬼了，『我來買一點。』嗯，我因此被叫進辦公室。『你不應該那麼做。那是逆勢。』哦，我從此沒有再那麼做過。讓我告訴你，他們知道你在做些什麼。」

## 備忘錄

儘管丹尼斯和艾克哈特始終知道海龜們在做些什麼，但看來這兩位導師並不總是知道他們自己在做什麼。第二屆有四位海龜（湯姆・尚克斯、保羅・雷霸、厄爾・基佛和季利・斯沃博達）組成一個小組，把等待市場趨勢的停工期全部拿來做交易研究。這四位海龜想要驗證他們的規則，而不是任憑規則擺布。

在其他海龜們可能在讀報紙體育版和打桌球的同時，這個小組把他們的時間花在建立系統測試平台上。這花了他們一年的時間，研究結果撼動了整個計畫。他們判斷丹尼斯讓每個人承受了過大的風險。

海龜們全都是依照丹尼斯和艾克哈特所傳授的規則做交易，而且賺進數百萬美元，但這個研究團隊使用最早的蘋果電腦，S1和S2交易系統並用（詳見第四章與第五章），發現最糟的狀況並不是下跌五〇%，他們不斷得到最糟下跌八〇%的結果。

雷霸直覺地想到，問題發生在當兩個系統（S1和S2）同時得到進場突破訊號時，就在那個時刻他們承擔了過多的風險。

德路奇總是有些自大地對海龜們說：「如果你們發明出什麼東西，拿來給我們看看。」德路奇很清楚，他從未真的期望會發生這種事，所以呈上這個新研究得要小心處理。丹尼斯和艾克哈特的態度是：「我們了解交易塹，而且比任何人都更了解。」他們擁有過去輝煌的成功紀錄，這麼想又有什麼不對？

然而，該研究團隊判斷塹裡這兩個傢伙百分之百錯了，並且告訴德路奇。沒多久，德路奇出來指示每個人減少爾後部位金額的五〇%。

跟著德路奇腳後跟而來的，是丹尼斯發出的官方備忘錄，日期是一九八六年四月二十三日，上面寫著：

> 真實世界的下跌幅度遠遠超出理論期望值，使我們在考量交易量大小的條件下，重新評估理論和現實之間的關聯性。我們似乎誤會了理論資料，以至於你們的交易額是我們所想的兩倍。好消息是，在整個交易計畫中有件事是真的——你們的獲利加倍，但代價是風險也加倍。

我們想必是對的。

接著丹尼斯又重申德路奇已經告訴過他們的事：他們不久後就必須將交易額縮減五〇%。他想要讓海龜們冒的風險回到他們開始計畫時所期望的數值。這個指示並不改變海龜們的規則，只表示他們現在開始要縮小交易金額。現在海龜們不再交易一百萬美元的帳戶，而要當那帳戶是五〇萬美元來交易。基本上，他們只是大幅降低槓桿度。

那四位海龜在丹尼斯和艾克哈特的場子裡擊敗他們時，必定也傷害了他們的自尊。丹尼斯和艾克哈特依這些規則交易了多年，將它們傳授給別人，賺進數百萬美元，然後突然間，被學徒證明這些規則有錯誤。不過就算降低了槓桿度，海龜們績效還是不錯，這又帶來了緊張的氣氛。

有些海龜想，丹尼斯在某方面一定感覺像是自己創造了一堆科學怪人（「我的天啊，我在和我訓練出來的人比賽！」）。更糟的是，海龜們在這段期間的整體績效，其實比丹尼斯還要來得好。

許多海龜認為他們表現較好，是因為他們被傳授了好習慣。有些人認為丹尼斯一直保持著他剛進交易壍時的壞習慣。夏農補充道：「他不會生氣，不過他變得對某些交易執行方式異常挑剔。那些細節也許在場內時有其道理，但如果是在交易廳外，真的沒那麼要緊。他一直擔心

『滑價』（skid），而我們當然也有考慮到。」但基於某種原因，不讓交易大量成交（該產業稱之為『滑價』）是丹尼斯一個持續（也或許是不理性）的中心主張。

以一個傳授邏輯與科學方法給學生的人來說，聽到他太過擔心有爭議的細枝末節會令人感到驚訝。丹尼斯有一次大聲懷疑自己是否到了致命的壓力點，當時也許他是真的感覺到緊張：「我內心深處其實是個反向操作者（contrarian），而這對一個以機械式方法順勢操作的人來說，確實應該不是件好事。」

真是壞兆頭。

## 第八章

# 遊戲結束

「如果丹尼斯沒有和我們的部位反向交易（我知道他有時會這麼做），他會賺更多錢。」

——受訪的匿名海龜

一九八八年初，政治上的大新聞是蘇聯紅軍從阿富汗撤離，商業界則有美國知名私募基金公司KKR剛創下當時的紀錄，以融資收購雷諾納貝斯克公司（RJR Nabisco）。海龜們正忙著處理他們自己眼前的事，此時丹尼斯突然把「插頭」拔掉了。

結束了。丹尼斯發出一張傳真告訴海龜們，計畫已經終止。丹尼斯這時也正在管理顧客的錢——麥可．米爾肯的德崇證券旗下兩支公募基金，它們以極大的虧損關閉。海龜計畫停止的理由，從來沒有官方認定的說法，但丹尼斯的績效數字繪出一幅令人警覺的畫面：

丹尼斯的遊戲有了改變，一九八八年四月他虧損了五五%。不只他公募基金的績效極差，他的父親也剛去世；為此有位海龜將計畫的關閉歸因於「家庭因素」。這些當然算是艱困的時期，只不過，四月對海龜們來說卻不是績效糟得嚇人的月份。海龜們那個月大多每人虧損十%到一二%，跟丹尼斯比簡直是小巫見大巫。

話雖如此，「插頭」被拔掉的震撼還是使海龜們大驚失色。吉姆・迪馬利亞對於海龜計畫突然終止感到十分困惑：「一瞬間就結束了，就那麼快。他們星期一早上進辦公室就說：『做到星期五就好。』我的反應大概像是：『噢，最好趕快找工作。』」有些人主張是丹尼斯損失慘重，迫使他結束遊戲，但迪馬利亞說，並不是個人交易虧損迫使他出手的。迪馬利亞認為，那是丹尼斯的錢，他只是不想再玩了而已。其他海龜則以不確定的口吻說，那計畫的結束是德崇垮臺所造成的。

丹尼斯自己只宣稱他要退休了，宣布他要將所有時間投入其政治理念。他認為這些事玷污了「大方」（liberal，亦有「自由」之義）這個字，他不想再這麼做了，於是很快便貿然衝進自由主義。對丹尼斯來說，自由主義的理想，亦即強調個人權利，是社會的振奮劑。然而，其他人並不買他政治作態的帳，都覺得是交易龐大的虧損促使他投入政治。

表8.1　理察．丹尼斯交易績效：1986年1月到1988年12月

| 日期 | VAMI | ROR | 年度ROR | 帳戶總值（百萬美元） |
|---|---|---|---|---|
| 1987年9月 | 7343 | -15.29% | | 159.2 |
| 1987年10月 | 6330 | -13.79% | | |
| 1987年11月 | 6474 | 2.28% | | |
| 1987年12月 | 6572 | 1.51% | 16.12% | 135.9 |
| 1988年1月 | 6736 | 2.49% | | |
| 1988年2月 | 6635 | -1.49% | | |
| 1988年3月 | 6623 | -0.19% | | 113.0 |
| 1988年4月 | 2948 | -55.49% | | |
| 1988年5月 | 2977 | 0.98% | | |
| 1988年6月 | 3009 | 1.10% | | 40.0 |

VAMI（月增值指數）：這項指數用來追蹤逐月績效，代表最初投資的1,000美元，截至該月成長為多少錢。
ROR：報酬率。
資料來源：巴克萊績效報告（www.barclaygrp.com）。

## 訴訟纏身

說到丹尼斯坎坷的德崇基金交易，他將部分的錯怪罪到客戶頭上：他們不了解他交易風格的本質，當跌勢開始時，他們就對他失去信心。他一直無法了解為何客戶（無論是現在或一九八〇年代早期）缺乏他鋼鐵般的決心。丹尼斯也懷疑為何德崇的管理人員要讓他失望。他們來看他時，他說：「你們到底在搞什麼鬼？」一身為一個場內交易員，丹尼斯也曾經數次跌幅超過五〇%。他

問德崇：「沒人告訴這些人他們正在參與什麼事嗎？」

顯然，對於那些投資丹尼斯所管理德崇基金的客戶，行銷人員只賣「好的一面」給他們。話雖如此，丹尼斯是交易員，該為這些鈔票負責的是他，而不是把他賣給大眾的經紀人。然而，德崇的基金問題並未立即打擊到這位前「交易塹王子」，即使是在最糟的時刻，他還是很有自信：「給投資人信心的，應該是我累積十八年職涯的整體交易紀錄。」只不過，對於一個月內損失了五五％的客戶來說，十八年的交易紀錄意義不大。

德崇證券的高級主管多年來已一再表明，他們不願對一九八八年導致丹尼斯基金瓦解的連鎖事件作任何評論。當我問前德崇高級主管理察・桑德是否能說說發生了什麼事，他好心地回覆：「一百萬年後再說。」這位芝加哥交易界重量級人物之一的反應，並不令人意外。

然而，丹尼斯自己倒不保持緘默，他坦然談論自己的困難時期：「就算操作公募基金可以治好癌症，我也不幹。」丹尼斯生氣了，他覺得委託他交易的風險已經全部白紙黑字預告在說明書裡，還說：「我上了幾次法庭，從痛苦中學到預告書（disclosure document）似乎不代表什麼。我們的法院系統建構的方式是，你可以為自己的好處假裝無知，說：『我不了解風險，這不應該發生的。』」

對於一個以在失敗中保持樂觀聞名的人來說，聽見丹尼斯聲音中帶著失望頗令人驚訝，但很多人對他根本沒有同情心。他曾經是神童，是賺過幾百萬美元的人，是捐錢給政治家以拓展自己影響力的人。他的職業競爭者，那些在零和遊戲中被他把錢贏走的人，都感覺不到他的痛苦。

訴訟很快隨之而來，他的德崇基金前客戶聲稱丹尼斯沒遵守他自己的規則。最後由美國地區法官米爾頓・波拉克（Milton Pollack）達成和解，六千名投資者除了共同獲得二五〇萬美元的賠償，還外加丹尼斯接下來三年交易獲利的一半。縱使接受了和解，丹尼斯和他的公司並不承認有任何不當行為。

就算是處於虧損當中，同時可以理解地對無止盡的訴訟生著氣，芝加哥的活傳奇仍然設法在哲學上強調他正經歷的事：「令人難過的事實是，法律系統如此漏洞百出，即使是已經過去、解決了的事情，它的倒影仍然具有不該有的法律效力。如果我說自己有一天頭痛，而沒服用阿斯匹靈，我猜有人會為此傳我到法庭。」丹尼斯相信在任何時候，大多數的交易結果都取決於無法控制的因素。他覺得那就是當時的狀況。

無法控制？丹尼斯的學生並沒有在一九八八年四月虧損五〇％，而丹尼斯有。儘管丹尼斯的追隨者基於他的交易紀錄，一再認為他的海龜們是過度冒險的一群人，但海龜們的交易策略和他們老師所用的並不相同。丹尼斯的虧損不純然是順勢交易的結果，而且也沒辦法確知他做了什麼不同的事。

避險基金之父賴瑞・海特，那時才剛創立如今已高達數億美元的英國曼氏（Man）避險基金，也不確定丹尼斯當時在做什麼。他說丹尼斯的交易完全沒有道理，因為沒有一個市場的走勢會造成像他那樣的虧損。

就像海特一樣，大衛・雪佛很欽佩丹尼斯過去的表現，但也質疑他當時的決策，因為同一時間他同儕們的表現都不錯：「丹尼斯靠一開始的小賭注賺了一大票的事實很值得推崇，問題是當他拿公眾的錢時是否遵守自己的系統。我相信他的虧損和波動，遠遠超過同一時期海龜們所承受的。相信我，我很推崇丹尼斯的成就，然而我確實認為他只是個人，一定有可批評之處。」

麥克・夏農是那一片混亂的目擊者，他和其他海龜都針對風險警告過丹尼斯。夏農說，由於部位有其限額，海龜們一直都知道丹尼斯持有什麼部位。美國商品期貨交易委員會（Commodity Futures Trading Commission, CFTC）設計了限額，以確保任一交易員不會在任一市場占太大交易量。

然而，海龜們之所以知道丹尼斯的交易部位，還有另一個原因——他向來不隱瞞。夏農說，丹尼斯在交易德崇基金時，海龜們被允許交易一或二單位的標準普爾五百股價指數。夏農說丹尼斯交易十或十五個單位的標準普爾。他說海龜們想不透為何丹尼斯要過度交易，因為他自己一再強調過度交易會害死人：「我們有一天計算了他的風險，也許比我們承受的要大一百倍。」

丹尼斯也許承受過高的風險，多達海龜們一百倍以上，這實在沒有道理。他知道的夠多而能使他的學生做對的事，但卻沒辦法好好自律。他的成就和短處都同樣鮮明。

有意思的是，即使丹尼斯在他自己的交易決策上虧損，他的海龜交易避險策略，拜他學生的絕佳績效所賜，卻仍讓他自己的帳面是黑字。這四年來他從海龜的交易中捲走了多少錢？他眼睛眨也不眨地說：「一大堆。我想他們賺進一億五千萬美元，而我們拿走一億一千萬，並開始付他們一〇%。為什麼不？為什麼要給他們很多——那是我們的錢，所有的風險是我們在承擔。」

然而，當丹尼斯從遊戲裡下臺一鞠躬，他在華爾街的名聲卻幾近一飛沖天，這都要感謝一本描寫頂尖交易員的新書，書中囊括布魯斯．柯夫納、艾德．塞柯塔、賴瑞．海特及保羅．都德．瓊斯。

在這本《金融怪傑》（*The Market Wizards*）中，作者傑克．史瓦格（Jack Schwager）美化了丹尼斯的艱困時期，將談論他的章節取名為〈傳奇退休了〉（A Legend Retires）。史瓦格描寫的丹尼斯章節成了受崇拜的經典，他也許已經是一個地下傳奇，但這一章就在丹尼斯職涯最坎坷的時期，將他的傳奇複印給全新的讀者。

丹尼斯的名聲前所未有地大，開啟了他演說的機會，受邀到各式各樣的投資研討會露面。從一九七〇年代以後，就沒有這麼多人想要從他身上得到點什麼。現在每個人都讀了《金融怪傑》，想像著能獲選為下一屆海龜，即使並沒有這樣的計畫。

大約在此時，查爾斯．福克納於芝加哥舉行的芝加哥期交所研討會遇到丹尼斯。福克納說：「當我讀到丹尼斯將在傑克．史瓦格所主持的一個論壇現身，我立刻買了票。我一直在想，到底是什麼原因使得交易員很難遵守自己的系統。」

福克納看到丹尼斯被當作搖滾巨星，走下講臺時想當海龜的人們一擁而上。福克納觀察到，丹尼斯對那麼多人想要從他身上得到東西抱著警戒心。

後來那天晚上，福克納透過簡單的介紹認識了丹尼斯。對人性觀察仔細，自己後來也被納入新版《金融怪傑》的福克納，被丹尼斯的外表打動了：「我很接近，足以注意到他的臉孔就像是個歷經艱困時期，大概不太照顧自己的人。這讓我懷疑成功交易可能需要某些非學術、非『努力工作』的條件。這裡就有一個人，他的成功讓他付出很大的代價。」

無論丹尼斯是否需要從他生命中最混亂的時期稍事休息，他的海龜們都畢業了。該是看看沒有老師的他們，能否繼續在遊戲中取勝的時刻。這將會是沒有理察．丹尼斯安全網的真實人生實驗。

# 第九章
# 自力更生

「最大的陰謀向來是根本沒有陰謀存在。不會有人跳出來抓你，管你是死是活，都不會有人在乎。那麼，現在你覺得好多了嗎？」

——丹尼斯·米勒（Dennis Miller），喜劇演員

名聲是迷藥，會扭曲知覺。海龜實驗的導火線——電影《你整我，我整你》，也有探討名聲的情節：當艾迪·墨菲飾演的比利雷·范倫汀，從街頭混混搖身一變成為成功投機者時。

范倫汀被丟進奢華的世界，享受著好生活，一邊抽著雪茄讀《華爾街日報》，一邊細數自己的財富。他的男管家寇曼（Coleman）崇敬地看著他，稱讚他僅僅三星期就做得這麼棒。范倫汀想著這件事：「三星期？才三星期？你知道，我甚至想不起來在這一切發生之前，我都在做

些什麼。」管家笑著回答他：「您需要的只是個機會。」

海龜們也被給予一個機會，但就在一次心跳之間，為丹尼斯代操數百萬美元的安全日子便消失無蹤。前一分鐘他們還在為賺錢之神做交易，下一分鐘他們就回到街頭了。回頭看看當時，有些海龜們早預見為丹尼斯工作不安全的一面，已經在準備開設自己的C＆D商品公司；其他人則已經啟動定速巡航裝置，完全沒有意識到丹尼斯舒適大傘下的生活即將終止。

迪馬利亞對於結束很惋惜地說，他認為如果丹尼斯讓計畫繼續的話，所有的海龜都會留下。他說：「我絕不會離開。除非他們把計畫改得讓我賺不到錢。」卡伐洛同意這是一項了不起的活兒，但也說丹尼斯之所以關閉計畫，最終是因為一九八七年美國股災使他招惹來問題（丹尼斯一九八八年四月的績效也是一大原因）。

然而，只因為丹尼斯把海龜計畫的插頭拔掉，並不代表他的學生又回到黑暗中，他們反而變成華爾街的新星。學生超越老師的現象，也許是丹尼斯創造海龜時沒有預見的，但在人生中的其他領域可不罕見，像獲勝運動隊伍的助理教練晉升為總教練便是常有的事。勝利帶來影響力，人們總想從那些與更大的贏家有關係的贏家身上得到點什麼。

很清楚的是，如果丹尼斯預料到海龜（整個團隊）在為他工作之後，會為客戶賺進數億美元，他絕對不會關閉這個計畫。然而他怎麼可能知道一旦他的學生們畢了業，會興起一股海龜熱？他早該想到才對。其他順勢交易員當時都表現不錯，雖然不像海龜故事那樣響亮，也募集到數百萬元來交易。

事實上整個海龜團隊加上麥可・歐布萊恩（Michael O'Brien）（他很早就開始募集客戶的錢給丹尼斯交易），都看到一個「一加一大於二」的機會。海龜們想找歐布萊恩當經紀人來設立海龜基金。他們聚集討論團隊交易，但無法在如何瓜分利潤上得到共識。自尊勝過了一切。

夏農說，自從他們也許是「當時地球上最棒的交易員」開始，有些海龜滿腦子就充滿這個念頭：有些人會覺得自己比其他人來得優秀。然而，海龜為丹尼斯工作時的績效數字，並沒有顯示出與平均值有多大的不同。

話雖如此，大部分海龜還在困惑著下一步該做什麼時，其中一人已經清楚看到未來。帕克回到維吉尼亞，開始構思自己開一家交易公司。有位海龜認為帕克是個「叛徒」，當海龜基金構想還在桌上談論階段時，他卻那麼快就單飛了。不過這可是場生存遊戲。

帕克自立門戶的欲望，使得創辦一支海龜基金的努力終歸瓦解。集體的失望感，可以從一位海龜接近放棄的語氣聽出來：「海龜基金始終沒有成功。本來應該會成功的，而且會是一支史上最偉大的超級基金。」

很快地，大部分海龜向政府申請為客戶代操。安東尼・布魯克、麥可・卡爾、麥可・卡伐洛、麗茲・雪佛・山姆・德納多、吉姆・迪馬利亞、傑夫・戈登、厄爾・基佛、菲利浦・盧、史提格・奧斯加（Stig Ostgaard）、傑瑞・帕克、布萊恩・波克特（Brian Proctor）、保羅・雷霸、羅素・桑茲、霍華・賽德勒、湯姆・尚克斯、麥可・夏農和克瑞格・索德奎斯，全都夢想著營運下一家C&D商品公司。克提斯・費斯並沒有繼續交易，二十三歲的他說自己現在已經退休了。

## 金融怪傑裡的海龜

儘管海龜團隊基金的想法很快便胎死腹中，他們在華爾街的名聲卻開始翻揚。傑克・史瓦格在一九八九年出版了《金融怪傑》，又在九二年出版續集《新金融怪傑》（*The New Market Wizards*），書中描寫丹尼斯和海龜的章節，是海龜實驗第一次讓許多人都觸手可及。

然而，史瓦格書中海龜章節的結局是，海龜們堅持「不予置評」的事實。他甚至把標題定為〈沉默的海龜〉（Silence of the Turtles），因為他們全都拒絕對他談論實情。

保密協議是海龜們不說話的理由之一，但另一個同樣重要的原因是，害怕技巧過度公開會傷害自己的報酬。不過，他們「不予置評」的保護立場營造出一種神祕氣息，即使那並不是故意的。看來每個聽說過海龜的人，都想把一些錢交給他們管理。是時候抓住他們的發財好機會了。

他們全都以不同方式追求那絕佳的好機會。保羅・雷霸說，關鍵在於盡快進入華爾街，讓大家知道丹尼斯之後的海龜們還活躍著，諸如此類。然而傑瑞・帕克離開華爾街遠遠地，往維吉尼亞州的瑞奇蒙而去，和羅素・桑茲一起研擬創業計畫。桑茲那時在奇德皮巴迪證券（Kidder Peabody）位於瑞奇蒙的辦公室交易，那是個好地方，因為奇德皮巴迪擁有一些對桑茲和帕克這類交易員有興趣的客戶。有位海龜提到奇德皮巴迪在那裡的營運情形：「坐在那兒的兩個人遊遍世界，試圖募集中東的錢來交易。他們在那裡有辦公室，他們把它交給桑茲，由他來操作他們的錢。」

然而大部分海龜基本上都是單人巡迴表演，就像在雷霸剛出道時，想要投資他的人都會問他如何操作。雷霸說，如果他們想投資，只管把錢拿來給他。就這樣，別問問題。準投資人必須和他在機場會面，有些投資人也許會把那解讀為自大因而掉頭就走，但無疑地，也有許多人被雷霸「不要就拉倒」的態度所打動。自信與自大之間有條很細的線，而雷霸很成功地走在那上面。

桑茲和帕克一開始一起走在那條細線上。桑茲有個經典的小小世界故事，他在紐約大學（New York University, NYU）認識奇德皮巴迪的經紀人凱文・布蘭特（Kevin Brandt）。帕克打電話給桑茲，問桑茲是否能為他介紹一些華爾街人士（白話就是：能幫忙募錢來交易的經紀人）。既然瑞奇蒙的奇德皮巴迪有兩個人是桑茲的朋友，他很快便引介了帕克。桑茲又說：「奇德皮巴迪的人見到帕克時，基本上就看著他，然後看看我，說：『你們兩人合作一定能組成相當好的團隊。如果是你（開公司），我們會提供你一些種子資金。』那就是奇瑟比克資本公司創立的緣由。」

## 降低丹尼斯規則的風險

有了傑克·史瓦格和《華爾街日報》的鋪路，所有的海龜應該能安全登陸才是。然而所有海龜們都要做的決定之一是，交易時要不要採用丹尼斯教導他們的風險，或者是調降風險以使客戶感覺舒服一些。他們全都剛目睹丹尼斯的德崇基金告吹，因此這是合理的考量。

結果看來，帕克是第一個想通「使用較小槓桿來吸引顧客很重要」的海龜，他說：「交易愈大，報酬愈大，拉回幅度也愈深。這是把雙面利刃。」同時，海龜歷險記的學習經驗，也促使帕克重新評估槓桿的選擇：

我在一天內損失了六〇%，雖然那天結束時，我們還是有淨獲利一四〇%。當一九八八年計畫結束時，我大概管理著二百萬美元。當我創辦奇瑟比克時，我認定一天內損失六〇%不是個好主意，所以在風險上做了退讓，降低交易額，每年追求二〇%的報酬。

使用一大堆槓桿（即使經過精心設計）是海龜們績效大起大落的原因。帕克說：「我們是瘋子。稍後到一九八〇至九〇年代，我們說：『好，我們來賺一五％、二〇％，募集十億美元。』如果你要募集一大筆資金，只要有一五％或二〇％的獲利人們就很滿意了。」

其他在避險基金業裡的人，對槓桿的看法都與帕克有志一同。像保羅．都德．瓊斯（他不是海龜）就不覺得自己在今天是與昔日不同的交易員，除了降低槓桿之外。瓊斯的報酬與八〇年代相比是下降了，但風險調整後的報酬和他早期是一樣的。他說：「不同的只是我自己個人對風險與波動的胃口，我想很多人隨著年紀漸長，可能也會這樣。每件事都是槓桿的函數，不論你願意承受多少拉回，或是你想要採用多大的槓桿。當我年輕一些時，我承受的拉回大得多、拉回頻率大得多、槓桿也大得多。」（補充：瓊斯在大學時讀到一篇報導理察．丹尼斯的文章後投入交易界，他回憶：「我覺得丹尼斯的工作是全世界最棒的。」）

帕克只是以較適合緊張型顧客的方式，使用著丹尼斯的交易系統。並不是所有客戶都一直想要早期海龜交易那樣的絕對報酬，那種滿分全壘打。一般說來，高報酬交易從投資者處吸引來的錢，並不像波動性較低的交易（因此報酬較低）那樣多。

毫不令人意外地，帕克下功夫改變交易方式，對其他海龜們造成影響。一旦想要投資前海龜的大型機構投資人有了帕克，他們其實就不需要其他海龜了——除非其他海龜能提供和帕克不一樣的東西。有帕克占據許多投資者檔案的一角，其他海龜必須嘗試並推銷他們個人的不同點。問題是，他們在丹尼斯旗下的績效數字，看起來整個團隊幾乎是一致的。許多投資者以為海龜們全都坐在一個房間，看綠燈一亮就一起買進瑞士法郎。對於想要自立自強的海龜，那可不是值得流傳的好形象。

但這並不阻礙海龜試著為自己的交易做出差異化。麥可·卡爾說他現在比較想要放輕鬆或取回部分獲利。（譯註：卡爾的上一句話是：「海龜們學的那一套是忍受大幅拉回及放棄大筆獲利。」）但海龜們想要擁有的差異化，不只是他們的風格而已。史提格·奧斯加努力想要跟丹尼斯保持一點距離，因此說自己是代表海龜計畫中一位知名芝加哥商品交易員做交易。在這海龜矛盾情節的展現中，奧斯加是想要讓履歷有丹尼斯的加持，卻又不必提到他的名字。

迪馬利亞也企圖讓自己和丹尼斯保持距離，說客戶並不想要一五〇%的報酬及兩位數的虧損月份。所有海龜們開創自己的C＆D商品公司時，面臨的挑戰十分艱鉅。這一行就是不想要理察·丹尼斯這一型的波動。

這點不令人意外，因為此產業是由機構裡那些錙銖必較、管理著退休金計畫中數不盡資金的人所組成，他們並不想要較高波動性或較高報酬的交易，那對他們沒有立即的好處，即使長期下來，對他們的退休金而言或許是最佳策略。為什麼？退休基金經理人是以目標標竿（targeting benchmarks）來評斷自己，他們只擔心同儕操作的整體評量，而指標和他們的操作，都只看「多頭」交易。在那樣的要求之下，海龜報酬毫無用處。

即使順著顧客的意使用較低槓桿，長期上說不定是不好的一步棋，但海龜們能做的也只有這樣。如果一位客戶說：「我要這個。」而海龜說：「我不那樣操作的，那有損複利。」他們就得不到那位客戶了。這是經典的《第22條軍規》（*Catch-22*）情節。

帕克懂了。他很願意在原始規則方面做退讓，而這最後讓他在一九九〇年代初變得超級富有。不過，儘管為了想降低拉回幅度而降低槓桿，因而降低報酬，可能是帕克致勝的一步棋，但倒不是對所有海龜都管用。

事實上，那還可能導致了他們的殞落。海龜們被傳授身手的根本特質，圍繞著「承受精心計算的大型風險」打轉。降低風險等級很快就減少了潛在獲利的大小，在交易這一行，高報酬至關緊要。複利的基礎一直都在作祟，如果海龜們將他們第一年對風險的胃口砍了，又如果第二年績效慘敗，他們的緩衝便所剩無幾，甚至付之闕如。

然而，帕克的許多海龜同胞並未準備好放棄原本學到的高風險風格。那些海龜從未停止仰賴丹尼斯教他們的全壘打方式獲利。

## 固步自封

湯姆．尚克斯不像帕克和雷霸，他並沒有棄守原本的積極海龜規則。尚克斯在當時位於加州俯瞰索諾瑪谷（Sonoma Valley）的居家辦公室裡直言：「有些個人投資者尋求高報酬，而且願意接受達成高報酬所伴隨的風險。」

然而，投資者並不想要尚克斯的海龜風格，即便他最後能把球給打爆。其他海龜認為，尚克斯的風格就像已故的傳奇職棒球員米奇．曼托（Mickey Mantle）：「他會把球擊出球場外，只是你必須與他站在同一陣線。不幸的是，錢是由不懂這一行的人所控制。他們的交易連紙袋也突破不了，就算他們的人生全都仰賴那紙袋也一樣。」

批評人們忽略高報酬交易員是切中要點，但說得對並不表示尚克斯能走上帕克那樣的致富之路。一名海龜就是想不通在每個人的投資組合中，投資尚克斯的部分怎麼只占那麼小的百分比，他說：「如果你……看到黃金從每盎司三五〇美元走到六〇〇美元，你會想跟著尚克斯，因為……跟著他這樣的人，你賺的錢會更多。」

這就是原始的海龜交易心態，不過正好違背人們的天性傾向。當然，丹尼斯教過海龜們，在正確的市場決策方面，天性傾向幾乎永遠是錯的。

尚克斯盡他所能區別自己和其他海龜，一度宣稱自己已經改用七五%的系統和二五%的自主判斷。對某些投資者來說，一個機械式的「黑盒子」交易系統這種想法，加上從電腦裡執行的程式碼所下的單，無異於外太空產物。於是尚克斯使用「自主判斷」一詞來緩和那種害怕，想展現自己的交易系統中，除了僵硬快速的規則之外，還有他自己增加的價值。然而一九九〇年代中期，尚克斯使用自主判斷的作法，幾乎是在他自己發現之前就搞垮了他的公司，顯示出那是錯的。

他並不是唯一堅守丹尼斯高風險、高報酬風格的海龜。麗茲．雪佛很清楚：「我覺得因我的紀錄而投資的人們，應該得到與產生那些結果相同的交易計畫。」她又說：「首先，是波動性創造出投資人想要從市場得到的高報酬。正如一直以來考量到風險時，投資人應該尋求的是相對應的報酬，而高報酬絕不會沒有高波動。」雪佛公開承認，她是使用丹尼斯的波動性模型調整交易部位大小。

一年一年地過去，有時間思索帕克較小槓桿法的觀念及尚克斯和雪佛的高熱力方法，緊張兮兮的機構投資人市場做了一個選擇：它喜歡帕克的選擇，而對任何忠於原始海龜風格的作法感到不滿。

## 高相關性的海龜

然而，無論海龜將自己定位為比他們的導師更低或更高風險，在華爾街圈內人眼中，他們每個人都是一樣的交易員。他們的交易績效高度相關，意味著有同向運動的歷史性傾向。許多相關性比較資料，都顯示海龜們以同樣的方式交易。

然而，尚克斯的意見是，海龜們演變和發展出來的系統，非常不同於丹尼斯時期所傳授的。他說：「獨立演化暗示海龜之間交易的不相似處一直在增加。」尚克斯的意見，看來是意圖隱瞞海龜們其實全是競爭者的事實。

此種說法並不能說服華爾街的老行家。基金管理顧問維吉尼亞・帕克（Virginia Parker，和傑瑞・帕克沒有任何關係）說，海龜裡沒有祕密，據她所知，他們都是由系統化、動量理論式的順勢模型所推動。

肯瑪資產配置公司（Kenmar Asset Allocation）是一家投資海龜這類型交易員的公司，該公司總裁馬克・古德曼（Mark Goodman）說，他們沒有人想要聽到：「如果你把順勢交易模型排排站，你也許會發現，他們大部分都是在同樣的市場獲利和虧損。你不會發現ＥＭＣ資本公司（EMC Capital，麗茲・雪佛的公司）靠一個市場賺錢，而雷霸靠的則是另一個市場。他們全都看著同樣的線圖，對機會有著同樣的看法。」

無論是處理一開始的名聲，當個交易風險較低或較高的海龜，還是對抗相關性見解或與丹尼斯之間的負面關係，都會帶來壓力。如果他們在計畫裡時就有潛在的嫉妒心，那麼請想像一下一九九〇年代初到中期，帕克在此世界快速達到淨值超過一億美元的規模時，所樹立的敵意。

也許海龜故事本來該在這裡結束。他們都曾經是偉大實驗的一分子，他們都在丹尼斯門下學到如何做好交易。這是趟很棒的旅程，然而至此是海龜們分道揚鑣的時候了。在規則以外，他們還需要些別的東西來達到長期交易成功。

# 第十章
# 丹尼斯回來了

「他是我所知道最頑強的狗娘養的兒子，他教我：交易的競爭非常激烈，你必須能夠禁得起屁股被踢上一腳，無論你再怎麼避免，都免不了巨大的情緒起伏。」

——保羅・都德・瓊斯，避險基金經理人，評論其導師艾禮・杜利斯（Eli Tullis）

不管海龜變成大贏家還是大輸家，名聲與金錢帶來的刺激，都讓他們的前任導師想要從一九九〇年代初湧入避險基金的資金中分一杯羹。海龜們的成功百分之百是因為他，但現在他的學生領先了。交易或不交易，在丹尼斯的內心交戰，他思索著是否要再度進入這個如今更為擁擠的領域，和自己的學徒們競爭。

一九九〇年代早期到中期，對丹尼斯來說很難熬。他還是對德崇基金倒閉後針對他而來的集體訴訟感到不滿，原告透過法院緊追不放，得到他「財務困難」及「債務纏身」的結論。丹尼斯陷入貧困？令人懷疑。丹尼斯羨慕學生們的成就？他基本上是這麼說的。

傑夫．戈登試著揣摩丹尼斯的想法：「丹尼斯覺得他可以擊敗自己的交易法。問題是世界上哪有辦法用自己的知識創造出方法來擊敗自己？」

然而戈登就像其他熟知丹尼斯一九八八年「退休」及海龜計畫終止的許多人一樣，並不感到同情。他只覺得困惑，不斷想著原本可能會發生的事：「這麼說好了，你教一群初學者下西洋棋，然後你開始玩弄他們，結果他們反而擊敗你。換成是你會怎麼想？如果丹尼斯放手把他從德崇拿到的所有資金交由海龜計畫管理，現在可能價值一百億美元，而他也可以過舒服的好日子。我們從來不知道他的桌上會留下幾億、也許是幾十億，因為他解散了海龜團隊。」

丹尼斯一定也曾經覺得他的桌上留有餘錢，因為一九九四年，他和哥哥湯姆合開了一家新公司，稱為丹尼斯交易集團（Dennis Trading Group）。不過沒有宣傳，只在門上標示著一個未公開的電話號碼和房間號碼，以保護隱私。

這不是一九八〇年代C&D那種龐大的經營模式（一百位員工、五十到一百位顧客，八百萬美元的固定成本），但丹尼斯仍然有他的忠實支持者。「丹尼斯一輩子是市場的學生，也是個聰明絕頂的人，他所做的任何事都值得密切注意。」任職於巴克萊交易集團的索爾．瓦克斯曼這麼說。那是家專門追蹤基金績效的顧問公司。

雖然丹尼斯現在已開始稱呼自己為「研究員」而非交易員，但他最常被問到的問題之一是：「你為什麼這麼做？為什麼要跳回火坑？」丹尼斯提供各種答案，從做善事到政治考量都有，但是在逼問之下，話題就會回到他有名的學生們：「我不斷在交易報刊上讀到他們管理著多少資金，我想：『我知道自己至少和這些裡面的某些人一樣優秀。』所以我決定再試一次。」

還是一樣，他對回來的原因有所保留。芝加哥期貨交易所的場內分析師維克・雷斯畢納斯（Vic Lespinasse）看到了優缺點：「他還是擁有很好的聲望，雖然那多少因德崇事件而受損。他得要重新建立交易紀錄，但我看不出為什麼他不該那麼做。我認為他是個超級巨星。」

當有人要求丹尼斯把他新公司的交易策略和海龜做個比較時，他聽起來比過去幾年少了點自信：「我訓練的那些人（海龜）之所以能成功，是因為從我身上學到的觀念。人們也許會有興趣得到一些更新過的觀念。如果昨天的座右銘是『趨勢是我們的朋友』，今天也許是『趨勢是個無情的女人』。」

正當海龜們試著克服在華爾街的定位問題，而丹尼斯也在上演復活記之際，海龜羅素・桑茲給每個人投了一個變化球。

## 出售規則

羅素．桑茲只當了一年海龜，就為了不完全為人所知的原因而離開。他說他辭職了，而其他海龜則說他是被「放走」的。然而，那些細節比起桑茲真正從海龜計畫得到的好處來說，只是細枝末節。桑茲把丹尼斯著名的規則拿來出售。

出售丹尼斯規則的事，發生在桑茲離開奇瑟比克資本公司（他和帕克一起開的公司）後不久。帕克在他們的前公司裡分量較重，桑茲對個中原因向來坦誠（「他的交易紀錄更長、更有效」），但同時也使緊張關係慢慢成形。

有一陣子他們的關係密切，每天都會到對方的家拜訪。然而很快地，帕克買下了桑茲的所有股份。桑茲對這件事的說法如何？「帕克變得很貪心。」平心而論，許多努力工作而賺進數百萬的人都會被稱為貪心，桑茲也同樣可以輕易地被稱為嫉妒。

為何和帕克分道揚鑣後，桑茲的交易狀況會不如意？他有一番解釋：「奇德皮巴迪證券／詹姆斯河資本公司（James River Capital）的保羅．桑德斯（Paul Sounders）和凱文．布蘭特來見我說：『桑茲，你何不開一家自己的公司？我們會贊助你一些錢，把奇瑟比克讓給帕克好了。』我說好。這件事發生在第一次波灣戰爭後不久，當時原油市場有一些巨幅的波動。」

奇德皮巴迪證券給桑茲一些錢做交易，但接下來六到九個月間，市場並沒有發生好趨勢，桑茲說他的交易績效下滑大約二五％，這使他的客戶們紛紛奪門而出。他以困獸一般的聲音解釋自己的窘境：「現在，我基本上是失業了，而且不知道下一步該做什麼。」

一九九二年八月，安德魯颶風（Hurricane Andrew）重創南佛羅里達州時，桑茲也重創了海龜們悉心守護的祕密。《芝加哥論壇報》爆出這個故事：

> 舉世聞名的芝加哥期貨交易員理察·丹尼斯的一位傳人，正打算首度向世人揭露這位大師的交易祕訣……他承諾在全國巡迴講座中說出一切，其中一場在本週末於芝加哥登場，入場費每人二千五百美元。

也許在一般狀況下，桑茲出售丹尼斯的規則不會有什麼大不了，但這危及了海龜世界的神祕感。麥克·夏農在事後嘲笑當時的狀況：「如果我們受訪而時間是一九八六或八七年，我們什麼也不會說。我們極力保護一切，而我們對於自己曾經有過的身分感到十分驕傲，覺得那真的是不可思議的特殊經歷，而我們是那特殊實驗性計畫的一部分。神祕感本身就已經超乎尋常。據丹尼斯或其他為他工作的人所說，討論該計畫是不被允許的行為。」

然而，吉姆·迪馬利亞認為甚至連簽合約都不大有必要：「對我來說很明顯，這東西得保持祕密……我們學的是他們的東西，他們願意和我分享，我已經感到夠幸運了。我不想把它和其他任何人分享。」

迪馬利亞的回答，正是大部分海龜對丹尼斯的典型想法。畢竟，海龜實驗是為了要賺劃時代的錢，實在沒道理把賺數百萬美元的規則分享出去。因此在不知道桑茲的行為會有何影響的情況下，其他海龜嘗試將丹尼斯規則的重要性降到最低。他們想要世人知道，光靠規則並不是致富的祕訣（說對了）。

為了反擊，桑茲爭辯說那是個很好的商機：「我並沒有做違法的事，甚至也沒做任何不道德的事。我告訴人們：『我所說的一切，都是丹尼斯二十年前說的。』我把所有功勞全歸給他，這些點子不是我想出來的，我只是把它傳下去而已。就是這麼回事。」

十五年前，帕克還不是像如今這樣稱得上是億萬富翁時，對他那位前合夥人的反應是震怒：「我不認為桑茲能說得出什麼值得二千五百美元的東西。」由於帕克曾經是桑茲的同事兼朋友，他的評論就像是以時速九五哩的球擊中桑茲的頭。

麗茲．雪佛打的是「桑茲學到的就那麼一丁點兒」的牌，她說自己花了大約兩年，才能完全掌握及運用丹尼斯的規則。其他海龜則說，由於桑茲待了一年就被逐出計畫，所以並沒有拿到「真正」的系統。

確實，帕克和桑茲曾經在同一屋簷下每天一起工作。在當時，桑茲知道帕克所知的海龜交易規則，當時兩人共享同樣的基本知識。至於「做」的部分，亦即帕克今天之所以偉大的原因，則完全是另一回事。

山姆．德納多揭開了桑茲的面紗：「我認為桑茲曾跟辦公室以外的人談論他在做的事，那給他帶來一大堆麻煩，這是我親耳聽到的。有人說他跟他母親或其他人談過不同的交易，而這話傳回丹尼斯的耳裡。我不知道是因為這件事或是他的績效，導致他被開除，但他最後是被開除了。」有多位海龜也說過大致相同的故事。

桑茲說自己不是被開除，而是選擇離開。他說：「我知道他們有些人說我是辭職的，有些人說我被開除，有些人則說我是大嘴巴，說了些我不該說的事。」

另一方面，桑茲一九九二年講座的傳單上說，他曾經與帕克共同管理基金。帕克則說，大部分狀況下，桑茲只是跟著他下單。他認為桑茲出售規則的主要動機是募集資金，準備回來做交易。

帕克認為桑茲的行為不僅在法律上背叛了丹尼斯，在道德及倫理上也是。帕克提到丹尼斯時說：「他把一切知識教給我們，我們怎樣才能報答他？」又說：「丹尼斯總是說，你不能把注意力放在書本、文章或報紙上。如果那些意見值得注意，人們就會留給自己去做交易。」

最後，也許桑茲只是使他的海龜同伴們太難堪了，令他們覺得不得不回應。桑茲和他的行銷人員用來販售海龜法則的廣告詞承諾：「有史以來最有威力、最有價值、最賺錢的交易方法，……現在只要加入新交易課程，花一點點無風險的投資，你就能學到！」桑茲的廣告嚷嚷著：「付擔得起的最最低價！連續十五年的賺錢交易！」

桑茲正好利用那些對他的攻擊，打出促銷詞：「聽好，桑茲分享這些祕密令許多人很難過，特別是價格如此之低。其他老海龜及他們偉大的導師並不希望這些無價的祕密被揭開，任何價格都不行！」這手法就和二〇〇七年在深夜時段播放的Wizetrade、4x Made Easy或INVESTools等廣告性投資理財節目沒什麼兩樣。

最後，德納多對桑茲的教學提供一個比較具有同情心的解讀：「其他每個人對於桑茲把系統從袋子裡掏出來都有點抓狂。要不然他還能做什麼？開計程車嗎？」同時厄爾・基佛提供另一個無論如何要保密的理由：「老實說，我認為我們沒有那麼高深莫測。我只覺得……對丹尼斯要有道義。」

丹尼斯自己對規則被出售則三緘其口。然而他說得很明白，有些海龜失敗了：「大部分都能當模範生，但有一、兩個（海龜）將始終沒沒無名。」

丹尼斯一生的朋友兼交易夥伴威里斯（他向來對桑茲沒什麼好感），講話就比丹尼斯直接多了：「我一直覺得，丹尼斯比任何我所認識的基督徒都更稱得上是基督精神與行為的表率。他應該對桑茲並不懷恨在心。」

## 丹尼斯再度退休

桑茲事件過後沒多久，丹尼斯上演了令人驚嘆的復活記，這占掉他一九九〇年代的大部分時間。丹尼斯並沒有向世人揭露他真正的交易系統，不過他的績效資料倒是成了順勢交易的表徵。一九九四年回到市場後，一直到九八年九月，他的年複利報酬率大約是六三%。九五和九六連續兩年，丹尼斯的報酬率都高達三位數（分別是一〇八．九%和一一二．七%）。

丹尼斯還是個像往常一樣的高風險、高報酬型交易員。這是他進入名人堂的門票，也是他的致命傷。只不過，那是比爾．柯林頓（Bill Clinton）及達康泡沫（dot-com bubble）的年代，就算他有那麼好的績效，也很難引起注意。

除此之外，許多投資人都對丹尼斯再度回來心懷恐懼，擔心歷史重演。為了安撫客戶的恐懼心理，丹尼斯向每個人保證，他那惡名昭彰的「自由裁量」（也就是抗拒不了干擾他自己的規則）習慣已經戒掉了。丹尼斯說電腦是他的新朋友：「當今電腦能做的事，比起數年前那一點點的功能，我實在無法看出怎麼可能有人類能匹敵設計良好的電腦系統。」

拿「電腦」一詞當行銷誘餌已經是老套。就某方面來說，丹尼斯在網際網路革命時期中是個科技恐懼者（他總是說他不會寫程式），也許六十歲以上的人會買帳，但華爾街可沒有其他人會因為他用了「電腦」這個詞就鬆一口大氣。

更糟的是，丹尼斯的批評者認為他嚴格的機械式交易公式只是行銷伎倆。丹尼斯反駁說，他已經加入制衡的機制。他以自信的口吻這麼說：「到頭來，交易員還是必須和管用的東西同在。我知道機械式系統最管用，因此我很安心，我們的系統會繼續成功。」

丹尼斯的交易在這陣子有個不同之處：他全心全意遵守他傳授給學生的同一套紀律。例如：一九九八年八月當華爾街歷經最歷史性的月份時，他從中賺了一筆大錢，就像所有順勢交易員一樣，在八月發了財，還帶著幸災樂禍的意味說：「盧布、葉爾欽和萬丈深淵要選哪個？真是瘋狂。」丹尼斯在一九九八年八月獲利一三．五％，他該年截至當時的報酬則是四五％。（譯註：一九九八年八月至九月初，盧布兌美元由六比一劇貶為二十四比一，八月十七日葉爾欽政府宣布無限期延緩債務清償。）

在丹尼斯一飛沖天的同時，其他交易員在這場零和遊戲中，就像石頭一樣往水底下沉。華爾街的最愛——長期資本管理公司（Long Term Capital Management, LTCM）在此時突然垮台，虧損數十億美元。該公司執行長，曾經是所羅門兄弟證券傳奇債券交易員的約翰．梅利威瑟（John W. Meriwether），在當時寫給投資人的信中寫道：「（一九九八年）八月對我們所有人來說都很痛苦。」LTCM和該公司兩位諾貝爾獎得主羅伯特．莫頓（Robert H. Merton）和麥隆．修斯（Myron S. Scholes），把丹尼斯和包括海龜在內的其他順勢交易員口袋，全給

104
台北市中山區民生東路二段141號12樓

# 商智文化 行銷部 收

| 廣 | 告 | 回 | 函 |
|---|---|---|---|
| 台北郵局登記證 | | | |
| 台北廣字第739號 | | | |

郵資已付　免貼郵票

寄件人：

地址：　　市　　鄉鎮
　　縣　　市
　　路（街）　　段　　巷　　弄　　號　　樓

電話：

## 感謝您購買這本書，請給我們一些意見

姓名：__________　　性別：☐男　☐女

年齡：______　　電話：__________

mail：______________________________

購買書名：__________________________

購書地點：☐書店　☐網站　☐廣告、郵購　☐超商　☐其他 ________

本書評價：

（請以1~5評分：1非常同意　2同意　3普通　4不同意　5非常不同意）

一、封面

書名吸引你嗎？______　　書名與內容是否契合？______

封面設計吸引你嗎？______　　封面設計與內容是否契合？______

二、內容

文（譯）筆是否流暢？______　　編排是否易於閱讀？______

字體大小適中？______　　閱讀本書是否帶給你收穫？______

三、整體滿意度 ______（請以1~5為本書打個分數）

我們的建議：

______________________________


讀者服務專線：（02）2505－6789　分機5218

0本以上團購專線：（02）2521－9566　分機5206

商智文化　商業周刊

商智文化事業股份有限公司

http://www.sunbright.com.tw

餵得飽飽的。

這是丹尼斯交易報酬的最高點，因為在那歷史性的零和勝利後幾年內，他又再度退出遊戲。二〇〇〇年九月二十九日，丹尼斯交易集團停止交易並結清顧客的帳戶。當時投資丹尼斯基金的投資人伯特·科茲洛夫（Burt Kozloff）道出令人痛苦的事實：「丹尼斯交易集團六月份下滑五〇%，隨後在七月稍微反彈，但最後下跌突破負五〇%的關卡，變成負五二%。在下滑了五〇%的狀況下，你還是可以交易，試圖扳回一城，但你也正冒著下滑到負六〇%或負七〇%的風險，到時可就沒有後路可退了。」

儘管沒有任何事能安慰丹尼斯，但在客戶向他贖回基金的二〇〇〇年秋季，是順勢交易員們的谷底。接下來的十二個月，他有許多交易同輩績效都達到一〇〇%甚至更高。丹尼斯的客戶在底部恐慌殺出而付出慘痛代價。

丹尼斯再度退出公募基金管理業。同時，他的保守派共和黨學生傑瑞·帕克，則在交易與政治界都更上一層樓。他的故事將會讓海龜及海龜哲學達到前所未有的境界。

# 第十一章 把握成功機會

「一個現在就全力執行的好計畫，好過下星期的完美計畫。」

——喬治・巴頓將軍（General George S. Patton）

想像一下，一九九四年開車到維吉尼亞州瑞奇蒙城外的馬納金薩伯，拜訪傑瑞・帕克的辦公室。你最不預期會看到的是樸實的殖民時期磚造房子，看起來像裡面大概是小型保險公司或房地產公司的地方。其所在區域位於鄉村道路旁，以「被雷打到」描述我第一次看到它的感覺，可能還算低估了呢。

進入帕克的辦公室，好比走進你社區裡快退休的六十歲律師那充滿霉味的老舊辦公室。入口處接待人員友善、隨和又不做作。

帕克的新辦公室（一九九五年啟用，大約十哩遠）就遠比原本的辦公室來得有品味，較有美國南部地區大方、成功的感覺。從入口處，房間兩邊各有一個樓梯間迴旋而上，直達頂樓的直升機起降平臺。不過，現在訪客已不再能未經通報隨意進入了。霧面玻璃窗戶、監視器和要求訪客提出身分證明，在今天注重安全的社會已不是意料之外的防護措施。

仍然符合帕克腳踏實地特色的是，現在的辦公室位置對面就是一個一九六〇年代風格的商店街，裡面有家名叫「瑪麗．盧：美髮美甲」（Mary Lou and Co.: Hair, Nails & Wigs）的美容院。母親們把車子停在奇瑟比克資本公司的停車場，到隔壁一間由教堂經營的幼稚園把孩子接回家。完全沒有人注意到，有位海龜在瑞奇蒙大賺其錢。

而且，從帕克私人辦公室的模樣，人們絕不會猜到帕克和其他海龜在財務上的分野。辦公室很平凡，除了辦公桌上的一隻小海龜之外，幾乎一切都只講究實用。然而他與前合夥人桑茲之間的落差，可以說淨值高達十億美元。其中的原因，可以說比了解海龜原本所學規則更為重要。

最重要的是，傑瑞．帕克、麗茲．雪佛、湯姆．尚克斯、霍華．賽德勒、吉姆．迪馬利亞、保羅．雷霸和他們的老師威廉．艾克哈特，除了丹尼斯的規則之外，還擁有企業家的才能。他們有加分項目，**在任何領域能臻卓越的人們，都是那些在每次轉折時知道把握當下機會的人**。他們比較懂得活在當下。

丹尼斯是否認為長期來說，他的所有學生都會活在當下?回到一九八六年，遠在海龜們自立門戶前，有人問他會如何回應自己的廣告。他回答：「我猜我會去應徵。我絲毫不懷疑，這份工作會是他們有生以來最棒的工作。很明顯，這十四個人不會全部成為世上最偉大的交易員，但我認為裡面有兩、三個可能真的會十分出色。」

帕克變得很出色。他畢業自菲蘭學院與維吉尼亞大學（University of Virginia），是個虔誠的基督徒與愛家的男人，與妻子在家教育他們的三個孩子。

雖然帕克相對來說比較古板，但他還是會抽出時間放鬆及享受生活，特別是運動方面。當芝加哥公牛隊（Bulls）與麥可・喬登（Michael Jordan）一起贏得冠軍時，他會確定自己拿到觀看比賽的好座位。時至今日，他還是會到夏洛特維爾（Charlottesville）新的約翰・保羅・瓊斯體育場（John Paul Jones Arena），為維吉尼亞大學騎士籃球隊（Cavaliers）加油。

帕克在為丹尼斯工作時，當然沒想到自己今天會如此成功。他當海龜的第一年末虧損一〇%，重新檢討再出發後，才得到三年的亮麗績效。但請記得，他為丹尼斯工作時並不是賺最多錢的一個，很大一部分原因是丹尼斯配額的關係，而不是績效問題。對於導師分配資金的方式，帕克也許曾感到懊惱，但在丹尼斯旗下的那幾年，其實是他職涯發展的核心。

帕克為丹尼斯代操時得到的信心，是他學會重要的一課：「引導我走向技術派的最重要經驗，是我用丹尼斯系統做交易時所體驗的成功程度。」他在丹尼斯旗下時最重要的經驗是什麼？「身邊能有個人對你說：『虧錢沒關係。』很重要。」

尚克斯由衷同意帕克說的導師需求：「目前，我行動的架構仍是根據丹尼斯的系統，而且我在交易方面所做的每件事，哲學上當然也都是根據我從丹尼斯身上學到的東西。」

帕克和丹尼斯的政治立場仍然對立。今天，帕克是維吉尼亞州共和黨候選人最有影響力的支持者之一，從一九九五年起，他已提供大部分保守派候選人的政治獻金超過五〇萬美元。儘管他目前排除經營政治辦公室的可能性，他的財富和政治力量，卻使他名列維吉尼亞少數地下統治者之一。

帕克的政治觀點人人都愛，他曾說：「當增稅帶來盈餘時，納稅人就應該拿回他們的錢。比方說你在商店裡買某樣東西時付了太多錢，就應該拿回找零。」

最重要的莫過於，海龜那一套在今天依然適用，帕克從一九八八到二〇〇六年所賺的錢，就是至今為止最清楚的示範。從帕克公布的預告資料和基金規模，並假定他採用標準收費結構，最有可靠的推測是帕克的淨值約為七億七千萬美元。

這個數字假設的是二十年來都未將獲利再投資。若假設每年成長一〇%且以年複利計算，帕克的淨值可能更高達一七．五億美元。

**表 11.1　傑瑞・帕克的奇瑟比克資本公司年報酬（1998~2006）**

| 年度 | 總績效（%） | 年度 | 總績效 |
|---|---|---|---|
| 1988 | 48.91 | 1998 | 16.31 |
| 1989 | 28.30 | 1999 | 3.30 |
| 1990 | 43.12 | 2000 | 5.23 |
| 1991 | 12.51 | 2001 | -7.98 |
| 1992 | 1.81 | 2002 | 11.01 |
| 1993 | 61.82 | 2003 | 23.08 |
| 1994 | 15.87 | 2004 | 4.84 |
| 1995 | 14.09 | 2005 | 1.15 |
| 1996 | 15.05 | 2006 | 10.90 |
| 1997 | 9.94 | | |

資料來源：美國商品期貨交易委員會（CFTC）存檔之預告書檔案。

## 帕克有什麼不同？

「你得要真的很聰明，才會被丹尼斯錄取。」認為海龜的交易成功是光靠聰明才智，也許會讓人好過些，但那不過是個藉口。話雖如此，許多海龜確實聰明絕頂，所以這裡並無意貶低他們個人的腦力。

然而，高智商不太可能是人生成功的關鍵，否則安隆（Enron）裡數百位來自美國最高學府的MBA們，或許可以防止公司垮臺。長期來說，智慧絕對無法保證任何事，成功一定還需要其他因素。

事實證明，大部分最大型企業的執行長並沒有進過長春藤名校（Ivy

League），他們上的是大大小小的州立大學，或者較不出名的私立學院。大多數人所猜想擁有長春藤名校學位執行長的比例，遠比實際數字高——實際只有一〇%。那麼，除了光靠聰明以外，是什麼造就帕克二十年的亮麗績效？

離開丹尼斯之後，達到巨大交易成就的海龜及交易失敗者之間的分水嶺，可歸結到企業家才能的了解與運用。交易規則對海龜來說是必要的，但若沒有企業家的悟性他們就完了。貝勒大學（Baylor University）裡長期研究企業家的兩位教授南西・厄普頓（Nancy Upton）和唐・塞斯頓（Don Sexton），精確指出帕克和其他企業家同樣擁有的特質：

1. 不妥協者：較低的妥協需求，自立自強。
2. 情緒冷淡者：對人不一定冷漠，不過也可能很明顯。
3. 高空跳傘者：比較不在意身體方面受傷害，但會隨年齡改變。
4. 冒險者：比較喜歡冒險。
5. 社交圓滑：比較具有說服力。
6. 獨立自主：有較高的自立需求。
7. 求變者：喜歡新奇的方法，這點與九九%的其他人不同。
8. 充滿活力：較需要且（或）能較長時間工作。

9.自我滿足：不需要太多認同或一再保證，但他們仍需要組成人脈，使自我滿足不必使用到極限。

我們不該低估這九個因素。丹尼斯打開電燈，提供經紀人、金錢和系統等支援，如果丹尼斯不在了，海龜們必須自己回答有沒有能力、想不想靠自己成功等問題。他們的難題（無論他們當時是否明白）要解決，就得看這九項特質使用得有多好了。

這個問題，帕克提供了正面的答案，但有些海龜則終究無法或不願意去做。帕克一直有自信，相信有一天他賺的錢可以與丹尼斯匹敵。其他海龜在一九八六年親眼看過丹尼斯賺到八千萬美元，也許曾想過：「那永遠不會是我。」少數人承認自己光是當上海龜就覺得夠幸運了，至於描述他們的同伴時，有些人甚至還用了「沒種」或「一朝被蛇咬」等形容詞。

從來沒有人那樣形容帕克。帕克談論什麼是成功的真正要件時，雖然並沒有直接說出那九項企業家特徵，但確實有提到過。他說：「我們對於法國股市專家或德國債券市場專家並不真的感興趣。成功不用靠什麼了不起的基礎，不需要哈佛MBA或來自高盛的傑出人才。」

讚譽小型文理學院長處的著作《改變一生的大學》（*Colleges that Change Lives*），其作者羅倫．波普（Loren Pope）就很欣賞帕克智慧中的深層意義：「長春藤名校和其他一流學府備受尊崇，因為這些學校被認為能開啟並導向成功的職涯。只不過，期望長春藤能保障孩子們成功的父母會感到失望，在這個經濟體系中，那種小圈圈沒什麼好處，競爭力才算數。」

但競爭力可不容易取得。帕克認為，比起他單飛後經營公司，海龜生活好過多了。他回憶：「為丹尼斯交易，你早上七點來上班，下午二點去看小熊隊（Cubs）比賽。」一旦他成為客戶的資金經理人之後，他得募集資金、雇用員工、做研究、追蹤自己的績效，同時做交易。「你成功的程度有一部分將是因為你的買賣，但你也是在經營公司：聘雇員工、確保帳務良好、法律與行銷系統各就各位。」

帕克的生意頭腦來自許多丹尼斯以外的來源。比如他最喜歡的書是當代行銷界聖經《服務行銷新視野》（*Selling the Invisible*），但帕克總是將話題帶回丹尼斯時期：「最棒的是能有一位真誠、謙遜的導師。從他人身上學習、每天都做對的事、把重點放在你正在做的事，然後船到橋頭自然直。」

在海龜計畫結束後，迪馬利亞毫無疑問是認為，帕克的船到橋頭真的直了：「帕克想募集一大堆錢，他從第一天就這麼說了。」

## 找出真正想要的東西

根據《金融怪傑》的內容，許多海龜都安於享受他們的名聲，而沒有為建立穩固事業付出真正的努力。帕克的目標不是登上雜誌封面；雖然他在一九九四年真的上了《金融交易員》（*Financial Traders*）的封面，倚靠在他位於瑞奇蒙郊區地產周圍的白色木樁籬笆上。不，他真正想要的是「宇宙大師」級的獲利。

強納森．克萊文（Jonathan Craven）是奇瑟比克資本公司雇用的第二個人。今天克萊文經營他自己的交易公司，管理二千萬美元，他從未忘記帕克的核心原則。帕克說：「你必須對兩件事有信心。」克萊文問：「是什麼？」帕克回答：「上帝，還有你的系統。」克萊文又說：「你必須對系統的作用抱持信心，否則每天晚上就只能睡一小時了。」

克萊文在賣弄什麼玄虛？許多人認為世上像帕克這樣的人擁有的系統或規則，只能讓他們在某些市場中活躍而已。他們聽說過帕克這樣一位交易員的事蹟之後，便草率認定他只交易商品。事實是，帕克將丹尼斯的哲學應用到所有的市場中，嘗試將丹尼斯的原始原則全球化應用到世界上所有的市場。他完全不在乎是什麼市場：中國瓷器、黃金、白銀，不論是現存的市場、今天已不存在的市場，以及他還沒開始交易但其他人在裡面大賺其錢的市場。

克萊文在帕克的教誨之下，學習那種多元化的哲學。他們所交易市場的數目一直都在改變：「可能是六十五種，也可能是三十種。」克萊文有一次問被到：「你一直都在市場中嗎？在同一時間中，你可能擁有的最大部位數是多少？」他回答：「完全視情況而定。如果市場走偏了，理論上是零。市場趨勢正走向上或向下的時候呢？我的部位可能有六十五種。」

不幸的是，人們常常把帕克在那些市場中的賺錢行動和「管理期貨」（Managed Futures）、「商品交易」等行話搞混。那些都是政府用來談避險基金的詞彙。在許多狀況下，交易員也是造成這種混淆的原兇，正如帕克很快便承認：

我認為我們所犯的另一個錯誤，是把自己定義為「管理期貨」，這立刻就限制了我們的發展空間。我們的專長是那一項嗎？還是系統化順勢交易或模型開發？也許我們順勢交易中國的瓷器，也許我們順勢交易黃金、白銀、股票期貨，或者是客戶需要的任何東西……我們必須以全球化的眼光看待投資世界，傳達出我們系統化交易的專業。

把他的專業傳達出去一直都是項挑戰。交易哲學與帕克相反的人們，把「商品」說成負面的東西。海龜順勢交易是一種策略，這點已經強調得夠多次了。這些交易員在全球交易的金融工具，範圍囊括股票、貨幣、能源、小麥、黃金、債券乃至於商品。

雖然帕克已有很好的表現，他仍然得在擊潰許多海龜同胞的硬仗中奮戰。他知道人們對系統化與電腦化交易抱持著太多懷疑。帕克說：「我認為我們在傳達自己的專業為何時，給了客戶們錯誤的印象。我們的方法在許多不同市場裡都會管用，無論是當今熱門的市場也好，不熱門的也一樣。」他就像一九八四年在海龜教室裡的艾克哈特，所傳達的訊息並無二致。

## 基本面學派的問題

帕克就像當今許多頂尖避險基金玩家一樣，也會回饋社群。他捐獻了五〇萬美元給維吉尼亞大學設立「奇瑟比克資本交易室」，其設計是為了呈現「真實世界，高深莫測的交易氛圍」。維吉尼亞大學麥金泰金融創新中心（McIntire Center for Financial Innovation）主任鮑伯・韋伯（Bob Webb）親切地導覽那裡的設施，有許多交易桌和掛在牆上的大型報價螢幕，令人十分感激帕克所捐的每一分錢。

韋伯是維吉尼亞大學的財金學教授，他將奇瑟比克資本交易室視為「說明金融界即時事件的理想環境，讓學生們能夠驗證金融界對新聞事件的回應。在那裡工作讓他們能觀察最新的變化，探索引起變化的因素。」韋伯說：「學生們馬上便能親身投入，從課程的第一天起，他們就可以根據真實事件做預測。然後他們能看著因素稍後造成價格變化，這可以幫助他們做出更好的決策。」

有一位不知道帕克及海龜那簡陋訓練環境的商學院學生，興奮地形容設備新穎的奇瑟比克資本交易室：「真炫，幾乎任何公司的資訊都可以用軟體找到。你可以拿到資產負債表、損益表、各種比率、成長模式，幾乎是所有的資料。」諷刺的是，帕克當然絕不會用那「幾乎所有的資料」來做交易決策。

維吉尼亞大學教授與學生的說法與帕克之間的矛盾，並不是刻意造成的。只不過，韋伯這位學識豐富教授所傳授的哲學，與帕克形成強烈對比。例如：美國聯準會裡主席以外成員的評論，會對金融市場價格造成什麼影響？看看韋伯怎麼說：「有一個後果是，交易員必須密切注意幾位聯準會體系成員的評論。」韋伯的建議對於華爾街及商業街（Main Street，指世界各大金融中心）許多追隨基本分析的人來說再合理不過，但這種觀察和「奇瑟比克資本交易室贊助者」的交易方式並不一致。

帕克就像他的導師丹尼斯一樣，連十億分之一秒也不會考慮留意聯準會消息來做交易決策。例如我們可以看看帕克的標準預告：「奇瑟比克相信，所有市場的未來價格變動之預測，以歷史價格變動的數值或技術分析為之，可能比用基本面經濟分析來得準確。」他把理念都說得那麼明白了，熱愛維吉尼亞大學奇瑟比克資本交易室的學生們，怎麼還會誤解帕克的交易風格呢？

在帕克的職涯當中，他一再挺身而出教育每個人說，技術交易員不必擁有所交易市場的專業知識，他說：「他們不必成為特定市場中的權威，不必理會那些氣象、地理政治事件或特定世界事件所帶來的經濟衝擊。」當帕克奮力將訊息傳達出去時，時常瀕臨情緒失控：「如果大量多元化持股、買進並持有，或者聽某位分析師的基本面觀點就是另一種選項，那麼，你可以在鮑伯・史匹爾（Bob Spear）經營的系統測試軟體公司裡，有一款程式名為「Mechanica」。他提供給大眾的軟體，可說是測試交易系統最有效的軟體。

多年來，有兩位海龜成為他的客戶，那就是帕克和基佛。吸引帕克注意力的是史匹爾的一則軟體廣告，內容大聲疾呼：「交易的祕訣是先找出致勝系統，然後把系統的成效發揮到最大！」這個一九九四年的廣告中提到「資金管理」（也就是艾克哈特所說的風險管理），在當時相當罕見。

帕克那時並不知道有軟體能用來測試海龜交易系統和資金管理（詳見第四章和第五章）。帕克第一次去電詢問史匹爾的軟體時，史匹爾立刻就知道他是何方神聖。史匹爾說：「他根本不必跟我解釋奇瑟比克資本公司是幹嘛的！」

看到那為我們帶來了什麼。」這邏輯很難為人們所接受。投資人希望賺大錢的可能性，能夠伴隨著有基本面道理的深奧故事。

更何況，即使投資人夠了解帕克的海龜風格而投資他，也不會想看著自己的帳戶總額上下波動。就連帕克的客戶也會時時注意月報酬率，他們是以高標準要求他，諄諄告戒著：「不要讓我的月獲利回吐」、「我很關心所有的月績效資料」，還有「跟上個月比起來，你這個月落後了」。帕克平靜地說：「真是瘋狂。」

他又說：「我認為從原始資本算起的風險，要是虧損一〇%，那是很嚴重的事。如果我獲利五〇%而現在變成四〇%，則是完全不同的一件事。但客戶可不這樣想！比率也不這樣說。所以當我們拿市場的錢來玩時，就繞著獲利率打轉、試著把績效表調整好，使我們看起來不像在做冒險的投資，雖然那其實是冒險的，但這種風險相當不同於原始資金的風險。所以我認為那很荒謬。」

修飾他的績效以安撫緊張兮兮的客戶，並不是帕克喜歡做的事：

無論我們做得有多好，總是會碰上對我說這種話的人：「不管你賺了多少錢或表現多好，我就是不喜歡你的風格。我不喜歡光憑價格交易的風格，我不喜歡商品，那全是騙人的花招。」當我們下跌二〇%，天啊，他們以為我們就快倒閉了。其實我曾經接到電話，也許是我們下跌一二%的時候，他們會說：「你不可能救回來，不可能再賺錢了。算了吧。」但如果納斯達克下跌四〇%，卻被認為是相當好的買進機會。

關於基本面交易員的奇怪事實是，在緊閉著的門背後，他們的交易經常很類似帕克。對外，他們也許會說納斯達克下跌四〇%是很好的買進點，這是價值觀點，至於他們真正的交易，他們就看趨勢。

帕克親眼看到過這種矛盾。帕克向華爾街知名分析師奈德・戴維斯（Ned Davis）購買數值資訊時，每天都收到傳真，並會比較戴維斯的分析和自己的部位。帕克這位訓練有素的懷疑論者，對戴維斯辦公室的職員說：「看起來似乎很多時候，應該說幾乎是所有的時間，我的部位都跟你們的一樣。」他們告訴帕克：「的確如此，因為即使用上我們所有的優秀分析，如果我們不放進順勢交易的成分，表現就不會太好。」

話雖如此，這位最成功的海龜並不為自己的交易風格包上糖衣，他毫不避諱地提到其缺點。當他把自己的哲學拿來和統治風格做比較時，聽起來就像落入塵世間的主日學傳道士：

順勢交易就像民主政體，有時它看起來沒那麼好，但它比世上任何其他東西都好。我們要依賴「買進並持有」嗎？我看那應該叫作「買進並祈禱」（buy and hope）。我們虧損時還要加碼攤平嗎？世界太大，實在難以分析，基本面太廣大了。我們必須積極、堅持地推廣順勢交易，並且說明它的真實面貌：能夠在正確時間進入正確市場、限制災難影響程度的風險控管系統。

## 避險基金風暴

在帕克的世界裡，意料之外的事終於發生了。如果你認為這世界井井有條，請準備好被風暴吹走吧。舉例來說，如果說二〇〇六年總值高達六〇億美元阿瑪蘭斯（Amaranth）避險基金的倒閉有什麼好的一面，那便是投資它的州政府與市政府退休基金遭逢的窘境。在阿瑪蘭斯這個故事裡，它的名字（神話中永不凋謝的花朵）還有另一個涵義，那就是「豬草」（pigweed）。

這支「豬草」的立足點是「均值回歸」。這個詞與其在學術上的弦外之音，也許會使某些人退避三舍，但了解它帶來的後果，才能明白阿瑪蘭斯、長期資本管理等避險基金破產的主要原因。

什麼是均值回歸？拉長時間來看，市場價格有「回到平均值」的傾向。也就是說，研究結果顯示當股票價格（或任何這類東西的價格）超漲（或超跌），它們終將回到平均線上。然而，股票價格事實上並不會在一夜之間迅速回到原位，而可能長時間被高估或低估。

這段長時間相當於造成船難的沙洲。賭市場行為有序（套利）的人們，其實是在淘洗愚人金。很久以前帕克和其他海龜就從丹尼斯身上學到，最困難的行動就是最正確的行動：

均值回歸幾乎總是適用。接著當它一停止，你大概就沒戲唱了了。市場總是回歸到平均值，除了它不回歸的時候以外。誰想要像我們這種「獲利比重四〇%，幾乎總是在賠錢、總是在下跌，只有大約一〇%的交易賺錢，其他交易大多是損益兩平或虧損，不常獲利」的系統？我比較喜歡均值回歸，獲利比重五五%，每月獲利率一%或二%。「我總是對的！」我總是得到正的回饋。然後也許在八年內，你大概就破產了，因為當市場不回到平均值時，你的哲學就輸了。

聽帕克以美國南部口音解說均值回歸，令人豁然開朗。看看這個例子就能了解帕克的看法：假設有位投資人看到一名交易員兩年來的績效紀錄顯示，他每月賺二%而且沒有虧損月份，因此把錢交給他。六年後，該基金倒了，那位投資人的退休金也沒了，因為其策略全仰賴均值回歸。相信均值回歸是人性，但正如帕克所說：「以市場交易來說，那是種要命的策略。」

「要命」是那種會掐住你喉嚨的字眼，「大部分時間」也不是夠好的賭注，最重要的是：均值回歸派交易員自我安慰說著「百年才得一見」的大洪水，其實每兩、三年就會發生一次，那有可能、而且真的會把財富一掃而空。

## 詹姆斯河資本公司

回到一九九四年夏，帕克位於馬納金薩伯的辦公室招牌上，寫著兩家公司的名字：「奇瑟比克資本公司」及「詹姆斯河資本公司」。由於詹姆斯河是維吉尼亞州的一條河，那家公司的前身是什麼都有可能。事實證明，它其實是從奇德皮巴迪管理期貨部門灰燼中孵育出的新公司名稱。

強納森．克萊文知道，詹姆斯河資本公司對奇瑟比克資本公司的起步而言相當重要。他說：「我是透過詹姆斯河資本公司的某個人認識帕克的。那些人把我介紹給帕克，他在一九九〇年三月雇用了我。我們向詹姆斯河公司租房子已經有很長一段時間。」投資者布萊德利．羅特補充：「帕克在他職涯早期做了一件非常明智的事，他讓自己和保羅．桑德斯及凱文．布蘭特扯上關係。」帕克做這件事之所以是明智之舉，因為經紀商正是把海龜包裝成誘人商品賣給大眾的完美合作夥伴。

另一方面，基佛認為帕克的成功有種擲骰子的味道：「你搞不好根本誰也不會選，因為當他們離開海龜計畫時，表演可能很傑出也可能不怎麼樣，我認為那是在賭骰子。」

「賭骰子」的說法其實不是很精確，基佛只是認為帕克的平步青雲裡有著隨機的成分。「要是在過去，那所謂的『賭徒』碰上另一個時機，現在就會是尚克斯操作十億美元，而帕克則操作二億五千萬美元。我知道有些海龜不想操作公募的資金，他們想開的是賽車而不是航空母艦。」基佛認為其他海龜也能達到帕克的成功水準。他說：「如果碰上奇德皮巴迪那些人的是雷霸而不是帕克，今天在你書裡說他操作十億、二〇億美元的人，就會是雷霸。」

然而，基佛倒不是輕視帕克：「帕克在正確的時間身處正確的位置，他所做的只是他沒有阻礙自己前進。我是抱著最正面的看法說這些話。我們有太多人在人生中遇上機會卻有所遲疑。」的確，再怎麼說，帕克還是得努力揮棒打球才能贏得比賽，他得去實行。帕克從好球帶狠狠地揮了球棒。

但是，請不要期待會在CNBC頻道看見帕克解釋如何利用意外災難賺錢，不要期待會看到他在福斯新聞網（Fox News）的政論節目《漢尼迪與柯瑪斯》（*Hannity & Colmes*）辯論政治。你比較可能在維吉尼亞州瑞奇蒙當地的星巴克咖啡遇到帕克。這告訴你：下一次買早餐咖啡時要小心，說不定和你擦身而過的，正是能為你管理退休金的優秀交易員，或是幫助你踏上政治之路的贊助者。

# 第十二章
# 失敗是一種選擇

「我車沒油了;我車爆胎了;我沒錢搭計程車;洗衣店沒把我的禮服送回來;有個老朋友從外地來拜訪我;有人偷了我的車;有地震!可怕的洪水!蝗蟲!那不是我的錯,我對天發誓!」

——傑克・布魯斯(Jake Blues),電影《福祿雙霸天》(*The Blues Brothers*)

有些海龜被自尊和期望的壓力鍋所吞噬,其他海龜則走上偉大的成功,只要了解個中原因,便能發現達成長期成功所必要的是什麼。麗茲・雪佛直言:「海龜計畫最有趣的地方,就是觀察誰成功而誰沒有。」雪佛從未公開談及哪些海龜在哪方面失敗,但她所指的是哪些海龜,證據愈來愈明顯。

丹尼斯自己在二〇〇五年的面談中也承認：「仔細想想，你就可以知道為何我們選誰都沒有多大的差異。在海龜計畫之後仍能堅守交易之路的人，大多是靠他們自己的能力。當他們過著近乎由我們掌控的生活時，天生有多聰明其實沒有多大關係。」

事實上，丹尼斯談到天生的聰明才智時指出，執行設計良好的交易系統並不需要智商作為關鍵條件：「好交易員會應用他們擁有的每一分智慧來創造自己的系統，但接著他們就像蠢蛋般遵守著系統。你得要採取精神分裂似的作法，拚了命把它弄好，然後鐵石心腸般地忽略它。如果布希總統（President Bush）能擁有系統的話，也會是個傑出的交易員。」

其他人則提出相當不同的看法。海龜故事的旁觀者大衛・雪佛，以及克提斯・費斯都不吃「任何人都做得到」這一套，儘管那出自一位確實已證明這一點的人之口。費斯說：「你當然能傳授交易和交易觀念，你可以教導某個人成為成功交易員。只是這群人績效的不同顯而易見，因此有些人是無法應用或學會交易，有些人則要花好幾年才能趕上。我真的相信傳奇人物是天生而非培養出來的，但不錯的交易員是能夠用培養的，所以我支持『先天加上後天』陣營。」

海龜故事並沒有搖擺不定的爭論，丹尼斯最後證明了後天勝於先天。然而一旦海龜們離開了計畫，進入真實世界後，許多海龜就會以各種不同方式利用他們的名聲。如果你的目標是賺大錢，什麼是不該做的？海龜們的行為提供了吸引人的洞見。

## 假慈善真營利

事實證明，羅素．桑茲並不是唯一出賣丹尼斯規則的海龜。自稱為「正宗海龜」的費斯，在二〇〇三年四月建立一個網站，一開始承諾要免費提供海龜法則，只要求覺得這些規則實用的人慈善捐款以「向理察．丹尼斯、威廉．艾克哈特和正宗海龜們致敬」。

費斯曾經批評桑茲利用海龜系統賺錢，雖然並沒有直接指名道姓：「……一直困擾著我，有些人未經丹尼斯和艾克哈特同意，就利用他們的成果賺錢。」

話雖如此，倒也沒有證據顯示丹尼斯和費斯的慈善捐款規則有任何關係。當丹尼斯被問到線上免費提供規則這件事時，聽起來很無奈：「有一次我在密西根大道（Michigan Avenue）上走著，聽到有人在談論這件事。很明顯他們在討論這東西，而他們覺得這已經獲得我的同意。我能怎麼辦呢？」

但費斯的慈善行動，很快就變質為資本主義。二〇〇六年，他開設的網站改變了遊戲規則，不再要求慈善捐款。現在該網站收費二九．九五美元，以提供丹尼斯的規則。費斯和他公司的所做所為，與他批評的桑茲如出一轍。此外，費斯批評桑茲的交易不賺錢，卻完全沒有證據顯示他自己的交易很成功。

費斯解說自己職涯的起伏時，提起十六年前當海龜時所賺的錢：「你也許會想：『那好幾百萬美元怎麼了？』有一半以上拿去繳了稅，大約四分之一用於慈善事業及幫助我父親脫困，其他則用來開了各種類型的公司。」費斯說他把其中最大的一份，也就是二百萬美元，投資到一家軟體公司。

費斯在線上聊天室解釋他的軟體公司〔後來成了美國證券交易委員會（Securities and Exchange Commission, SEC）調查的對象〕是怎麼破產的。他把公司的瓦解歸咎於新聘請的執行長，再加上當時還有一些個人因素的影響：「我離婚了，把許多無風險資產都給我前妻。我還是很愛她，我們分手時關係良好，所以把房子、保時捷等都給了她。總而言之，我不像以前那樣富有。我並不是在抱怨，因為我的情況還是比大多數人好得多。」

但是網路上流傳著關於費斯的各種不同說法，包括他在二〇〇三年宣稱股票操作虧損、是個不滿的員工，以及他個人的償債能力等。費斯在二〇〇四年針對那些傳言的評論是：「我沒有破產。過去幾年有好幾段時間，我的現金非常、非常少，不過那跟破產是兩碼子事。就算我曾經破產好了，我看不出那對我賣軟體有什麼影響，又不是教人如何不破產。」

在那之後不久，費斯展開了他一九八八年離開丹尼斯之後的第一次交易行動。《避險交易日報》（*HedgeWorld Daily*）用頭條報導費斯和經紀人尤里・普利恩（Yuri Plyam）的新避險基金，水星加速4X LP（Acceleration Mercury 4X LP）。這支新基金的策略分為三種持有期間：一是持有期間一到兩天，二是持有期間十到十五天，三是數個月到數年。

廣告詞呢？費斯已經從交易這行休息了十五年，決定回來做交易，以善加利用交易技術的突破。他解釋為何客戶應該要對他為他們管理資金的「錢景」感到興奮：「交易員以前都一整天坐在螢幕前，但那已不再是成功交易的必要條件了。」（值得注意的是，海龜幫丹尼斯交易時從來沒坐在螢幕前面過。）

費斯在聊天室裡，以自信的口吻說自己要從退休中復出，成立新的交易團隊。很明顯，若沒有費斯的名字及他的海龜身分，加速資本公司（Acceleration Capital）要募集資金應該很困難。丹尼斯和「海龜」這個詞是該公司預告書（以及各式新聞稿）裡的首要資格重點。

儘管費斯野心勃勃地說，很快即將募到一億美元的基金，但加速資本公司一開始的客戶資金還不到一百萬美元——對避險基金來說是極小的金額。那支基金交易了短短一段時間，就累積了可觀的虧損，然後關閉。

不幸的是，關門大吉不只是因為績效差。管理職權類似SEC的CFTC（商品期貨交易委員會），開始著手調查這支基金。

與加速資本公司共用同一間辦公室的城堡交易公司（Castle Trading），有一位名叫托比．偉恩．丹尼斯頓（Toby Wayne Denniston）的員工，從加速資本盜用了顧客的資金。二〇〇四年十一月到〇五年八月，這名員工從加速資本的顧客帳戶侵占了一九〇、八八三美元。他偽造支票，篡改公司的銀行與交易帳戶報表來隱藏盜款罪行。丹尼斯頓用他偷來的贓款買了一輛全新的BMW，並且支付好幾趟旅行的費用，最後在〇六年八月被判罰款二五萬美元。

二〇〇七年一月十六日，相關調查頒布的政府命令指出，加速資本公司應對丹尼斯頓的行為負責，永遠禁止該公司為客戶管理資金，並且罰款二一八、〇〇〇美元。尤里・普利恩也遭到罰款，並且在三年內不得擔任期貨基金經紀人（commodity pool operator, CPO）。CFTC的調查（截至二〇〇七年四月）仍然在進行中，包括未公開的八六九份證詞、六九四頁財務紀錄，以及二百頁的交易紀錄。

費斯本來可能會是近二十年最偉大的交易員之一，但他顯然錯失了帕克擁有的某樣東西。《金融怪傑》作者史瓦格看到部分海龜的掙扎，收回他書中創造的傳奇。他告訴我：「我不認為那是大家傳說的那種奇蹟。我的感覺是，這裡面沒有神奇之處，也許除了創始人之外也沒有真正偉大的才能。」

史瓦格或許是看到費斯及海龜計畫結束後，就從未有過偉大交易成就的其他海龜，才產生這種看法。然而，至少另有六位海龜及艾克哈特，他們二十年來建立的交易績效紀錄無疑令人印象深刻。

到頭來，海龜們可以擁有世界上全部的交易規則，但如果有些人怠惰或生意頭腦不好，如果他們缺乏動力或遵守的能力，那他們在交易方面，甚或是在任何創業嘗試方面的失敗，都不會令人感到意外。

但是某些正宗海龜們的成功或失敗，並不能讓我們確定丹尼斯的交易智慧是否真能傳承下去，海龜故事仍只能說是投資史上引人入勝的一個插曲，對我們其他人來說，其實沒有多大的啟發作用。關鍵考驗在於，海龜們為丹尼斯工作時所學到並成功運用的投資知識，他們自己能否繼續傳承下去。

幸運的是，至少有一個人能當作啟發性的證據，證明丹尼斯的交易智慧真的可以傳下去。這個有力的證明是個努力工作的人，他與丹尼斯和艾克哈特沒有直接接觸，也能學會賺大錢的交易，這一切都發生在德州走廊（Texas panhandle）（譯註：德州西北部草原區）一個令人昏昏欲睡的小鎮。如果有人懷疑丹尼斯最初的實驗能運用到更多人身上的可能性，那些懷疑論者就得找藉口解釋這位第二代海龜的成功。他的名字是賽倫・亞伯拉罕（Salem Abraham）。

# 第十三章

# 第二代海龜

「我破產過三、四次，但很幸運地，我不是MBA，所以不知道自己破產了。」

——布恩・皮肯斯（T. Boone Pickens）

第二代海龜的存在，可說是海龜故事最重要的部分。最後，這些「海龜」甚至比正宗海龜的成功更能作為支持後天勝於先天的有力論證。他們證明了（可能）今天任何人都能當海龜。

第二代海龜包括馬克・沃許、強納森・克萊文、約翰・佛南戈（John D. Fornengo，從一九八八九年開始由艾克哈特教導）及賽倫・亞伯拉罕，除了這四位之外，還有數百位交易員間接學到海龜式順勢交易。結果是，他們建立的交易事業，在許多個案中都遠比正宗海龜交易員更成功。

聽沃許談他的交易，就像聽丹尼斯和艾克哈特談論強勢和弱勢的原音重現：「如果黃豆上漲十美分，玉米下跌五美分，我們買黃豆。有些人認為要買玉米，因為它會追上黃豆。我們持相反看法，寧可買最強的商品，賣最弱的。」沃許認為：「丹尼斯大方分享他對市場的知識。他給我們堅定的基礎，並於其上打造程式。」

另兩位第二代海龜是經營瑞奇蒙集團基金（Richmond Group Fund）的羅伯特・馬塞勒斯（Robert Marcellus）和史考特・亨利（Scot Henry）。他們的組織不太為人所知，只知道亨利曾經為帕克和奇德皮巴迪（詹姆斯河資本公司）工作。巧合的是，他們的根據地是維吉尼亞州的馬納金薩伯，離帕克很近。

分析成功企業家型交易員有許多種方式，但「賺錢」是最起碼的標準。在一切有關團隊合作與平衡的討論背後，人們還是以一個人能否賺到大錢來評斷交易成就。真正的競爭者對於失敗有驚人的免疫力，即使真的失敗了，也根本不構成令他們離開遊戲的因素。他們的專心一意與熱中，令他們視阻礙如無物，這種人擁有百折不撓的樂觀主義。**贏家追求獎勵，是因為他們確定自己會得到**。比起打擊時沒抓住每一個來臨的機會，他們反而比較不怕被三振。

許多正宗海龜根本不那麼想。丹尼斯教導正宗海龜的，只是他成功原因的一部分。促使丹尼斯從芝加哥南方成為「交易塹王子」的內心動力，他沒辦法傳授給海龜。丹尼斯是被逼著必須從痛苦中學習，正如許多第二代海龜一樣。

在第二代海龜中，有一個人特別突出，那就是亞伯拉罕。他開始交易時，並沒有受過丹尼斯和艾克哈特的指導，也沒有像海龜們一樣有志一同的一群人和他分享經驗。他沒有在高盛或任何其他避險基金旗下工作過，但是，那一點影響也沒有。

亞伯拉罕有著令人愉悅的儀態、濃密的棕髮和結實的身體，看起來比真實年齡（四〇歲）要年輕，讓他很容易被誤認為是他手下的農場工人之一。而亞伯拉罕那緩慢的德州腔和友善的態度，則掩飾了他那代代相傳，有如鋼鐵般的企業家動力。

亞伯拉罕離華爾街血統有多遠呢？他的家族是基督教黎巴嫩移民，一九一三年在德州加拿大市（Canadian）鄉間落腳，祖父馬魯夫·「伍菲」·亞伯拉罕（Malouf "Oofie" Abraham）帶著一只手提箱沿著鐵路叫賣成衣，後來開了家零售商店。

在亞伯拉罕走上交易員之路前，念的是聖母大學，並且計畫和青梅竹馬茹絲·安（Ruth Ann）結婚，打算創辦一間郵購公司。後來亞伯拉罕的確和安結了婚，仍然住在德州加拿大市，但引人注目的並不是他的郵購職涯，而是他二十年的交易績效（表13.1）。

二〇〇五年，我第一次當面訪問亞伯拉罕，他的世界提供了立即的文化衝擊。德州加拿大市是典型的美國小城鎮，但有一個極大的不同點。亞伯拉罕的成功，使他能捐錢為他們的小城打造連大上數倍的社區都不常見的設施。

加拿大市的主要幹道（只有一盞紅綠燈），現在有了牛交易所牛排館（Cattle Exchange

Steakhouse）和整修過後擁有數位音響系統的電影院。亞伯拉罕花了數百萬美元打造這座綠洲。他是怎麼辦到的？

**表 13.1 亞伯拉罕交易公司（Abraham Trading Company）——多元計畫（賽倫．亞伯拉罕）**

| 年度 | 總績效（%） | 年度 | 總績效 |
|---|---|---|---|
| 1988 | 142.04 | 1998 | 4.39 |
| 1989 | 17.81 | 1999 | 4.76 |
| 1990 | 89.95 | 2000 | 13.54 |
| 1991 | 24.39 | 2001 | 19.16 |
| 1992 | -10.50 | 2002 | 21.51 |
| 1993 | 34.29 | 2003 | 74.66 |
| 1994 | 24.22 | 2004 | 15.38 |
| 1995 | 6.12 | 2005 | -10.95 |
| 1996 | -0.42 | 2006 | 8.88 |
| 1997 | 10.88 | | |

資料來源：美國CFTC預告書檔案。

## 與海龜相遇

如果不是一次機緣讓亞伯拉罕遇見帕克，他可能永遠不會走上交易之路。那是一九八七年春，他在聖母大學的最後一個學期之前，決定結束三年半的大學生涯，開辦郵購公司。然後亞伯拉罕參加一場親戚的婚禮，在那裡遇到帕克，改變了他的人生。

亞伯拉罕和帕克隨意地聊（帕克的妻子和亞伯拉罕有共同的表兄弟姐妹），完全沒有預料到這是個改變一生的時刻。亞伯拉罕問帕克何以維生，帕克回答：「我們計算勝率，從中尋找特定的模式，然後管理我們的風險，當這些模式出現時，就進行特定交易。」亞伯拉罕懷疑地接話：「勝率會如你所願嗎？你確定？」

當亞伯拉罕第一次聽到海龜故事，就佩服得五體投地。他回憶：「帕克告訴我理察・丹尼斯和他雇用人來訓練做交易的事。他告訴我每個人都賺了錢，還有他們每年都賺到多少錢。」亞伯拉罕那時便已決定他想要「在德州的小鎮賺錢維生」。很快地他告訴自己：「這在加拿大市行得通，正合我意。」

在那一刻亞伯拉罕看到一個機會，就像數十年前正在興建鐵路時，他祖父看到機會一樣。他以前從未聽過海龜或理察・丹尼斯，然而他思索帕克的職涯，然後在不清楚細節的狀況下，立刻將目標改為踏上交易之路，把郵購公司拋到腦後。

亞伯拉罕很幸運，帕克說如果他想造訪瑞奇蒙，帕克可以讓他看點東西並指點他正確的方向。亞伯拉罕第二週便打了電話，他從來沒想過帕克也許只是禮貌性地說些社交辭令，沒想到亞伯拉罕會把提議當真。

亞伯拉罕壓根兒沒想過這可能會讓帕克為難，他後來描述當時的心境：「我覺得那就像是年輕人會笨笨地說：『他既然這樣提議，表示他是認真的。』」亞伯拉罕打電話去時，他聽到的只有「喔，嗯。」在那一刻，亞伯拉罕才知道帕克只是想當個好心的新親戚。但最後帕克說：

「當然沒問題，過來吧。」

亞伯拉罕知道，住瑞奇蒙的帕克在自家辦公室做交易這件事，對於他在加拿大市打造職涯計畫有立即的重要性。這一點認知告訴他，他所需要的一切只是一條電話線，就有可能成為傑瑞．帕克第二。亞伯拉罕馬上把成功途徑從郵購公司點子改成交易職涯，這種自信就是真正企業家行動的第一個徵兆。亞伯拉罕也很幸運地成長於企業家的家庭，對於他看似瘋狂的交易點子願意冒險一試。

如果有人馬上把這解讀成，亞伯拉罕從親戚身上得到一份免費的禮物，可能要再重新思考一下。明智地運用非常有限的資本，是他自己的責任。因此不意外地，他視「風險管理」為他們第一次在帕克辦公室見面時的大課題。亞伯拉罕回憶道：「帕克很清楚知道，有些東西是獨家，他不能告訴我。」但他對亞伯拉罕說：「聽好，這種順勢交易確實管用，這裡有些觀念你應該好好想一想。」然後告訴他一些風險管理觀念，讓他自己去思考。亞伯拉罕回想起帕克的慷慨：「沒有他一開始的幫忙，我當然永遠到不了今天的地位，也永遠不會有現在的成就。」

當時亞伯拉罕對交易一無所知，沒有任何相關經驗。但是到帕克辦公室談過之後，他開始著手研究。他回到聖母大學，開始盡可能閱讀有關理察．丹尼斯和順勢交易員的所有資料。他說：「如果你想在某方面成功，那麼，你最好找出誰曾經成功過，以及他們都在做些什麼。」

亞伯拉罕在聖母大學的最後一學期，逢人就談丹尼斯的成功，但都是對牛彈琴。他的教授們不感興趣，說丹尼斯只是「走運」罷了。教授們的懷疑論調並不令人意外，因為亞伯拉罕宣揚的福音完全違反效率市場觀念，而後者是廣為人接受的主要金融真理。

亞伯拉罕也不是唯一循著帕克的對話改投向新成功之路的人。私底下，另外還有個交易員跟我提過帕克慷慨指導交易的事。在許多年前他創辦自己的交易公司時，帕克指點他度過摸索期。今天那位交易員身價接近一億美元。

## 放手一搏

亞伯拉罕接受過帕克的初始指導之後，便開始著手研究順勢交易。那可真是一團亂。他畫線圖、記錄他的風險規則，然後每天看盤。「如果我買在這裡、賣在這兒，買在這裡、賣在這兒……」

他帶著包括二十一個市場，測試了八個月的投資組合去找他祖父，說：「看，如果一開始投入一百萬美元，八個月後就價值一六〇萬。」他很興奮地展示他研究八個月的成果。亞伯拉罕的祖父當時七十二歲，他看過許多德州交易。他對孫子的新創事業抱著懷疑的態度。

亞伯拉罕祖父的懷疑很難破除。亞伯拉罕的心靈一定相當強韌，才禁得起接下來的當頭一盆冷水。他祖父說：「然後我們要怎麼樣？我猜是把這個包一包，寄到芝加哥去，他們就會給我們支票是嗎?傻瓜，你可能覺得自己是聖母大學畢業的聰明人，但芝加哥那些傢伙，他們會把你嚼了以後再吐出來。虧錢方式那麼多，你幹嘛非得選最快的一種不可?」

亞伯拉罕並不想被打發走，他解釋自己交易哲學背後的學問，說他要運用良好的風險管理，解釋著:「擁有一輛藍寶堅尼(Lamborghini)跑車，並不代表每一小時非得開一六〇哩不可。我不會開超過三〇，而且會控制風險。」

很明顯這就是亞伯拉罕繼承了他的信心與企業家熱忱。代代相傳的，不只是艱難的商業現實，亞伯拉罕還得到了精神上的商業羅盤。他祖父曾說，只要你欺騙一個人，你就完了，生意也完了。他希望孫子們永遠把信守承諾放在第一位，但也希望他們在公平交易之外能更進一步，他說:「就算不是筆生意，也要確認。」傳奇投資家布恩.皮肯斯是他們家族多年的朋友，他認為亞伯拉罕的動力中有著遺傳得來的特質。皮肯斯認識這個家族已經五十年了，看著他們為德州走廊貢獻良多。

亞伯拉罕很幸運，他成長時身邊就有承受風險的企業家，甚至還參與一些家族的生意，他從那些沒談成的潛在生意中學到最多。他從祖父那兒得知有一筆石油與天然氣交易，決定要出馬和殼牌石油公司(Shell Oil)的代表談談。亞伯拉罕認為對方會賣一塊地給他們。

亞伯拉罕的祖父知道那不會有結果:「免談。他們已經持有了三十年，我們和他們都談了四十年，他們不會和任何人做任何生意的。」亞伯拉罕沒有被勸退，他說:「那個殼牌石油的傢伙是新人。我想他應該會有所行動。」

他祖父以嘲諷的姿態說道：「告訴你，如果你談成了那筆生意，我就在十字路口中間那盞紅綠燈下親你的屁股。」亞伯拉罕回答他祖父：「話可別亂說，老人家，因為那真的會發生。」但那筆生意一直沒談成。

然而，亞伯拉罕就是用那種企業家的天不怕地不怕，在聖母大學最後一學期開始了他的交易職涯。為此他得蠟燭兩頭燒，因為他交易二十一個市場，每週又要上二十一小時累人的課，他狼吞虎嚥，所有的課都必須排在下午。亞伯拉罕七點就得起床，從七點交易到十點，然後設好停止單後去上課。課後再去檢查他的停止點有沒有被碰觸到。

一九八七年秋天不是個平凡的時間，特別是對一個完全是生手、體驗到歷史性市場波動的交易員來說更是如此。在九月底到十月初，利率直線下滑。亞伯拉罕在一九八七年十月十九日開始放秋假回家。他回憶道：「秋假之前的星期五我賺了一大筆錢，星期五我的五萬美元變成六萬六千元。我回家途中感覺棒透了。」到了星期一早上，股市狂洩。

事情大條了，什麼都不對勁。亞伯拉罕擔心著他的歐元部位。他打給經紀人說：「歐元報價多少了？」他的經紀人說：「上漲二五〇。」亞伯拉罕吼回去：「二五〇，什麼意思？是二五・〇嗎？」經紀人說：「不對，是二五〇。」亞伯拉罕想確認事情是不是像他想的那樣糟，他馬上便得知，那個波動落在歐元偏離平常交易達標準差十以上的區間內。

他的六萬六千美元掉到剩三萬三千美元。但是到最後，亞伯拉罕把這個當作一次很棒的教訓，他學會「留得青山在，不怕沒柴燒」的重要性。他感覺到，在他交易職涯的此刻能存活下來，自己還有錢、沒破產，就「還好」。亞伯拉罕回憶：「那一課讓我明白：永遠要知道，人們說絕對不會發生的事，其實是會發生的。」

一九八七年十月的崩盤後，亞伯拉罕短暫地休息了一陣子。他離開市場約一週左右，然後再度進場。他在十一月做交易，十二月也做了一點，然後結清那年的交易。他的帳戶從三萬三千美元的低點反彈回四萬五千美元。他從帳戶領出一千六百美元，到吉姆槍枝與珠寶店（Jim's Gun, Gold, and Diamonds）買了訂婚戒指，向他現在的妻子求婚。

## 商品公司

一九八八年開始，亞伯拉罕想要全職做交易，但他還得向祖父證明自己確實有資格。他告訴祖父：「我想要兼差做交易。我知道我們沒那麼忙，你能讓我兼差做這個嗎？」他自己有四萬五千美元，哥哥艾迪（Eddie）同意投入一萬五千元，弟弟傑森（Jason）投入一萬元，使這支「亞伯拉罕兄弟基金」達到七萬美元。他希望祖父能投入三萬，這樣他就可以有整整十萬美元的交易帳戶了。

他祖父願意參一腳，但本著亞伯拉罕家的精神，得先談好條件，於是他宣布：「好，條件是這樣的。我投入三萬美元，但如果我們下滑到五萬美元，就把那台報價機器丟出窗外，停止這一切無意義的交易行為。」

對於一個二十出頭的青年來說，亞伯拉罕承受著嚴苛的風險及壓力。而正如常見的故事一樣，他才剛帶著十萬美元踏出大門成立新公司，狀況就變得十分悽慘。

一九八八年五月頭兩週，市場情況相當恐怖。有天早上亞伯拉罕在樓下的辦公室，他祖父把頭伸進來說：「今天我們還有多少？」亞伯拉罕回答：「六萬八千美元。」他祖父幸災樂禍地說：「只是時間早晚的問題而已。」然後便走出門去。

不過那「時間」並沒有到來。農作物市場受一九八八年乾旱襲擊，而亞伯拉罕做多黃豆、玉米和小麥。市場在五月下半月爆發，持續到六月。他卡到很好的位置，隨市場起舞大賺了一票。

亞伯拉罕怎麼能憑他前八個月交易所見，確定即將有較大趨勢發生？很多人可能早已放棄，把那當作一次失敗的創業經驗。除了漲跌之外，他一旦向他祖父證明他轉向了獲利的角度，老亞伯拉罕接著也帶來很大的影響。這位祖父有一天走進門，把一本「添惠保本二號基金」（Dean Witter Principal Guaranteed Fund 2）的手冊丟在他孫子桌上說：「嘿！你做得比這些傢伙還好。」

這支添惠基金的管理者是商品公司，他們正在募集一億美元，並且把它分配給八到十位交易員。商品公司很有來頭，他們是名聞遐邇的紐澤西州普林斯頓交易育成公司（已於一九九〇年代末被高盛收購），負責為一些避險基金巨頭們進行早期募資（有時也負責培訓）。這些巨頭包括保羅・都德・瓊斯、路易斯・貝肯、艾德・塞柯塔、布魯斯・柯夫納和麥克・馬可斯（Michael Marcus）等。

亞伯拉罕當時並不知道這所有的歷史，他只是拿起電話打給商品公司，當天稍晚和伊蓮・克洛克（Elaine Crocker）接上了線。這位現在經營著路易斯・貝肯的摩爾資本公司（Moore Capital），也許是當今避險基金界最有權勢的女人，說她會寄一些資料過去。亞伯拉罕很懷疑克洛克會把他當一回事，因為他只有一年的交易紀錄。

但最後商品公司再度和亞伯拉罕聯絡，宣稱他們即將到訪休士頓，並邀請亞伯拉罕與他們見面。他跳上那個機會，飛到休士頓機場去見克洛克和麥可・加芬柯。

在見面之前，亞伯拉罕才剛過完他的二十三歲生日。整場討論由加芬柯主導，克洛克靠在椅背上看。加芬柯說：「哇，上個月可真不簡單，發生了什麼事？」亞伯拉罕指出，在目前這個月當中，他獲利四〇%。

克洛克開始笑。亞伯拉罕看不出他的回答有何幽默之處，就問：「四〇%有什麼好笑？」加芬柯意識到這離題了，他想知道亞伯拉罕追求的是哪一種報酬。亞伯拉罕給了個海龜式的答案：年報酬率一〇〇％。就像許多海龜們在離開丹尼斯之後得到的建議，克洛克希望亞伯拉罕從他這種較為冒險的「射月亮法」做一些退讓。克洛克和加芬柯所說的觀察心得，帕克和其他人也都聽說過：「如果你一年賺三〇％，人們就會在你門前踏出一條路來。你得在槓桿度方面做點退讓。」

商品公司仍然想看亞伯拉罕的系統十年模擬績效，但他手邊沒有。他們的要求迫使亞伯拉罕學習程式設計，以快速測試自己的交易系統。壓力來了，使得亞伯拉罕走上發展全新研究及一套程式設計技能之路。這只是他令自己不同於正宗海龜的方式之一。

這筆交易還有一個考量。商品公司想要投資亞伯拉罕的帳戶金額下限。由於他沒有下限，於是他決定了二〇萬美元這數字，恰當地猜測商品公司會加碼到合理數字。亞伯拉罕猜對了，他們成了他的第一位大客戶。

對於沒有交易血統、沒有避險基金經驗的年輕人來說，這筆投資是進入「大聯盟」的許可證。商品公司也再度加碼投資七、八百萬美元到他的公司。他祖父一開始投資的三萬美元呢？今天價值一三〇萬。

然而，即使有這一切賺錢成就，亞伯拉罕仍然只是個年輕人，他體驗到當權者對他的信用提出疑問，就像年輕時候的理察·丹尼斯。令人聯想到丹尼斯到銀行存二五萬美元經驗的是，亞伯拉罕在二十五歲時想要租一輛車。運氣真不好，他們最近剛把年齡下限提高。他管理著一千五百萬美元，但赫茲租車（Hertz）的櫃檯人員可不願意通融他。亞伯拉罕在嘗試協商無效後，試了另一種態度：「你知道人們把一千五百萬美元託付給我，我能用這一千五百萬買賣任何我想買賣的東西嗎？你不租車子給我？一部價值一萬五、二萬塊的車子租一天也不行？」櫃檯小姐抬頭看看他，低頭想：「是啊，還真的咧。我才不相信你，小鬼。」亞伯拉罕加了句：「我得打電話給老喬的『租破車』公司。」

## 丹尼斯和艾克哈特的訓練

就算對海龜知之甚詳的人也不知道，除了一九八三和八四年那些成為海龜傳奇題材的正宗海龜之外，後來暗地裡還開了第三屆海龜特訓班。亞伯拉罕其實在開了交易公司的多年之後，確實接受過丹尼斯和艾克哈特的親身指導。一九九〇年代初，商品公司請丹尼斯和艾克哈特為他們的交易團隊開辦第三屆特訓班。商品公司給他們錢做交易，而這筆生意的條件之一是他們得舉辦研討會。研討會應該仿照過去培訓海龜交易員的作法，不過這回不是兩週，而是為期四天。

儘管亞伯拉罕已經在依照海龜式順勢交易規則做交易，而且他也發現訓練大部分只是加強他已經知道的東西（「我從中學到的是一大堆風險管理觀念、部位大小衡量觀念和系統分析觀念。」)，但是和商品公司的三十位學生同聚一堂的經驗，仍然是他所受訓練中值得紀念的一部分。

然而，亞伯拉罕認為他的學習過程是一步一腳印的旅程，並非只是幸運的跳躍：「那就像爬山，哪一步最重要?每一步都是爬到山頂所必須要的，而各別的每一步都不太大。」這使他遠比帕克、雷霸或任何其他正宗海龜都更不屬於「一般人」，正宗海龜們有丹尼斯幫他們代為承擔了四年的額外成本。

亞伯拉罕認為，研討會打開了他的眼界。他對艾克哈特印象非常深刻，所有學生都有拿到艾克哈特在《新金融怪傑》中受訪的樣張。亞伯拉罕補充：「我進研討會時心想：『哇，沒錯，理察・丹尼斯，他就是那個人，艾克哈特是他的『助手』之類的人物。』正如海龜們在訓練過程中的發現，亞伯拉罕也知道自己錯了：「然而在我參與的過程中，我真的很欣賞那些數學和客觀資料。那些『這管用、這不管用』的統計資料。一切都是勝率。我其實從艾克哈特身上得到較多實用的資訊。不過當然，丹尼斯很顯然是個聰明絕頂的交易員。」

丹尼斯基本上會告訴學員：「系統是指引你的好東西，但是把系統放一邊也沒關係。」艾克哈特講的則稍有不同：「這些都是勝率，這整個就是一場數學遊戲。」兩位導師從最初的海龜實驗以來，一點也沒變。

艾克哈特以一連串的問題挑戰商品公司交易員們。交易員們必須以「範圍」回答十個問題，目標是答對十題中的九題。艾克哈特問：「七四七飛機的重量是多少？」交易員們想要回答多大的範圍都可以，但目標是九〇%確定自己答對。這是為了測試他們的自信心及估計能力，結果每個人都答錯四、五題。艾克哈特說，大部分人都會答錯四五%，因為他們對於自己估計事實的能力過度自信。

順勢交易正是靠那種過度自信而成功的，亞伯拉罕用近幾年來油價的起伏說明了這點。「你在順勢交易中看到的，是人們對於什麼是高價、什麼是低價抱著錯誤的心態，這一切都歸咎於非常有限的經驗，人們只憑著小小的樣本空間在做假設。去設想原油價格會從二〇美元漲到七〇美元，你會說：『真是瘋了。』要在五五美元買進原油嗎？這是個困難的賭注，因為油價從未漲至五六美元。歷史上從沒有來到五六美元過，於是你說：『原油今天觸到五五美元，我要買了。』」

你能想像買進一個創歷史新高的市場，而完全不知道它會持續上漲還是回頭狂洩嗎？亞伯拉罕把焦點放在真正重要的事情上：「我關心統計數字。」他為我舉了個例子。假設有個物理學家拿著一枚銅板走進來說：「這枚銅板出現正面與反面的機率永遠各占五〇%。」然而有個統計學家走進來說：「對，但我擲了它一百萬次，其中有六五%是正面朝上。」這位受過哈佛訓練的物理學家說：「不可能，它是一枚『公平』銅板。」

亞伯拉罕問：「你相信誰？」許多大學教授都提出充分的好理由，說明銅板為何不應該會六五%的次數正面朝上，但就某種觀點來看，你必須說：「我不知道為何銅板會六五%是正面，但我願意在投了一百萬次之後打賭六五%的比率會適用，即使表面上看來不應如此。」亞伯拉罕又說：「光是因為我不了解，並不代表我不會下注。」

最後，亞伯拉罕說著湯姆．威里斯多年前說過的話，那就是只交易「數字」。亞伯拉罕心裡住著一位經驗主義者，根據「意外大事件」的觀念而行動；他的交易獲利關係式，是從交易「價格」推導出來的。所以世界上應該會發生另一次的意外大事件，給他機會獲利？他眼睛眨也不眨一下便說：「是的，但那將會是我們過去從未見過的。事情永遠是不相同的。」

## 煮沸海水

以賺錢金額的角度來看，亞伯拉罕也許還不是華爾街的前十大。在亞伯拉罕人生中的此刻，他也許管理的不是一支十億美元的基金，但他的表現已經相當傑出。坐在他的辦公室中，充滿著他多樣化的興趣，從石油與天然氣出租計畫到修復古老書報，他使自己的人生包含家人、朋友，以及從當地社區找來的一群有志一同的夥伴。

亞伯拉罕的用人方式，很接近丹尼斯最初雇用海龜的過程。在亞伯拉罕的公司裡，沒人有長春藤名校學歷，大部分員工的背景是來自當地牧場或天然氣探鑽公司。像亞伯拉罕雇用的職員吉歐夫．達克雷（Geoff Dockray），便是來自其中一座牧場。達克雷很感激能有機會在亞伯拉罕的辦公室裡工作，他說：「這比早上六點鏟堆肥好多了。金融市場很複雜，但不像總是在照顧家畜那樣沒完沒了。」

也許是生活在攜手合作的鄉間累積成腳踏實地的觀點，使亞伯拉罕見事清晰。坐在歷史悠久慕迪大樓（Moody Building，他擁有這棟大樓，辦公室也在這裡）中的牛交易所牛排館內，他毫不懷疑這就是他企業家的固執：「我想他們（海龜）擁有經營事業的自信或領袖魅力。有一種動力要你挺身去做，還有一種動力會令你想做。而有些人（失敗的海龜）只會說：『喔，嘿，我賺了點錢，這樣我就滿足了。』」

然而，如果你打算煮沸海水（換句話說，如果你不計一切要完成某件事），尤其是那種相當競爭又賺錢的嘗試，一定會有高潮和低潮。亞伯拉罕的經驗也不例外，在他的交易職涯中，有兩次在績效下跌或持平的期間，顧客離開了。但他每次都能重整旗鼓，再創新的資金高點。在嘗試的期間，他從事不同的賺錢點子來處理職涯中的變化球。亞伯拉罕永遠把重心放在交易上，但他也撒出一張更大的網，捕捉各式各樣的魚。

正如交易一樣，不是每件事都可行。有一次他幾乎為了一筆水源生意和億萬富翁布恩．皮肯斯絕交（價錢談不攏）。在德州走廊上，皮肯斯和亞伯拉罕的農場彼此接壤（雖然他們倆距離四〇哩，農場卻是比鄰），多年來他們已經成為好友。當我在皮肯斯位於達拉斯的辦公室與他談話時，他大方地讚賞亞伯拉罕的企業家膽識。

還有其他生意讓他大賺一筆。亞伯拉罕很謙遜地談論它們：「我賣水給阿瑪利洛市（Amarillo），我投資一五〇萬美元，回收九百萬美元。我對自己說：『這點子真酷。』然後我做了一筆芝加哥商業交易所（首次公開上市）的生意。我投入一五〇萬美元，拿回大約一千三百萬。當你看到機會時，你就會認得出來。」

這種思維和冒險，能讓你在二十五歲賺到第一個百萬美元——亞伯拉罕做到了。然而，光是點出機會還不夠，採取行動的自信才是決定因素。你得要有殺手的本能，面對真實的生死，即便對象是雞和豬，即便是為了晚餐扣下扳機或割了雞的喉嚨，向來都不是件簡單的事。當華爾街血流成河時，你必須能扣下扳機，尤其當那些血是從你身上流出來的時候。

帕克第一次和亞伯拉罕見面時，完全無法知道他擁有必備的殺手本能，帕克也許是想：「好，這個年輕人已大略知道我的工作內容，我已經給了他一些指點。如果他是認真的，他就會去研究一切，然後『放手去做』。不過他要是真能存活下來，我會很驚訝。」

不像贏得工作樂透的正宗海龜們那樣，得到精確的致勝法則並且能用丹尼斯的錢做練習，沉浸在溫室般氣息的C＆D商品公司中，亞伯拉罕打從一開始就靠自己，他得要更為強韌才行。這位第二代海龜的心態與行動，遠比任何一位正宗海龜能讓我們學到更多。

# 第十四章 偉大的模範

「海龜們是成長而來的嗎？還是可以用教的？他們有神奇第六感之類的特質嗎？陪審團就位了，不是嗎？他們最好有根深柢固的知識，而不是光靠第六感。我想我可以找個不是我兒子的小伙子來，然後告訴他：『照著做，我每年會付你五萬美元，要是不切實遵守我就把你開除。』他就會每天、每星期、每個月和每年打敗我。」

——湯姆・威里斯

海龜故事可以分為兩部分：第一部分發生在實驗過程中，當時海龜們身處丹尼斯所設計的相對平等競技場，他的實驗證明後天勝過先天；第二部分發生在實驗之後，當海龜們必須以個人身分面對真實世界時，人類天性便再度發揮影響力。

## 心理強韌

儘管實驗本身是頭條的題材，但有些熟悉海龜故事的人卻發現，第二部分有著更重大的意義，也就是海龜們試圖靠自己發展下去時的實驗餘波。某個星期五的傍晚，賴瑞．海特打電話給我，那天我們才剛在他位於公園大道（Park Avenue）的辦公室附近共進過午餐。海特是敏特資本公司（Mint Capital）及曼氏金融避險基金的創辦人，他針對我的海龜書（也就是你手上這本）提供更多意見。

「我一直在思考這本新書……」他娓娓道出：「表現很好、生存很久的人是很強韌的。如果生活違逆他們，他們還是堅守在自己的遊戲中。心理上必須有一定程度的韌性，才能心如明鏡。韌性是逆來順受的能力，這些人不會因為虧損而失望。有些人虧損後，從此便一蹶不振。想想交易失敗的海龜，他們的失敗有何共通點？也許失敗者只是放棄了。他們還不夠強韌。」

丹尼斯要求海龜們只要是為他工作時，心理上要夠強韌，一旦他把插頭拔掉，他們就得直接面對丹尼斯不再幫他們解決的問題，海特十分了解這一點。他提到丹尼斯告訴海龜們降低五〇%槓桿度的備忘錄（請見第七章），也觀察到丹尼斯犯了錯之後，把自尊放在一邊，承認這項錯誤並予以改正。那就是海特字典裡的「心理強韌」。

但丹尼斯並沒有依人格的強度和求勝動力來選擇學生，也沒有訓練他們心理韌性的藝術。在平等的競技場中，他把額外工作處理掉了，於是每個人看起來都心理強韌。然而事實證明，只有像傑瑞・帕克、保羅・雷霸及其他少數幾個人，還有後來的賽倫・亞伯拉罕，才確實擁有和丹尼斯一樣的動力和企業家精神。

看看職業運動隊伍的年度選秀，顯示出他們也未能以心理韌性來篩選候選者。例如：每年大專明星都以極大的聲勢獲選，但每年也至少都有一個備受矚目的新秀、一個「不容錯過」的未來之星會失敗。看看有幾千名傑出的大專球員從來未能進入NFL、NBA或MLB等職業聯盟。**虛有其表者和有競爭力者之間存在著某種差異，光靠天生才能永遠都是不夠的**。

談到賺錢，這情形也同樣適用。以二〇〇五年避險基金界前十大獲利者為例：

1.詹姆斯・西蒙斯（James Simons），文藝復興科技公司（Renaissance Technologies Corp.）：一五億美元。

2.布恩・皮肯斯，BP資本管理公司（BP Capital Management）：一四億美元。

3.喬治・索羅斯，索羅斯基金管理公司（Soros Fund Management）：八億四千萬美元。

4.史蒂芬・柯恩（Steven Cohen），SAC資本顧問公司（SAC Capital Advisors）：五億五千萬美元。

5. 保羅‧都德‧瓊斯二世，都德投資公司（Tudor Investment）：五億美元。

6. 愛德華‧蘭伯特（Edward Lampert），ESL投資公司（ESL Investment）：四億二千五百萬美元。

7. 布魯斯‧柯夫納，凱克斯頓公司（Caxton Associates）：四億美元。

8. 大衛‧泰普（David Tepper），阿帕魯薩管理公司（Appaloosa Management）：四億美元。

9. 大衛‧蕭（David Shaw），DE蕭氏公司（DE Shaw & Co.）：三億四千萬美元。

10. 史蒂芬‧曼德爾（Stephen Mandel Jr.），孤松資本公司（Lone Pine Capital）：二億七千五百萬美元。

這些人不是光靠規則登上前十名的。儘管不是每個人都能擠進華爾街前十名（而這前十名許多都是順勢交易員），但海龜的故事令人不得不相信，學習賺錢高手的步驟、複製他們的流程，確實是有可能辦到的。

更大的挑戰（亦即真正的「祕訣」）在於追隨第二部分故事裡那些交易企業家的腳步。這些贏家們全都是模範，證明只要有額外的動力——亦即所謂自信、韌性或企業家的熱忱，大多數人都有可能克服人類天性中阻礙進步的偏見。

然而要培養那些額外動力，需要刻意的練習。波克夏哈薩威公司（Berkshire Hathaway）的查理．曼格（Charlie Munger，華倫．巴菲特的左右手）就身體力行，他曾說：「在我一生當中，我所知道博大精深領域裡的智者，沒有一個不是時時刻刻都在閱讀的。一個也沒有。」大部分的人都不想付出真正成功所需要的真正努力。

再看看愛德華．蘭伯特（前十名中的第六名），他的後天養成過程是逆向破解巴菲特的思考流程。蘭伯特說：「假設我自己是當時的他，我能夠了解為什麼他從事那樣的投資嗎?那就是我學習過程的一部分。」第二代海龜也是這樣向丹尼斯學習的。

更進一步，看看外科醫師和交易員之間的相似之處。偉大的外科醫師是那些認真、勤奮，傻傻地一天到晚、一年到頭不斷練習的人。又是一個後天勝過先天的故事。

重點在於，市場並不在意你個人，也不在乎你的性別、文化、宗教或種族，市場是進入門檻低、任何人都能拿現金試手氣賺大錢的最後淨土之一。結論是，帕克、亞伯拉罕和丹尼斯這類交易員所從事的，是人人都能玩的正當遊戲。

你其實不需要走運到在一九八三年去應徵丹尼斯的徵人廣告，才能當個成功的交易員。亞伯拉罕只需要知道丹尼斯和其哲學的存在，他就從那裡開始研究，也正是為何亞伯拉罕對這個故事來說如此地重要。在丹尼斯初次進入芝加哥交易塹的四十年後，亞伯拉罕發揮了他體內的頑強決心和企業家膽識。

然而，這個故事歷久不衰影響力的最佳保證，其實是來自理察・桑德（他靠自己的力量成為一個傳奇人物，經常被視為金融期貨市場之父）。二〇〇六年秋，我們在芝加哥的一個機場行李提領區交談了一會兒，桑德直言：「要練習、求勝，而且永不放棄。」在我們分手時，他大大地微笑著，帶著欽佩及尊敬的口吻說：「你知道丹尼斯又開始交易了嗎？」

這簡單的評論說明了一切，也使我更堅信，我們都有機會發揮自己與生俱來的天賦。最後，那條引導一位平凡的芝加哥小子到達顛峰、引領他教導幾位初學者像他一樣大賺數百萬美元，而且無遠弗屆地以許多方式啟發了一代華爾街巨人們的道路，我們也都能踏上。

# 附錄一

# 海龜們的現況

「關鍵不在於獨一無二的想法，而在於你獨一無二的實踐能力。」

——無名氏

## 威廉・艾克哈特，海龜導師兼丹尼斯合夥人

這位海龜導師，目前為客戶管理的金額大約有十億美元。在交易以外，他也一直投入自己的哲學愛好。一九九三年，艾克哈特在哲學期刊《心靈》（*Mind*）上發表〈機率理論與末日論證〉（Probability Theory and the Doomsday Argument），之後又在《哲學期刊》（*Journal of Philosophy*）發表後續文章〈從行刑室問題看末日論〉（A Shooting-Room of Doomsday），這兩篇文章都針對約翰・萊斯利（John A. Leslie）發展出來的末日論證，提出懷疑的論述。

末日論證是試圖只根據目前出生的人類估計總數，以機率論證預測人類的種族未來還有多少生存時間。

有趣的是，在二〇〇一年一月，艾克哈特交易公司（Eckhardt Trading Company）接手雇用了原本C&D商品公司雇用的一些人。海龜相關人士的世界仍然是小而密切相連的。

**安東尼．布魯克，一九八三年海龜**

布魯克沒有公開的資料，只知道他是芝加哥愛滋病基金會（AIDS Foundation of Chicago）的理事。他似乎仍然和C&D商品公司有關，然而並不清楚C&D商品公司是否仍在營運，或只是丹尼斯和布魯克之間的聯誼機構。

**麥克．卡爾，一九八三年海龜**

現在的卡爾是專業作家，他最喜歡的主題是雪上摩托車和冬季休閒娛樂。他為五本不同的雜誌撰寫雪上摩托車旅遊文章，並負責一個名為「遊蹤」（Making Tracks）的每月專欄。超過二十五年來，他一心一意當個雪上騎士，騎乘里程超過了四萬哩。

**麥可・卡伐洛，一九八三年海龜**

卡伐洛在離開丹尼斯之後，繼續應徵徵人廣告。應徵其中一個廣告時，卡伐洛終於成了美國西洋棋聯合會（United States Chess Federation）執行理事，他也是前紐約市初段西洋棋冠軍，當時的排名為第二、一四二名，曾有段時間達到「大師」等級。

卡伐洛也建立並資助卡伐洛基金會公司（The Cavallo Foundation, Inc），幫助那些在職場上表現出道德勇氣的人們，主要是揭弊者居多。接受者包括：環保人士、科學家，以及對抗種族歧視與性騷擾的人。卡伐洛還是三胞胎的父親。

**麗茲・雪佛，一九八三年海龜**

雪佛拒絕接受本書的採訪。如今雪佛仍然經營著她的交易公司ＥＭＣ資本公司。

**克提斯・費斯，一九八三年海龜**

現在費斯花了不少時間參與線上聊天論壇，他也出聲抨擊我發表海龜故事一事。費斯目前住在阿根廷的布宜諾斯艾利斯（Buenos Aires）。

## 傑夫・戈登，一九八三年海龜

戈登現在是位私人投資者，並且從教學中得到極大的樂趣。他與妻子在加州馬林郡（Marin County）教學生下西洋棋已屆十年。他的馬林郡中學西洋棋隊在二〇〇五年北加州地區西洋棋冠軍錦標賽（Northern California Regional Chess Championship）名列第一。

針對令人害怕，但每個人都難免要應付的「風險」，戈登提供一些思考的精神食糧：「人們面對風險的心態，對於當交易員來說是非常重要的一面。那教得來嗎？嗯，聰明地教就可以。能把那教到深入膽識當中嗎？這我不太確定。我的意思不是不行，而是很難。如果你曾經試過改變自己面對基本事物的基本心態，比如面對風險，有些人就是比別人更能接受風險。那來自教養、心態、人生經驗，以及過去冒險時曾受過的回報或灼傷。」

## 傑瑞・帕克，一九八三年海龜

數年前我第一次和帕克見面，在安排的時間結束前，我很快（也夠笨）地抓住機會請他證實霸菱銀行（Baring Bank）的倒閉事件中，誰贏了這場賭注，而他也證實了。這項證實使我寫出我的第一本書《順勢投資》。如今，帕克繼續輕鬆地當著最成功的海龜，依然在他維吉尼亞州瑞奇蒙郊區的辦公室工作。

## 吉姆．迪馬利亞，一九八四年海龜

迪馬利亞喜歡過去二十五年來事情發生的方式。他會想要賺更多錢嗎？當然。只不過，永遠都得有所取捨，他清楚地看到：「由於只要你使用技術得當，交易這行其實很有彈性，我們收拾行囊帶孩子們搬到法國住了三年。所以這對家人很好。孩子們把法語當母語，我們到處旅行，很喜歡這種生活方式。我想我大概有從二十三個不同的國家做過交易。」

在所有的海龜中，關於避險基金界為何會有倒閉事件，迪馬利亞解釋得最好。他看到問題根源是「分配者」，亦即提供資金，將錢分配給一群廣大交易員身上的投資者：「這些分配者有一個最大的問題，他們完全把波動與『風險』的標準差搞混了。這兩者根本毫不相關。他們想要阿瑪蘭斯基金、長期資本管理基金，以及三號基金（Ⅲ，也是一支破產的避險基金），那有九五%的時間行得通，不過一旦行不通時，他們就破產了。」

## 厄爾．基佛，一九八四年海龜

基佛是海龜中最年長的一位，他的年紀跟丹尼斯差不多，開始當海龜時是三十七歲。他描述自己體型時咯咯地笑：「我是縮小版的丹尼斯。」

他也許是當海龜之前擁有最多元化工作經驗的人。基佛是倫敦國際金融期貨交易所（London International Financial Futures Exchange, LIFFE）的創始會員之一，服務初始會員及規則委員會，在美國空軍官校取得大學學歷，越戰時服役於空中救援特種部隊（Air Rescue），駕駛「快樂綠巨人」（Jolly Green Giant）型搜救直升機。

軍旅生涯對基佛的發展很有助益，他說：「戰鬥迫使你百分之百『活在當下』，會永遠改變你的DNA。」

**菲利浦・盧，一九八四年海龜**

盧目前在威斯康辛州的艾基伍德學院（Edgewood College）當教師，二〇〇六年試圖採訪他時，他投出一顆變化球。盧拒絕採訪，因為他相信他為丹尼斯所簽的保密合約（已於一九九〇年代初到期）仍然有效。

**保羅・雷霸，一九八四年海龜**

雷霸是第二成功的海龜，為顧客管理著資金。關於為何有些海龜比其他海龜成功，他的推論是：「也許其他海龜裡，有些人不想放那麼多注意力在管理事業上。」

雷霸雇用新人的方式，其實是丹尼斯最初在一九八三年於《紐約時報》上刊登徵人廣告的翻版。線上搜尋找到的最近一次廣告還算新，是二〇〇六年刊登於《泰晤士報》（*Times*）上的。藉口自己一生當中從來沒機會得其門而入的怨天尤人者，應該要更努力地尋找。

**湯姆・尚克斯，一九八四年海龜**

尚克斯似乎對於當海龜最樂在其中。他的海龜同儕們記得，數年前在拉斯維加斯的海龜聚會中，尚克斯胳臂裡挽著一位電視影集中的知名女星。

布萊德利・羅特近距離觀察到尚克斯愛冒險的一面：「我記得他買了一部噴射直升機，並學習如何駕駛，然後想載我一起參與他的某次首航任務。他說我們將穿過金門大橋（Golden Gate Bridge）的下方。我說根據我自己的原則，會避免搭乘由交易員駕駛的飛機。」下一秒他馬上變得嚴肅並說：「他是我所遇到過最好的人。他擁有毫無疑問的紀律。」

尚克斯對他的第一位客戶最感到驕傲。那位投資人一九八八年投入三〇萬美元，儘管曾經贖回超過一百萬美元，這位客戶的帳戶在沒有進一步加碼的狀況下，成長到超過一千八百萬美元。

**麥可・夏農，一九八四年海龜**

夏農不當海龜之後的職涯，使他和某些華爾街大人物扯上關係。他曾經先後和美國公債傳奇交易員湯瑪斯・鮑德溫（Thomas Baldwin），以及後來為路易斯・貝肯管理資金的卡維・阿拉穆提博士（Dr. Kaveh Alamouti）一起管理基金。現在他在海外享受著寧靜的生活。

### 季利・「喬治」・斯沃博達，一九八四年海龜

斯沃博達是海龜中的祕密。一九八八年，他一開始確實在政府認可的監管機構美國期貨協會（National Futures Association, NFA）註冊要為客戶代操，但該協會從來沒有真的核准他最後的註冊，可能是因為他一九八八年因申請護照時假造身分文件及表格而被判重罪，而且未將此事告知NFA。

為什麼要用假護照？身為技術高超的算牌人（card counter），斯沃博達有可能想設法到海外賭二十一點，然後把賺到的錢匿名地匯回美國。撇開這段宜謹慎以對的歷史不談，斯沃博達的同儕們都對他極為讚賞，甚至有人說：「他是個實際的人，一個極為道德又誠實的人，住在一個很黑暗又灰色的世界。」有名拒絕被列入受訪紀錄的海龜很迷斯沃博達：「一九八八年以來，他的績效也許是所有海龜當中最好的。」

海龜的小道消息說，斯沃博達多年來為拉斯維加斯大賭場的老闆們提供防堵詐賭者的建議。除此之外，斯沃博達始終都是個謎樣的人物——也許他就喜歡這樣。

### 賽倫・亞伯拉罕，第二代海龜

二〇〇六年，任職於亞伯拉罕交易公司的尚・喬丹（Shaun Jordon）為我安排了一趟到德州加拿大市的兩天訪問，那是亞伯拉罕住家與辦公室的所在地。在那次拜訪中，亞伯拉罕用一

個例子講解艾克哈特的風險工具理論。

假設在一場擲銅板遊戲中，你的身家財產總共一千萬美元。要玩這個遊戲，一次得下注一千萬美元。這枚銅板讓你有九〇%的機率贏得另外一千萬美元，但有一〇%的機率會輸掉一千萬美元，亦即你全部的錢。就算勝算站在你這邊，你真的承受得起全押？不。亞伯拉罕解釋：「身為一個講究勝率的人，我認為『那是個很棒的賭注。』我要下注。但是，等一下。如果勝了是一千萬美元，輸了是一千萬美元……我看過德州這一帶石油與天然氣產業裡的一些傢伙破產，他們是很棒的石油與天然氣行家，但他們把農場拿來賭太多次而把它給輸掉了。」

# 附錄二
# 相關網站

關於海龜與他們的導師丹尼斯和艾克哈特，更多相關資料請上：

www.michaelcovel.com
www.trendfollowing.com
www.turtletrader.com

**麥可．柯佛網站**

**戴爾．德路奇網站**

www.daledelutri.com

賽倫・亞伯拉罕網站

www.abrahamtrading.com

威廉・艾克哈特網站

www.eckhardttrading.com

麗茲・雪佛網站

www.emccta.com

湯姆・尚克斯網站

www.hawksbillcapital.com

吉姆・迪馬利亞網站

www.jpdent.com

馬克・沃許網站

www.markjwalsh.com

霍華・賽德勒網站

www.saxoninvestment.com

系列名稱 **Business Point 65**
書　名 **海龜特訓班**
作　者／麥可・柯佛（Michael W. Covel）
譯　者／王怡文
發 行 人／金惟純
出 版 者／商智文化事業股份有限公司
地　址／台北市松江路二三〇號三樓三〇二室
電　話／（〇二）二五二一—九五六六
傳　眞／（〇二）二五二一—九一九九
讀者服務專線／（〇二）二五〇五—六七八九轉五二一八
劃撥帳號／一九〇〇八一三一—二　商智文化事業股份有限公司
讀者服務電子郵件信箱／reader@sunbright.com.tw
執行編輯／張逸杶
副總編輯／許致文
法律顧問／羅明通
電腦排版／帛格有限公司
印 刷 廠／鴻柏印刷股份有限公司
總 經 銷／大和書報圖書股份有限公司　電話（〇二）八九九〇—二五六八
行政院新聞局核准登記證局版北市業字第捌捌柒號
初版日期／二〇〇八年三月六日第一版第十刷
一版十六刷／二〇〇八年五月二十九日
定　價／新台幣三〇〇元

ISBN 978-986-7204-46-2

國家圖書館出版品預行編目資料

海龜特訓班／麥可・柯佛（Michael W. Covel）著；王怡文譯.　——第一版——臺北市：商智文化，2008.02
面;　公分 —（Business Point ；65）
譯自：The complete turtletrader：the legend, the lessons, the results
ISBN　978-986-7204-46-2（平裝）

1. 理察（Richard J., Dennis）　2. 傳記　3. 投資分析　4. 交易　5. 美國

563.652　　97000245